I0632665

Veröffentlicht von
DREAMSPINNER PRESS

5032 Capital Circle SW, Suite 2, PMB# 279, Tallahassee, FL 32305-7886 USA
www.dreamspinnerpress.com

Dies ist eine erfundene Geschichte. Namen, Figuren, Plätze, und Vorfälle entstammen entweder der Fantasie des Autors oder werden fiktiv verwendet. Ähnlichkeiten mit lebenden oder verstorbenen Personen, Firmen, Ereignissen oder Schauplätzen sind vollkommen zufällig.

Die zweite Ernte
Urheberrecht der deutschen Ausgabe © 2017 Dreamspinner Press.
Originaltitel: A Second Harvest
Urheberrecht © 2016 Eli Easton
Original Erstausgabe. Juli 2016
Übersetzt von Jutta Grobleben.

Umschlagillustration
© 2016 Bree Archer.
http://www.breearcher.com
Die Illustrationen auf dem Einband bzw. Titelseite werden nur für darstellerische Zwecke genutzt. Jede abgebildete Person ist ein Model.

Alle Rechte vorbehalten. Dieses Buch ist ausschließlich für den Käufer lizensiert. Eine Vervielfältigung oder Weitergabe in jeder Form ist illegal und stellt eine Verletzung des Internationalen Copyright-Rechtes dar. Somit werden diese Tatbestände strafrechtlich verfolgt und bei Verurteilung mit Geld- und oder Haftstrafen geahndet. Dieses eBook kann nicht legal verliehen oder an andere weitergegeben werden. Kein Teil dieses Werkes darf ohne die ausdrückliche Genehmigung des Verlages weder Dritten zugänglich gemacht noch reproduziert werden. Bezüglich einer entsprechenden Genehmigung und aller anderen Fragen wenden Sie sich an den Verlag Dreamspinner Press, 5032 Capital Cir. SW, Ste 2 PMB# 279, Tallahassee, FL 32305-7886, USA oder unter www.dreamspinnerpress.com.

Deutsche ISBN. 978-1-63533-799-0
Deutsche eBook Ausgabe. 978-1-63533-798-3
Deutsche Erstausgabe. Mai 2017
v 1.0

Gedruckt in den Vereinigten Staaten von Amerika.

DIE ZWEITE ERNTE

ELI EASTON

Für meinen eigenen Farmer, den Silberfuchs.

DANKSAGUNG

Vielen Dank an meine treuen Betaleser Kate, Veronica und RJ! Ihr seid mir immer eine große Hilfe, eine bessere Autorin zu werden, deshalb schulde ich euch so viel.

Ich liebe die Vorstellung, dass es nie zu spät ist, sein Leben zu ändern, einen besseren Schulabschluss zu machen oder einen neuen Beruf zu ergreifen, eine neue Liebe oder sogar eine neue Familie zu finden. Es wäre tragisch, wenn es nicht so wäre, oder? Dazu verdammt zu sein, auf ewig denselben Weg zu gehen, kann die Hölle auf Erden sein. Es ist nicht leicht, einen ausgetretenen Pfad zu verlassen, aber letztendlich ist es die Mühe wert. Dies ist die Geschichte über die zweite Chance eines Mannes.

TEIL 1: AUSSAAT

1

DAVID SETZTE sich, lehnte sich mit dem Rücken an die Holzbohlen des Kuhstalls und beobachtete, wie Gertrude starb. Als es dem Ende zuging, öffnete sie ihre großen, braunen Augen und schaute ihn lange an. Im Schein der Laternen warfen ihre Wimpern tiefe Schatten, daher konnte David nicht erkennen, welche Emotionen in ihren Augen zu erkennen sein mochten. War sie dankbar, dass er hier bei ihr war? Wusste sie, dass es an der Zeit war, zu gehen? War sie erleichtert, dass sie diese Farm, auf der sie ihr ganzes, langes Leben verbracht hatte, verlassen würde?

Aber sie war nur eine Kuh. Wahrscheinlich dachte sie nichts dergleichen. Als sie ihre Augen wieder schloss, war es das letzte Mal. Eine Stunde später hörte sie auf zu atmen und war gegangen.

Mit ihrem Tod schien still und leise eine Ära zu Ende zu gehen. David war dabei gewesen, als Gertrude geboren wurde. Sie war die erste Kuh, die *ihm* gehört hatte, das war schon vor ihrer Geburt so bestimmt worden, ein Geburtstagsgeschenk seiner Eltern. Er hatte sie aufgezogen und sie auf dem Bauernmarkt in Harrisburg präsentiert, als er in der elften Klasse war. Sie war ein wunderschönes Jersey-Rind mit klassischen Linien und hatte an diesem Tag den dritten Platz belegt. David war vor Stolz fast geplatzt. Gertrude war viele Jahre lang eine zuverlässige, starke Milchkuh gewesen.

Ein Farmer wurde wegen seiner Tiere nicht sentimental. Das war einfach dumm. Aber David hatte sich nicht überwinden können, Gertrude zu schlachten, als ihre Milchproduktion nachließ. Sie hatte noch zehn Jahre lang die halbe Menge Milch produziert, bis er sie in Rente geschickt hatte. Wenn ihn jemand danach fragte, erklärte er, dass es gut war, eine erfahrene Kuh zu haben, um den jüngeren Rebellen zu zeigen, wo es lang ging. Sie wusste, wie man andere Kühe und Färsen zur Räson bringen musste. Aber die Wahrheit war, dass David es einfach nicht über sich gebracht hatte, sie in den Truck zu schicken, der sie zum Schlachter gebracht hätte.

Sie war ein Teil seiner Kindheit, deshalb war es gut, dass sie nun tot war. Denn Gott allein wusste, der Junge in ihm war eine lange zurückliegende Erinnerung.

Er schaltete die Lichter in der Scheune aus und ging zurück zum Haus. Es war dumm gewesen, bei ihr zu bleiben. Am Tage musste die Arbeit erledigt werden, ob er genug geschlafen hatte oder nicht. Er war zu alt für so was.

Das Licht in der Küche war an, als er hereinkam. Er schaute auf die Uhr. Es war kurz nach fünf Uhr morgens. Amy musste wach sein.

In den letzten beiden Jahren war Amy in den Sommerferien vom College nach Hause gekommen, um im Lancaster Hospital ein Praktikum als Krankenschwester zu machen und auf der Farm beim Gemüsehandel zu helfen. Sie war es auch, die sich um die Kunden kümmerte. Sie erstellte Flyer, packte die Erzeugnisse in Kisten und traf sich jede Woche mit den Kunden, wenn sie ihre Pakete abholen wollten. Sie war sehr gut darin. Er wünschte, er könnte ihr mehr bezahlen, aber wie bei allem anderen auf der Farm, waren die Profite daraus nur sehr gering. David konnte sich nicht vorstellen, wie viele der Farmer zurechtkamen. Sein Großvater hatte die Farm abbezahlt, aber dennoch blieb nach Steuerabgaben, Unterhaltskosten und Tierfutter nur gerade genug übrig, um über die Runden zu kommen. Die Soße war dünn, wie sein Vater zu sagen pflegte.

Er öffnete die Glastür und sah Amy in ihrem Bademantel, die gerade frische Eier aus dem Kühlschrank holte.

„Hey Dad." Sie gähnte. „Was hast du so früh in der Scheune gemacht?"

„Gertrude ist gestorben."

„Oh! Das ist schade." Amy schien nicht sehr betroffen zu sein, aber sie hatte schon sehr jung gelernt, sich nicht an die Tiere zu binden.

Er nahm ein Glas aus dem Schrank, ging zum Kühlschrank und goss sich etwas Orangensaft ein. Aber als er davon trinken wollte, merkte er, dass er einen harten, dicken Kloß im Hals hatte. Er stellte das Glas wieder auf die Anrichte und holte tief Luft. Lächerlich. Als Susan gestorben war, hatte er sich nicht so erstickt gefühlt. Allerdings war sie schon mehrere Jahre lang krank gewesen. Am Ende war ihr Tod ein Segen.

„Dinge leben. Dinge sterben. Das ist der Lauf des Lebens." Seine Stimme war rau, doch der Kloß löste sich und er trank seinen Saft.

Als er sein Glas abstellte, beobachtete Amy ihn argwöhnisch. „Du klingst so zynisch. Ich mache mir Sorgen um dich, Dad. Du solltest das Angebot von Mrs. Robeson zum Abendessen annehmen. Ich glaube, sie mag dich wirklich."

„Ich bin nicht an Mrs. Robeson interessiert."

Amy verdrehte die Augen. „Du solltest ihr eine Chance geben. Mom ist jetzt seit zwei Jahren tot. Sie hätte nicht gewollt, dass du für immer allein bleibst. Und Mrs. Robeson hat Joe und mich in der Sonntagsschule unterrichtet. Sie ist sehr nett."

David gab Amy einen warnenden Blick. „Ich möchte nicht über mein Liebesleben sprechen, vielen Dank auch. Willst du diese Eier kochen oder wartest du darauf, dass sie schlüpfen?"

3

Amy lachte prustend, aber sie öffnete den Schrank und holte eine Pfanne heraus. „Sklaventreiber! Ich mache mir einfach Sorgen um dich. Ich finde es schrecklich, dass du hier allein bist, wenn ich wieder zur Schule fahre. Joe kommt ja kaum nach Hause."

„Das macht mir nichts aus."

„Ich weiß! Das ist ja das Problem. Du verwandelst dich in einen Eremiten. Wenn ich das nächste Mal nach Hause komme, hast du bestimmt einen Bart, der bis zu deinem Bauchnabel reicht. Ich weiß, dass du von Mikrowellenmahlzeiten, Hot Dogs und Chips lebst. Das ist nicht gesund. Du *solltest* wieder heiraten. Ich weiß, dass Pastor Mitchell das auch so sieht."

„Pastor Mitchell will bloß seine alten Jungfern und Witwen verheiraten, damit er ihnen nicht mehr die Hand halten muss. Daran bin ich nicht interessiert."

David meinte es nicht vollkommen ernst, aber Amy keuchte dennoch auf. „Dad! Das kannst du doch nicht sagen!"

David wackelte ohne Reue mit den Augenbrauen und verließ die Küche.

Er ging nach oben und nahm eine Dusche. Unter dem heißen Wasser machte sich die schlaflose Nacht bemerkbar und er wusste, es würde ein *langer* Tag werden. Warum hatte er sich verpflichtet gefühlt, bei Gertrude zu bleiben? Sie hatte wahrscheinlich nicht einmal bemerkt, dass er da war. Aber beim Gedanken an sie überkam ihn wieder Traurigkeit. Ein Bild entstand in seinem Kopf – von fallenden Blättern und einem Jungen, mit dem er darin gespielt hatte, lachend. Er hatte keine Ahnung, wieso er daran gedacht hatte.

Er kam aus der Dusche und wischte mit der Hand den beschlagenen Spiegel ab. Er betrachtete sich kritisch und überlegte, ob er das Rasieren heute Morgen ausfallen lassen konnte. Sein Spiegelbild überraschte ihn, wie immer. Er fühlte sich so alt. Er rechnete stets damit, graue Haare und ein faltiges Gesicht zu sehen, wenn er in den Spiegel schaute. Aber es gab nur an seinen Schläfen wenige graue Strähnen in dem dunkelbraunen Haar und in seinem kurz geschnittenen Bart. Sein Gesicht war nicht jung, aber es hatte auch keine Falten. Seit dem Tod von Susan hatte er etwa fünfzehn Kilo abgenommen, deshalb sah er jünger aus.

Schön. Er mochte nicht alt *aussehen*, aber er fühlte sich so. Und plötzlich verstand er, warum er bei Gertrude geblieben war. Er wollte zusehen, wie sie schließlich doch noch von der Farm entkam, indem sie ihren Körper einfach zurückließ und dorthin ging, wohin niemand ihr folgen konnte.

Eines Tages würde David auch gehen, vielleicht auf die gleiche Art. Er würde seine Augen schließen, verschwinden und nur eine leere Hülle zurücklassen. Aber, lieber Gott, er war im letzten Mai erst einundvierzig geworden. Selbst wenn er so starb wie sein Vater, im Alter von achtundfünfzig Jahren, würde er noch viele Jahre warten müssen.

4

Einfach … *warten.*

Er konnte den melancholischen Ausdruck in seinem Spiegelbild nicht ertragen. *Narrheit!* Mit einem angewiderten Schnauben trocknete David sich ab und putzte seine Zähne, dabei mied er den Blick in den Spiegel. Er beeilte sich. Arbeit erwartete ihn und es gab niemanden, der sie für ihn erledigte.

CHRISTIE KAM in der kleinen Toilettenkabine auf die Füße. Er musste sich mit der Hand an der Wand abstützen, um hochzukommen, aber ob das am Alkohol oder seinen dreißig Jahre alten Knochen lag, konnte er nicht sagen. Die schwarzen Wände erzitterten unter seiner Hand durch das *Wumm Wumm* vom Bass der Musik.

„Das war toll! Kann ich mich revanchieren?" Der junge, heiße Latino schaute Christie hoffnungsvoll an.

„Nein danke. Nicht nötig."

Christie war nicht gekommen, aber das war in Ordnung. Er wurde hart und es fühlte sich gut an, wenn er die Hand in seiner Hose hatte, aber er hatte den Drang, zum Höhepunkt zu kommen, verloren. Und *das* hatte definitiv etwas mit den Dirty Martinis zu tun. Den Martinis und der Langeweile. Er hatte nur eingewilligt, mit dem Typen zu gehen, weil dieser offensichtlich ein Tourist war und seinen ganzen Mut zusammengenommen hatte, um Christie anzusprechen. Er hatte den jungen Mann nicht zurückweisen wollen. Außerdem war er heiß, mit heller, karamellfarbener Haut und großen, ausdrucksvollen Augen. Er war so jung und unerfahren, dass er praktisch leuchtete.

„Großartig. Oh – warte. Ich habe etwas." Der Typ holte ein Tütchen mit drei blauen Pillen aus seiner Tasche. „Das ist X. So ein Kerl hat mir eine Probe gegeben. Der Stoff soll klasse sein." Er öffnete das Tütchen, nahm eine Pille heraus und hielt Christie die anderen hin.

„Nein danke. Ich habe schon genug getrunken."

Der Kerl zuckte mit den Schultern und schluckte die Pille trocken. „Dann heb sie dir für später auf. Und denk dabei an mich." Er zwinkerte, schloss das Tütchen und stopfte es in die Vordertasche von Christies enger Jeans.

„Danke." Christie lächelte. Er hatte nicht vor, die Pillen zu nehmen, aber es war nett, dass der Kerl sie ihm angeboten hatte.

„Viel Spaß noch!"

Der heiße Typ verließ die Toilette. Christie folgte ihm langsam. Er wusch seine Hände und spülte seinen Mund aus. Im Spiegel sahen seine Pupillen riesig aus, das Schwarz wurde nur von einem schmalen, blauen Streifen umrahmt. Er sah ausgepowert aus, alt. Plötzlich fühlte er sich müde. Er wollte nach Hause.

Draußen im Club arbeitete er sich durch die Menge. Es war Samstagabend und der Boiler Room war voll bis zum Anschlag. Dafür hatte Christie keine Geduld. Es hatte sich in letzter Zeit falsch angefühlt, er war seiner üblichen Szene gegenüber kritischer. Sein Blick wanderte über die Menge auf der Suche nach seinem Mitbewohner Kyle.

Auf der Tanzfläche und an der Bar war die übliche Mischung aus Touristen, die eine „schwule New Yorker Club-Erfahrung" erleben wollten, und Stammgästen, die sich hier und dort zusammengerottet hatten. Christie kannte sie alle. Er war selbst einer von ihnen. Und natürlich waren da noch ein paar Idioten, die den Blick auf ihr Handy gerichtet hatten. *Was schaut ihr euch da an? Grindr? Ihr seid in einem Club, ihr Arschlöcher.*

Die aufkommende Verärgerung erinnerte ihn daran, warum er von der Szene langsam genug hatte. Alles war so oberflächlich, so vergänglich. Die Touristen kamen und gingen, die regulären Gäste blieben und wurden Jahr für Jahr gehässiger und zynischer – und nicht zuletzt älter. Christie eingeschlossen.

Und, um Himmels willen, lag es an ihm oder wurden die Twinks jeden Tag jünger? Babys, alle miteinander. Christie war ebenfalls wie sie gewesen. Jetzt fühlte er sich wie Gammelfleisch. Die Freude daran war verschwunden, aber es war schwer, eine acht Jahre alte Gewohnheit zu durchbrechen. All seine Freunde in der Stadt waren Teil der Szene, ganz besonders Kyle. Sein bester Freund dachte noch nicht einmal im Traum daran, sich vom Feiern zu verabschieden.

Christie entdeckte Kyle auf der Tanzfläche mit Billy. Billy war auch ein Stammgast. Er war ein großer, muskelbepackter, netter Kerl, der ernsthaft auf Kyle stand. Sie hatten ein paar Mal miteinander geschlafen, aber Kyle war der Letzte, der sich binden wollte. Er hatte heute Abend mit mindestens einem Anderen, von dem Christie wusste, etwas gehabt, ein hübscher Rotschopf. Er sah ebenfalls erschöpft aus.

Christie kämpfte sich zu ihm durch. „Hey!", brüllte er. „Ich mache mich auf den Weg."

Kyle schmollte, dann nahm er Christies Hände und zwang ihn zum Tanzen. Sie tanzten ein paar Minuten zusammen, aber Christie hatte wirklich genug. Es war nach ein Uhr morgens und er wollte einfach nur nach Hause. „Bleibst du noch?", fragte er Kyle.

Kyle schüttelte den Kopf. „Nein, ich komme mit. Lass uns gehen." Er küsste Billy leidenschaftlich, dann winkten sie ihren Bekannten zu, während er Christie zum Ausgang zog.

Sie liefen die sechs Blocks zu ihrer Wohnung. Christie liebte es, im East Village zu leben, aber er musste zugeben, dass die Nähe zum Boiler Room ein entscheidender Faktor in der Entscheidung gewesen war, sein winziges, aber teures Appartement unterzuvermieten. Auf jeden Fall war es einer der Gründe, warum Kyle eingezogen war. Die Wohnung hatte nur ein Schlafzimmer, aber Christie bezahlte mehr Miete, deshalb hatte er das Zimmer für sich. Kyle hatte ein Schrankbett im Wohnzimmer. Es war ein andauernder Kampf, die Wohnung davor zu bewahren, im Chaos zu versinken, aber trotz der vielen Nachteile hatte das Appartement drei entscheidende Vorteile: seine Lage, seine Lage und seine Lage.

Sie schleppten sich praktisch gegenseitig die Treppe hinauf. Wie immer, nachdem sie im Club gewesen waren, schleuderten sie ihre Schuhe weg, wanden sich aus ihren engen Jeans und setzten sich in ihrer Unterwäsche für eine letzte Runde auf die Couch. Kyle zündete einen Joint an und Christie holte eine halb volle Flasche Rotwein aus der Küche und entkorkte sie. Er lümmelte sich wieder auf die Couch, dabei stellte er die Flasche auf seine Handfläche, um zu testen, wie nüchtern er war. Sie schwankte, und das nicht zu knapp.

„Du verschüttest ihn noch, Idiot!", beschwerte Kyle sich. „Und das ist, äh, Wotwein."

„Wotwein?" Christie kicherte. Kyle reichte ihm den Joint und er nahm einen tiefen Zug. Nur einen. Er war von den Martinis immer noch ziemlich betrunken.

„Wot!", versuchte Kyle es erneut. „W-Rrrot! Rot! Wein!"

Sie lachten beide auf und besagter Rotwein kippte gefährlich. Christie reichte Kyle den Joint und führte die Flasche an die Lippen. „Wir sollten ihn besser austrinken, sonst verschütte ich ihn noch."

Kyle nahm einen Zug, hielt den Rauch und blies ihn in einer duftenden Wolke wieder aus. Er nahm sofort einen weiteren, dabei zog er so fest, dass das Papier rot aufflammte. Mann, der Kerl konnte einen Joint innerhalb von Minuten aufrauchen. Er hielt Christie den Joint hin.

„Nein danke."

Kyle zuckte mit den Schultern und nahm noch einen tiefen Zug.

„Gott sei Dank muss ich morgen nicht früh aufstehen. Sonntage sind klasse", seufzte Christie. Er fürchtete sich jetzt schon vor dem Kater, der ihn erwartete.

„Nur dass nach dem Sonntag der Montag kommt", beschwerte sich Kyle, dabei klang er komisch, denn er versuchte, den Rauch einzuhalten.

„Erinner mich nicht daran."

Christie hatte seinen Job als Grafikdesigner immer geliebt, aber in letzter Zeit fehlte ihm die Inspiration und das Verhältnis zu seinem Boss hatte sich auch verschlechtert. Er wusste, dass es seine Schuld war. Er leistete keine so gute Arbeit mehr wie früher. Er sollte vielleicht eine Kunstgalerie besuchen, um neue Motivation zu finden. Vielleicht konnte er das morgen tun – ein entspannter Sonntag mit Kunst.

Sein Blick fiel auf einen Stapel Dokumente, die auf dem Couchtisch lagen. Oder … Lancaster County, Pennsylvania. Konnte er dort vielleicht neue Inspiration finden? Er schnaubte. Eher würde er dort frischen Dung finden.

Kyle bemerkte, wohin er schaute. Er begann zu singen, laut und absichtlich falsch. „Old McDonald hat 'ne Farm, i-ei-i-ei-o!"

„Halt den Mund!"

Kyle grunzte wie ein Schwein und schnüffelte an Christies Schulter. Christie lachte.

„Ich sage dir andauernd, es ist keine Farm, sondern nur ein Haus", protestierte Christie.

„Es ist nicht in der Stadt, also ist es eine Farm. Fliegen, Schweinemist und wirklich, wirklich, *wirklich* großer Mais oder grüne Bohnen oder was auch immer."

„Du bist so breit. Es ist ein kleines Haus auf dem Land. Hör auf, mich vollzusabbern und mach das Ding aus, bevor du dir die Finger verbrennst." Christie schubste Kyle weg und Kyle drückte den Joint mit trübem Blick im Aschenbecher aus.

„Ich wünschte, mir würde eine reiche Verwandte etwas hinterlassen", murmelte Kyle.

Christies Tante Ruth war nicht reich gewesen, aber scharfsinnig und sparsam. Sie hatte Christie ihr Haus schuldenfrei hinterlassen. Der Anwalt meinte, er könnte es für einhunderttausend Dollar verkaufen, aber Christie wollte es sich vorher zumindest einmal ansehen. Er hatte schöne Erinnerungen an das Haus, als er sie in seiner Kindheit besucht hatte.

„War das der letzte Joint?", murrte Kyle.

„Ja. Aber wir haben beide genug. Zeit fürs Bett."

„*Fuck.*" Kyle klang niedergeschlagen. Er rieb sich mit den Daumenballen über die Augen. „Was ist mit Pillen? Hast du welche?"

Christie schaute auf seine Uhr. „Meine Güte, Kyle, es ist zwei Uhr morgens."

„Ach komm schon! Gras reicht mir einfach nicht mehr. Ich kann sonst nicht schlafen. Hast du jetzt etwas oder nicht?"

Christie schaute seinen Freund an, oder er versuchte es zumindest. Alles war etwas verschwommen. Verdammt, er hatte heute Abend wirklich zu viel getrunken. Er hatte im Club fünf Dirty Martinis getrunken, außerdem den Shot, den Mick ihm gekauft hatte. Das alles im Lauf von drei Stunden, es schien also nicht sehr viel. Aber eines musste man bedenken, wenn man ein regelmäßiger Gast im Boiler Room war – die Barkeeper waren mit dem Alkohol in den

Drinks sehr großzügig, außerdem hatte Christie nicht viel zu Abend gegessen. Ein einziger Zug am Joint hatte gereicht, dass er sich nicht mehr gut fühlte. In seinem Kopf dröhnte es.

Kyle hingegen setzte sich auf und schaute ihn erwartungsvoll an. War er tatsächlich noch nicht high genug? Egal. Christie war nicht sein Babysitter. Und es war ja auch nicht so, dass sie noch irgendwohin wollten.

Er nahm das Tütchen, das der Kerl aus der Toilette ihm gegeben hatte, und warf es Kyle zu. „Ein Typ hat sie mir gegeben. Er meinte, es wäre X. Aber ich kenne ihn eigentlich nicht, also solltest du vielleicht nicht –"

Kyle hatte das Tütchen bereits geöffnet. Er warf beide Pillen in seinen Mund und schluckte.

„Hey!"

„Tut mir leid, wolltest du auch eine?" Kyle legte die Hand auf seinen Mund. Er sah betreten aus.

„Du bist so gierig!"

Kyle kicherte immer heftiger, bis er lauthals lachend halb auf Christie lag. „Es tut mir leid! Wirklich, wirklich leid! Das war unhöflich! Es waren ja auch deine Pillen! Oh mein Gott!"

„Blödmann!"

„Ich bin kein Blödmann!" Kyle setzte sich auf, zog die Schultern zurück und setzte sein strahlendstes Lächeln auf. Nein, Kyle war kein Blödmann. Er war einfach hinreißend. Er hatte platinblondes Haar, große, blaue Augen und einen zierlichen Körperbau, genau wie Christie. Sie könnten praktisch Zwillinge sein. Die Männer liebten Kyle und er war ein echter Schatz. Außerdem war er eine richtige Schlampe, aber er würde einem sein letztes Hemd überlassen. Andererseits sollte gerade Christie sich nicht über Schlampen beschweren.

Kyle wankte ein wenig, während er sich in Pose warf, und seine Augen sahen komisch aus. Christie begann, sich Sorgen zu machen. Kyle hätte diese beiden Pillen nicht gleichzeitig nehmen sollen. „Du musst etwas Wasser trinken, Ky. Ich hole welches."

Er ging in die Küche, um Wasser zu holen. Es war wirklich an der Zeit, den Abend zu beenden. Würde Kyle überhaupt schlafen können, nachdem er zwei Tabletten X genommen hatte? Oder wäre er noch stundenlang wach und würde versuchen, Christie in ein Gespräch zu verwickeln? Oh Gott, bitte lass ihn nicht durchdrehen, wie vor ein paar Monaten, als er irgendwelche Pillen im Club genommen hatte. Er hatte Christie in dieser Nacht wirklich Angst gemacht.

Christie stand am Spülbecken und ließ das kalte Wasser einen Moment lang laufen. Er blinzelte und kam wieder zu sich. Er füllte zwei Gläser und brachte sie ins Wohnzimmer.

„Ich will, dass du das ganze Glas trinkst. Du wirst –"

Kyle war auf der Couch zusammengesunken. Seine Pupillen waren nach oben gerollt und unter seinen leicht geöffneten Augenlidern war nur ein schmaler, weißer Streifen zu sehen. Aus seinem Mund drang Schaum und sein Körper zuckte leicht.

Christie schrie: „Kyle!"

Sofort erhielt der Abend ein anderes Gesicht. Die beiden Gläser, die Christie in der Hand gehalten hatte, landeten auf dem Boden und zerbrachen, das Wasser spritzte überall hin. „Kyle, oh mein Gott!"

Glas schnitt in Christies bestrumpfte Füße, als er zur Couch stolperte, doch er zuckte nur kurz und lief weiter. Er rüttelte an Kyles Schultern und zog an seinem Kinn, dabei musste er dagegen ankämpfen, dass Kyle die Zähne zusammenbiss. „Kyle, geht es dir gut? Kyle!"

Christie schaute sich um, verzweifelt auf der Suche nach etwas, das Kyles Mund offen halten würde. Wie sollte er atmen, wenn sein Mund voller Schaum und klebrigem Zeug war? Christie stürzte wieder in die Küche und holte ein Handtuch, dabei zerschnitt er erneut seine Füße. Er rannte zurück, dabei drehte er es zu einem Seil, das er zwischen Kyles Zähne zwang. „Oh Gott. Oh mein Gott!"

Er tastete nach seinem Handy auf dem Couchtisch und wählte 911. „Helfen Sie mir! Bitte! Mein Freund, er hat eine Überdosis genommen. Er hat Krämpfe!"

„Beruhigen Sie sich, Sir. Nennen Sie mir Ihre Adresse."

Christie nannte der Frau die Adresse. „Wir wohnen im sechsten Stock, Appartement 613. Bitte beeilen Sie sich!"

„Der Krankenwagen ist unterwegs. Und jetzt, Sir, müssen Sie sich beruhigen und ihm helfen. Können Sie das?"

Die Dispatcherin – Gott segne sie für ihre strengen, aber fürsorglichen Worte – erklärte Christie, wie er Kyles Atemwege freimachen konnte. Er krampfte nicht mehr, aber er war nun bewusstlos. Die Dame erklärte Christie, wie er Kyle lagern sollte, damit er nicht erstickte.

Christie tat alles, was sie sagte, aber er hatte das Gefühl, dass er alles falsch machte. Er war mit den Nerven am Ende und immer noch zu betrunken, um klar denken zu können. Er nahm Kyles Handy mit einer Hand und schickte eine kurze Nachricht an Billy. Er brauchte *sofort* Hilfe.

Nur Sekunden schienen vergangen zu sein, als Billy an ihre Tür hämmerte und Christie ihn hereinließ. Billy sagte nichts, sondern fiel sofort neben Kyle auf die Knie und begann, ihn wiederzubeleben. Er schien zu wissen, was er da tat. Sein Gesicht war weiß vor Angst und in seinen Augen standen Tränen.

„Sir?" Christie hatte vergessen, dass er immer noch das Handy in der Hand hatte.

„Mein Freund macht gerade Herzdruckmassage", flüsterte Christie der Frau zu.

Ihm war, als müsste er sich übergeben. Das Zimmer wurde grau und das Handy glitt aus seinen Fingern, als Entsetzen ihn packte.

Was, wenn ich zu high gewesen wäre, um den Notruf zu wählen?

Was, wenn stattdessen ich diese Pillen genommen hätte oder wir beide jeweils eine? Ginge es mir dann genauso wie Kyle? Wer hätte dann den Notruf gewählt?

Wird Kyle sterben? Wie soll ich mit mir selbst leben, wenn Kyle stirbt?

Zum ersten Mal seit acht Jahren betete Christie. Er betete ehrlich und von ganzem Herzen. *Bitte Gott, bitte lass Kyle überleben. Ich schwöre, ich werde das Feiern für immer aufgeben und nie wieder Alkohol oder eine andere Droge anfassen. Lass Kyle nur überleben!*

In der Ferne kam der Klang von Sirenen näher, dann wurde Christies Welt schwarz.

2

„CHRISTIE? SIND Sie wach?"

Christie öffnete die Augen. Er lag in einem Krankenhausbett. Über ihm stand ein Arzt und leuchtete mit einem Licht in Christies Augen. „Da sind Sie ja. Sie müssen mir sagen, was Ihr Freund Kyle heute Nacht genommen hat. Das ist sehr wichtig. Verstehen Sie das? Und ich muss auch wissen, was Sie genommen haben."

Er war im Krankenhaus? Er musste ohnmächtig geworden und dann von der Ambulanz mitgenommen worden sein. Himmel. Er versuchte, sich aufzusetzen, und der Arzt ließ es zu, dabei beobachtete er ihn genau. Er hatte eine Infusion und fühlte sich halbwegs klar, auch wenn sein Kopf fürchterlich wehtat.

„Geht es Kyle gut?"

„Nein", sagte der Doktor ohne Weichheit in der Stimme. „Es geht ihm nicht gut. Wir haben ihm den Magen ausgepumpt, aber wir müssen wissen, was sich in seinem Blutkreislauf befindet."

Christie erzählte ihm, was Kyle wahrscheinlich im Club getrunken hatte, außerdem von dem Rotwein, dem Joint und den beiden Tabletten, die angeblich Ecstasy gewesen waren.

Das Gesicht des Doktors wurde hart. „Wissen Sie, wie gefährlich es ist, Christie, von Fremden Drogen anzunehmen?"

Christie wusste es. Aber alle im Club teilten ihre Drogen. Normalerweise war alles in Ordnung. Aber dieses Mal nicht. „Es war dumm", stimmte er zu.

Ich hätte Kyle die Pillen niemals zeigen dürfen. Ich hätte sie in den Müll werfen sollen, sobald der Typ die Toilette verlassen hatte.

Durch den verurteilenden Blick im Gesicht des Arztes fühlte Christie sich beschissen. Wie war es nur so weit gekommen? Er war streng erzogen worden, hatte eine Schulbildung genossen, um die andere ihn beneideten, einen guten, professionellen Job, sah recht annehmbar aus und hatte ein Appartement in Manhattan … er hatte alles. Also wieso fand er sich in einer Szene wieder, die aus *Intervention* hätte stammen können?

Das bin ich nicht. Er war kein Alkoholiker oder Drogensüchtiger, er feierte einfach gern an den Wochenenden. Jeder, den er kannte, tat dasselbe. Und dennoch war er hier.

„Also, wir wissen nicht, was für Pillen das waren, aber es war kein Ecstasy. Sie wissen nicht mehr darüber?", drängte der Doktor weiter.

Christie schüttelte den Kopf. „Der Mann, der sie mir gegeben hat, hat auch eine geschluckt, also kann er nicht gewusst haben, dass sie gefährlich sind." Er beschrieb die Pillen, so gut er konnte – also praktisch nur klein und blau. Er konnte sich nicht erinnern, ob sie eine Markierung gehabt hatten.

Der Arzt runzelte die Stirn und notierte alles. Er ließ sich auch den Latino von Christie beschreiben. Er sagte nichts, als Christie sich nicht an dessen Namen erinnern konnte. „Ich werde es der Polizei mitteilen. Der Mann, der Ihnen die Pillen gegeben hat – er könnte vielleicht in Schwierigkeiten sein, wenn er auch eine genommen hat."

„Es tut mir leid", wiederholte Christie sinnlos.

„Und Sie haben keine derartigen Pillen genommen?"

„Nein, das habe ich Ihnen doch schon gesagt – Alkohol und einen Zug Gras. Das war alles."

„Sie waren bewusstlos, als der Krankenwagen ankam und Ihre Füße waren aufgeschnitten. Ihr Blutalkoholspiegel lag bei 2,4 Promille. Ist Ihnen bewusst, Christie, dass ein Wert von 3,5 Promille tödlich sein kann?"

„Wir waren schon wieder zu Hause", sagte Christie hilflos, aber sein Magen brannte. Er war *wirklich* betrunken gewesen. Fast zu betrunken, um Kyle zu helfen. Er bewegte die Füße unter dem Laken und fühlte die Verbände. Jetzt, wo er sich daran erinnerte, dass er sich an den Glasscherben geschnitten hatte, begannen sie wehzutun. „Wird Kyle überleben?" Die Worte blieben ihm fast im Halse stecken.

Der Ausdruck des Doktors wurde endlich weicher. „Das wird er. Er hatte Glück. Dieses Mal. Und was Sie angeht, wir geben Ihnen Flüssigkeit und testen stündlich Ihr Blut. Wenn Ihr Blutalkoholspiegel unter 0,8 Promille liegt, dürfen Sie gehen. Aber wenn Ihnen noch irgendetwas einfällt, was Kyle helfen könnte, lassen Sie es uns hoffentlich wissen."

Christie nickte erleichtert. Er schaute dem Doktor nach, dann betrachtete er die Infusionsnadel in seinem Arm und beschloss: Es war an der Zeit für eine Veränderung.

„Die frischgebackenen Ehemänner dürfen sich jetzt küssen."

Christie beobachtete, wie Kyle und Billy sich begeistert küssten. Der Anblick erzeugte eine seltsame Mischung aus Hoffnung, Eifersucht und Besorgnis. War es wirklich das, was Kyle wollte? Würde es ihm gut gehen?

Seit jener Nacht vor drei Monaten, als Kyle fast gestorben war, hatte dieser sich verändert. Sowohl für Christie als auch für Kyle war diese Nacht ein

Weckruf gewesen, allerdings war Kyles Verwandlung extrem. Er hatte einen kalten Entzug gemacht – kein Alkohol, keine Drogen, keine Clubs. Und er war fest mit Billy zusammen. Es war sogar Kyle gewesen, der die berühmte Frage gestellt hatte. Er war überzeugt, dass es an der Zeit war, sich niederzulassen.

All das waren gute Veränderungen, aber Christie machte sich Sorgen wegen der Geschwindigkeit, in der alles passiert war. Er hoffte, dass Kyle sich an seinen Entschluss hielt und wirklich glücklich war.

Es war schwer zu glauben, dass ein Teil ihres Duos – Kyle und Christie, die wilden, erstaunlichen Partyboys – verheiratet war. Natürlich sehnte Christie sich ebenfalls danach. Er wollte eine stabile Beziehung, eine Chance, sich mit jemandem ein Zuhause aufzubauen, jemanden, auf den er sich verlassen konnte und der mit ihm durch dick und dünn ging. Aber es zu wollen war eine Sache, jemanden zu *finden* eine ganz andere. Er konnte sich nicht vorstellen, sich mit einem der Männer, die er kannte, niederzulassen. Seine Beziehungen begannen immer mit großer Verliebtheit und endeten mit einer Enttäuschung.

Wahrscheinlich erwartete er zu viel, aber er wollte nicht hinter jemandes Karriere oder dessen Verlangen, durch die Betten zu ziehen, zurückstehen, oder auch hinter der Eitelkeit seines Partners. Es hatte einen denkwürdigen Prince Charming gegeben, der lieber ins Fitnessstudio gegangen war, als zu der Geburtstagsfeier zu erscheinen, die Kyle für Christie organisiert hatte. Das hatte das Ende dieser 'Beziehung' markiert.

Aber Billy war wirklich ein lieber Kerl. Wenigstens hatte Kyle gut gewählt.

Die Zeremonie war vorbei und Billy und Kyle umarmten ihre Gäste. Im Zimmer des Standesamtes in der Worth Street waren ungefähr zwanzig Leute. Die meisten waren Freunde, aber Kyles Mom war da. Sie sah elegant aus in ihrem apricotfarbenen Kostüm, auch wenn ihr Gesicht voller verlaufenem Mascara war. Billys Eltern waren auch da. Sie sahen ein wenig überwältigt aus.

Kyle umarmte Christie. „Ich bin verheiratet. Ist das zu glauben?"

„Du hast so ein Glück. Billy ist ein toller Kerl." *Bitte brich ihm nicht das Herz.*

„Ich weiß! Er ist zu gut für mich, aber ich bin einfach selbstsüchtig." Kyle lehnte sich zurück und lächelte Christie verträumt an. „Jetzt müssen wir nur noch für dich einen Ehemann finden."

Christie lachte. „In Lancaster County wohl kaum."

Da sah Kyle ihn traurig an und schob die Unterlippe vor. „Ich kann nicht glauben, dass du mich verlässt." Er umarmte Christie erneut.

„Du hast mich zuerst verlassen."

„Ja, aber aus gutem Grund."

Kyle hatte vor vier Wochen verkündet, dass er aus ihrer gemeinsamen Wohnung ausziehen würde. Christie hätte sich einen anderen Mitbewohner suchen können, aber das Appartement war zu klein, um es mit jemandem zu teilen, der nicht praktisch sein Bruder war. Außerdem lag es zu nah an den Clubs und all ihren Partyfreunden. Zu verführerisch.

Christie brauchte ebenfalls eine Veränderung – eine drastische Veränderung. Deswegen hatte er entschieden, das Appartement aufzugeben, sich eine sechsmonatige Pause von Manhattan zu gönnen und in dem Haus zu wohnen, das er von seiner Tante geerbt hatte. Das würde ihm genug Zeit geben, ihre Sachen durchzugehen, das Haus zurechtzumachen und es zu verkaufen. Das schien ihm das Richtige zu sein. Sie hatte ihm ihren Besitz hinterlassen, inklusive ihres gesamten Hab und Guts. Er wollte sich selbst darum kümmern, statt einen Fremden zu engagieren, der sich durch ihre Sachen wühlte. Außerdem brauchte er eine Pause vom Leben in der Stadt. Er fühlte sich sehr wehmütig, wenn er an das Landleben dachte. Ironisch. Als er aufgewachsen war, konnte er seiner Kleinstadt gar nicht schnell genug entkommen. Er hätte nicht in einer Million Jahren gedacht, dass er dieses Leben vermissen würde.

„Du kommst doch zurück, oder?", fragte Kyle und studierte Christies Gesicht. „Wenn du das Haus deiner Tante verkauft hast. Du kommst zurück?"

„Ich werde innerhalb von einem Monat die Wände hochgehen. Natürlich komme ich zurück. Ich kann mir wohl kaum im ländlichen Pennsylvania ein schwules Leben aufbauen."

Da runzelte Kyle die Stirn. „Sei vorsichtig, okay? Da gibt es bestimmt viele Hinterwäldler. Und, du weißt schon, Republikaner!"

Christie lachte. „Ich glaube nicht, dass Schwule dort gehängt werden, Kyle." *Jedenfalls hoffe ich das.*

Billy gesellte sich zu ihnen und schlang seine starken Arme um sie beide. Er sah so glücklich aus, dass Christies Herz wehtat. „Ihr beide seht heute toll aus. Babe, komm und begrüß meine Eltern."

Kyle küsste Billys Wange. „Ich bin gleich da, Schatz."

Billy entfernte sich und Kyle umarmte Christie ein letztes Mal. Dabei schwang etwas Angst mit. „Wer hätte das gedacht? Ich bin verheiratet und du verlässt die Stadt. Aber wir kommen schon klar, nicht wahr?"

Christie murmelte zustimmend, aber er hatte ebenfalls Angst.

3

EIN FREMDER war in das Haus von Ruth Landon gezogen. David hatte den Mann aus der Ferne gesehen. Er war jung, blond und sah aus wie ein Stadtmensch, von seinen teuren Stiefeln und den engen Jeans bis zu seinem Haarschnitt. Er war wahrscheinlich Ruths Erbe. David hatte gehört, dass sie ihr Haus einem Neffen hinterlassen hatte.

Er hatte seine Pflichten vernachlässigt, denn es war ihm unangenehm, mit dem jungen Mann zu sprechen, aber er konnte es nicht mehr länger aufschieben. Also hatte er am Mittwoch, nachdem Earl die Kühe zum zweiten Mal gemolken hatte und nach Hause gegangen war, und David selbst seine Arbeiten auch erledigt hatte, beschlossen hinzugehen. Er duschte, stellte eine Fertigmahlzeit in den Ofen und zog seine beste Jacke aus Wildleder und Lammfell an, dann ging er über den Kiesweg zum Landon-Grundstück.

Die Lichter in dem kleinen Backsteinhaus waren eingeschaltet, also vermutete David, dass der Fremde zu Hause war. *Das ist geschäftlich. Kein Grund, nervös zu sein.* Er klopfte an die Vordertür. Es gab keine Antwort, deshalb versuchte er es erneut.

„Hallo?" Der Fremde kam um das Haus herum. Gott, von Nahem sah er noch extravaganter aus. Sein gutes Aussehen überraschte David. Sein hellblondes Haar war im Nacken kurz, aber länger an den Seiten und fiel ihm in Strähnen ins Gesicht. Er hatte große, blaue Augen. Sein Gesicht war zart, mit einer langen, schmalen Nase, einem kleinen Kinn und einem fein geschnittenen Mund. Er hatte eine durchschnittliche Größe, aber war ziemlich dünn, und seine blaue Jeans war hauteng. Kleine, silberne Ringe mit Kugeln zierten seine Ohren. Er trug ein hellblaues Langarmshirt, das zu seinen Augen passte, eine schwarze Daunenweste und Stiefel mit einem Fellrand. Dieses Outfit sah modischer aus als alles, was David in seinem ganzen Leben jemals getragen hatte.

David wandte den Blick ab und konzentrierte sich auf die Weste des Mannes, damit er ihm nicht in die Augen sehen musste.

„Ich dachte, ich hätte jemanden gehört. Hi! Wer sind Sie?"

Die Stimme des Mannes war freundlich, wenn auch sehr hoch, als wäre er jünger als Mitte zwanzig, wonach er aussah.

„Hi. Ich bin David Fisher. Mir gehört die Farm nebenan." Er kam näher und streckte die Hand aus und der Fremde schüttelte sie.

16

„Oh, hi! Ja, ich habe Sie schon bei der Feldarbeit gesehen. Ich bin Christie Landon. Meine Tante Ruth hat hier gewohnt."

David steckte die Hände in die Taschen seiner Jeans, denn es war ihm unangenehm. „Ruth war eine gute Frau. Mein herzliches Beileid."

Christie runzelte die Stirn. „Danke. Ja, ich hatte sie leider seit ein paar Jahren nicht mehr gesehen, aber sie war eine sehr coole Dame. Hey, macht es Ihnen etwas aus, wenn wir nach hinten gehen? Ich bin gerade dabei, Blätter zu verbrennen und ich habe Angst, dass ich den östlichen Teil von Pennsylvania in Brand setze, wenn ich sie unbeaufsichtigt lasse."

Christie lachte über sich selbst und David entspannte sich ein wenig. Stadtmensch oder nicht, Christie schien nicht abfällig oder hochnäsig zu sein. „Sicher."

Christie ging voraus um das Haus herum. David bemerkte, dass das Gras dringend geschnitten werden musste. Es war Anfang Oktober, also hatte es das Wachstum für dieses Jahr eingestellt, doch es war wahrscheinlich seit Monaten nicht mehr gemäht worden. Es war zu lang und sollte über Winter nicht so bleiben. Vielleicht sollte er seinen Rasentraktor anbieten.

Oder vielleicht sollte er sich einfach aus Christie Landons Angelegenheiten heraushalten.

Ruth hatte in einer Ecke ihres Gartens ein altes Fass aufbewahrt, in dem man Dinge verbrennen konnte. David hatte oft gesehen, wie sie es benutzte. Jetzt wanden sich kleine Rauchwölkchen darüber, schwarz und schwächlich.

„Ähm, ich war nicht sicher, was ich mit all den Blättern anfangen sollte, also habe ich es gegoogelt. Da habe ich gelesen, dass man sie verbrennen kann und Tante Ruth hatte dieses Fass, also habe ich vermutet, dass sie es so gemacht hat. Aber ich glaube, ich mache es nicht richtig."

Er hatte *gegoogelt*, was man mit heruntergefallenen Blättern macht? Der Gedanke erstaunte David, aber Christie klang unsicher und Davids Instinkt sagte ihm, sich nachbarschaftlich zu verhalten und Hilfe anzubieten. Wenn er eins wusste, dann, dass es eine endlose Aufgabe war, Blätter zu entsorgen.

Er ging zu dem Fass und spähte hinein, was bei dem Rauch nicht so einfach war, aber er wusste bereits, wo das Problem lag. „Die Blätter sind zu nass. Deshalb brennen sie nicht gut."

Er gestattete sich einen Blick zu Christie, um dessen Reaktion zu sehen. Christie biss sich auf die Lippe und sah verlegen aus. „Oh. Das klingt logisch. Ich habe sie einfach aufgeharkt und da reingestopft."

„Letzte Nacht hat es ziemlich viel geregnet. Man lässt sie am Besten liegen, bis sie getrocknet sind, bevor man sie zusammenharkt."

Christie nickte. Seine blauen Augen glitzerten vor Selbstironie. „Gut zu wissen. Ich schätze, ich bin scheiße als Hausbesitzer."

Bei dieser Sprache blinzelte David. „Scheiße" war ein Wort, das die meisten Leute, die er kannte, nicht benutzten. Er starrte zu dem Fass voller Blätter, unsicher, was er als Nächstes sagen sollte. *Sie gewöhnen sich daran? Sie können mich wegen der Blätter jederzeit um Rat fragen?*

„Also sind Sie einfach vorbeigekommen, um sich vorzustellen? Oder kann ich etwas für Sie tun, David?"

David spürte, wie sich sein Nacken erhitzte. „Ja, ich, ähm, wollte über Ihr Feld sprechen."

„Mein Feld?

David deutete Richtung Westen zu seiner Farm. „Ihr Land erstreckt sich in diese Richtung. Zwei Morgen davon gehören zu diesem Maisfeld dort. Ihre Tante hat erlaubt, dass ich es mit meinen Feldern zusammenlege, und ich habe ihr jeden Dezember Pacht dafür bezahlt. Deshalb habe ich mich gefragt, ob Sie dasselbe tun würden oder ob Sie andere Pläne mit dem Land haben."

„Oh mein Gott!" Christie schaute überrascht auf das Feld. „Ich besitze *Mais*?"

Bei dem Erstaunen in seiner Stimme musste David ein Lächeln unterdrücken. „Naja, nicht direkt. Sie besitzen das Land. Ihre Tante hat es mir im letzten Jahr verpachtet, also gehört der Mais technisch gesehen mir."

„Wie viel von diesem Feld gehört mir? Zwei Morgen, sagten Sie?"

Er klang, als könnte er sich zwei Morgen nicht bildlich vorstellen, deshalb trat David näher an Christie heran, um es ihm zu zeigen. „Sehen Sie diesen Baum an der Straße? Der mit dem krummen Ast. Ungefähr dort endet das Land Ihrer Tante. Folgen Sie dieser Linie direkt bis zu dieser roten Scheune dort. Was dazwischen liegt, sind zwei Morgen."

„Der Hammer!"

David sah Christie zweifelnd an, aber das schien etwas Gutes zu sein. „Äh, auf dem Boden sind Markierungen, aber man kann sie von hier aus nicht sehen."

Christie trat einen Schritt zurück, wohl um besser sehen zu können, dabei kam er David sehr nah. David wollte ihm aus dem Weg gehen, aber er wollte nicht schreckhaft wirken. Sein Herz begann zu hämmern.

„Bauen Sie dort immer Mais an? Wann, ähm, pflügen Sie ihn nieder? Unter? Ernten! So nennt man das. Wann ernten Sie ihn? Schmeckt er gut? Es wäre einmalig, Mais zu essen, der auf meinem eigenen Land gewachsen ist."

Christie schaute David über die Schulter hinweg an. Seine blauen Augen hatten lange, blonde Wimpern und sie waren hübsch, zu hübsch, wie bei einem Mädchen – *und sie waren ihm viel zu nah.* Aber es waren auch wissbegierige und lebendige Augen. Christies Gesicht hingegen war aus dieser kurzen Entfernung sehr männlich. An seinem Kinn und seiner Oberlippe wuchsen feine Stoppeln

18

und seine Nase und seine Augenbrauen waren ausgeprägt. Etwas an dieser Mischung sorgte dafür, dass David heiß und kalt zugleich wurde.

Er zwang seine Füße zwei Schritte zurück. „Ähm. Nein. Nicht nur Mais. Alle paar Jahre baue ich Sojabohnen oder eine Zwischenfrucht an."

Christie schaute ihn weiterhin neugierig an. David wandte sich teilweise zu ihm. In seinem Rücken brach Schweiß aus. Warum fühlte er sich in Christies Nähe so unwohl? Er war ein erwachsener Mann, um Gottes willen. Er war schon immer schüchtern gewesen, wenn er neue Leute kennengelernt hatte, aber er sollte doch in der Lage sein, sich über Geschäftliches zu unterhalten, ohne derart nervös zu werden. „Also … wollen Sie mir das Feld wieder verpachten? Oder haben Sie vor, das Anwesen zu verkaufen?"

„Wie viel?"

„Was?"

„Wie viel haben Sie meiner Tante für das Feld bezahlt?"

„Siebenhundert pro Jahr."

„Das ist alles?"

David kratzte sich am Nacken. „Es ist eigentlich recht viel, wenn man es mit den Preisen in dieser Gegend vergleicht. Aber da es nur zwei Morgen sind, wollte ich sichergehen, dass Ihre Tante auch etwas davon hat." Außerdem wollte er, dass die alte Dame ein kleines Einkommen hatte. Das sagte er allerdings nicht.

„Hm. Also um ehrlich zu sein, ich habe tatsächlich vor, das Haus zu verkaufen. Ich bin aber nicht sicher, wann. Ich habe geplant, mindestens sechs Monate hier zu bleiben, aber –"

David drehte sich zum Haus, um Christies Blicken zu entkommen. Es dauerte einen Moment, bis er erfasste, was er sah – aus der Fliegengittertür drang Rauch. „Hey! Da brennt etwas!"

„Oh Scheiße!", schrie Christie und rannte zum Haus.

Er eilte hinein und die Hintertür schlug hinter ihm zu. David blieb ratlos stehen. Er wusste nicht, ob er folgen sollte, aber es wäre unhöflich – und nicht zu vergessen feige – Christie sich selbst zu überlassen, während er sich um einen Hausbrand kümmern musste. Er rannte zur Hintertür.

Direkt dahinter lag die Küche und dort fand er Christie, der hustend ein Blech voller verkohlter Klumpen aus dem Ofen holte.

David hielt die Hintertür auf. „Bringen Sie es nach draußen!"

Christie nickte und drängte sich mit dem rauchenden Blech an ihm vorbei. Er stellte es auf einem kleinen Tisch ab, den Ruth dort platziert hatte. Der Rauch stieg in die Luft auf.

„Ich kann nicht glauben, dass mir das passiert ist!" Christie rollte mit den Augen. „Ich habe einen Timer gestellt, aber ihn hier draußen nicht gehört."

„Haben Sie keinen Rauchmelder?"

„Ich … habe keine Ahnung", sagte Christie verlegen.

David seufzte. „Kommen Sie. Wir machen uns auf die Suche."

Sie gingen wieder ins Haus. Wenn David Ruth in der Vergangenheit besucht hatte, war er immer nur in ihrem Wohnzimmer bei der Vordertür gewesen. Es war ihr Dezember-Ritual. Er kam mit dem alljährlichen Scheck und einem verpackten Schinken vorbei. Sie gab ihm eine Dose voller Weihnachtsplätzchen und wünschte seiner Familie frohe Weihnachten. Sie hatten eine perfekte, freundliche Geschäftsbeziehung gehabt, wenn auch keine besonders enge.

Das kleine Haus musste dringend renoviert werden, fiel David auf. Die Tapete, die Farbe und die Gardinen waren bestimmt seit zwanzig Jahren nicht erneuert worden. Er half Christie, die Fenster in der Küche zu öffnen, damit der Rauch abziehen konnte. Einige ließen sich nur schwer öffnen. Dann ging er in das angrenzende Wohnzimmer und suchte nach Rauchmeldern. Er konnte keine entdecken.

Christie folgte ihm wortlos. Als David den kleinen Flur erreichte, der wahrscheinlich zu den Schlafzimmern und dem Badezimmer führte, blieb er stehen und schaute Christie fragend an.

„Bitte." Christie wedelte mit der Hand in Richtung Flur. „Ich möchte wissen, ob ich einen installieren lassen muss. Offensichtlich kann man mir nicht vertrauen, wenn es um Brände geht."

David musste bei der Wahl von Christies Worten lächeln. Ihm gefiel die gewitzte Art, in der der Junge redete. Er ging weiter. Am Ende des Flurs hing ein alter Rauchmelder an der Decke. Er muss einst weiß gewesen sein, aber war mit den Jahren stark vergilbt. Das Licht leuchtete nicht. David wollte wetten, dass es der einzige im Haus war.

Er musste die Schale abnehmen und die Batterie überprüfen. Die Decken waren nicht besonders hoch und er stellte fest, dass er das Gerät gerade so erreichen konnte, wenn er sich so hoch streckte, wie er konnte, aber sein warmer Mantel behinderte ihn. Er zog ihn aus und legte ihn auf den Boden, dann streckte er sich und versuchte mit beiden Händen, die Verblendung zu entfernen. Das war seit einer Ewigkeit nicht mehr gemacht worden und sie saß fest. Wahrscheinlich hatte Ruth es deshalb aufgegeben, neue Batterien einzusetzen. Sie wird in ihrem Alter nicht mehr viel Kraft in den Armen gehabt haben. Die Verblendung war schief aufgeschraubt und er rüttelte mit den Fingern daran.

Von Christie erklang ein protestierendes Wimmern. David schaute ihn an und wunderte sich, was das Problem war, aber Christies Blick war auf die Wand gerichtet. Seine Wangen sahen gerötet aus.

„Tut mir leid. Ich versuche, ihn nicht kaputt zu machen."

„Nein, alles in Ordnung."

Schließlich gab die Abdeckung nach und David konnte sie langsam abdrehen. Im Inneren waren eine alte Batterie und ein paar Spinnweben. „Haben Sie eine Neun-Volt-Batterie?"

„In der Küche ist eine Schublade mit Krimskrams. Ich werde nachsehen."

Christie ging den Flur entlang, dann konnte man hören, wie er wühlte. David wischte sich die Augenbrauen mit dem Ärmel seines Flanellhemdes ab. Warum verwirrte Christie ihn so? Sicher, er sah besser und weltlicher aus als jeder, den David kannte. Er hatte in beiden Ohren mehrere Ohrringe und sein Lächeln war weiß und perfekt. Trotzdem war er sehr freundlich. David hatte sogar etwas Mitleid mit ihm, weil er so offensichtlich außerhalb seines Elements war. Er hatte etwas Weiches an sich, mit seinem schmalen Gesicht und den warmen, blauen Augen.

Verdammt, er war nur ein Junge, wahrscheinlich nicht viel älter als Joe, erinnerte David sich streng.

Als Christie zurückkehrte, hatte er einen entschlossenen Gesichtsausdruck und brachte ein Päckchen Batterien mit. „Hab welche gefunden."

David nahm eine heraus und setzte sie in den Rauchmelder ein. Das kleine Lämpchen leuchtete grün. Er schraubte die Verblendung vorsichtig wieder auf, damit sie diesmal richtig saß und Christie keine Probleme hatte, wenn er die Batterie wieder austauschen wollte.

„Also das sollte reichen."

„Vielen Dank. Ich hätte daran denken sollen, das zu überprüfen."

David zuckte mit den Schultern. „Es gibt viel zu tun, wenn man in ein neues Haus zieht."

„Ja. Ich bin dabei, nach und nach alle Sachen meiner Tante in Kisten zu verstauen." Seine Stimme klang ein wenig traurig.

David wusste genau, wie das war – das Leben eines anderen in Kisten zu packen. Er hatte alles von Susan aus ihrem Schlafzimmer weggeräumt, aber ihr Nähzimmer hatte er nicht angefasst. Er wusste nicht einmal, wo er dort anfangen sollte.

Plötzlich fühlte er sich wieder unwohl. Sie standen zusammen in dem kleinen Flur, was bedeutete, dass sie sich zu nah kamen – schon wieder. „Also denken Sie bitte über das Feld nach und lassen es mich wissen. Mein Vertrag mit Ihrer Tante läuft erst Ende des Jahres aus, also haben Sie noch Zeit, es sich zu überlegen. Ich wollte Sie außerdem wissen lassen, dass ich nächste Woche den Mais ernten werde. Mein Mähdrescher ist laut, aber es wird nicht länger als einen Tag dauern.

Christie nickte. „Okay. Kein Problem. Ähm …" Er deutete über seine Schulter hinweg zur Küche. „Ich habe Kaffee aufgesetzt."

David steckte die Hände in seine Manteltaschen. „Ich sollte besser gehen."

„Eine Tasse?" Christie schaute ihn hoffnungsvoll an. „Ich kann Sie nicht mit dem Eindruck gehen lassen, dass ich vollkommen hilflos bin!"

Davids Nervosität kehrte zurück. Er wollte fliehen, aber bei Christies Gesichtsausdruck zögerte er. Vielleicht war der Junge einsam. Wahrscheinlich kannte er niemanden in der Gegend.

„In Ordnung. Eine Tasse. Danke."

Christie lächelte zufrieden und ging voraus in die Küche. Die Kaffeemaschine auf der Anrichte zischte und gluckerte. Sie stammte wahrscheinlich noch von Ruth, denn sie sah uralt aus. Christie holte zwei Tassen und Untertassen aus dem Schrank, dabei summte er zufrieden. „Mögen Sie Cookies? Nur das letzte Blech ist verbrannt. Die davor waren in Ordnung."

Abzulehnen schien unhöflich, auch wenn der Geruch von Verbranntem zusammen mit Davids Nervosität diesem nicht gerade Appetit machte. „Ich versuche einen."

Christie goss zwei Tassen Kaffee ein und stellte sie mit Untertassen und Löffeln auf den Tisch. Er holte auch eine kleine Packung Kaffeemilch und eine Zuckerdose. Dann lud er Cookies, die zum Abkühlen auf einem Kuchengitter gelegen hatten, auf einen Teller. David setzte sich an den Tisch aus Pinienholz. Christie brachte den Teller und setzte sich ebenfalls.

Er schaute zu David auf und lächelte schüchtern. „Ich habe das Kästchen mit Tante Ruths Rezepten gefunden und beschlossen, ein paar auszuprobieren. Es gibt hier ja nicht viel zu tun." Er schob den Teller zu David. „Ich fand, diese hier klangen interessant. Darin sind Kokosflocken, Kirschen, Datteln und Walnüsse."

Sie sahen köstlich aus, hellgolden und mit allem, was Christie aufgezählt hatte.

„Ihre Tante war eine tolle Köchin. Sie hat Hochzeitstorten und so weiter gemacht."

„Wirklich? Das wusste ich nicht."

„Jep. Sie hatte einen guten Ruf. Backen Sie auch oft?" Es fiel David schwer, Christie einzuschätzen. Keiner der Männer in seiner Familie – weder sein Vater noch er selbst oder Joe – machten mehr, als Wasser zu kochen und Fleisch auf den Grill zu legen. Aber er wusste bereits, dass Christie anders war als jeder, den er je kennengelernt hatte.

Christie zuckte mit den Schultern. „Ich kann kochen. In der Highschool hatte ich Hauswirtschaft und das hat mir wirklich Spaß gemacht. Aber als ich in

New York gelebt habe, habe ich nur die einfachsten Gerichte gemacht. Nudeln. Salate. Solche Sachen. Aber es macht Spaß, in einer größeren Küche zu kochen. Und, ich weiß auch nicht … es scheint zum häuslichen Landleben zu passen."

Er betonte *häusliches Landleben*, als wäre es eine neue Erfindung. David probierte einen Cookie. Er war ziemlich gut. Er hatte schon lange keine anständigen Cookies mehr bekommen. Susan war es in ihren letzten Jahren nicht gut genug gegangen, um in der Küche mehr zu machen als das Nötigste. Nach der Beerdigung hatten die Frauen aus der Kirche ihn wochenlang mit Essen überschüttet, aber in letzter Zeit war die Einzige, die ihm etwas brachte, Evelyn Robeson, und ihr Essen war praktisch ungenießbar.

David aß den Cookie und nahm einen Schluck Kaffee, bevor er etwas sagte. Er fühlte sich immer noch unwohl. „Die Cookies sind sehr gut."

Christies Lächeln war breit, ehrlich und so makellos, als stammte es aus einer Werbeanzeige. „Danke. Möchten Sie, ähm, ein paar mitnehmen? Für Ihre Kinder? Oder Ihre Frau?"

Christie leckte sich nervös die Lippen. Davids Blick zuckte nach unten, um der Bewegung zu folgen, dann wieder zu Christies Augen. „Ich lebe allein", sagte er steif. „Meine Frau ist vor ein paar Jahren gestorben und mein Sohn und meine Tochter sind beide im College."

„Oh." Christies Lächeln schwand. „Das mit Ihrer Frau tut mir leid."

„Danke." David stand auf. „Vielen Dank für den Kaffee und die Cookies, aber ich muss jetzt wirklich gehen. Ich habe noch viel zu tun."

„Okay. Einen Moment." Christie stand auf, holte einen Teller aus dem Schrank und lud Cookies darauf. „Bitte tun Sie mir einen Gefallen und nehmen Sie ein paar davon mit. Ich gehe auf wie ein Hefekloß, wenn ich die alle esse."

„Nein, das geht nicht."

„Wirklich. Nehmen Sie sie bitte." Christies blaue Augen flehten ihn an.

David gab nach. „Also … wenn Sie sich sicher sind."

„Ich bin *absolut* sicher." Christie brachte David den Teller mit einem seltsamen Schwung in den Hüften. „Und das mit dem brennenden Ofen tut mit so leid! Ich wurde im Garten abgelenkt und hatte vollkommen vergessen, dass ich ein Blech mit –"

Plötzlich keuchte David und sein Kinn klappte herunter.

„Was ist los?", fragte Christie.

„Ich habe ein Fertigmenü im Ofen! Ich muss gehen!"

David schnappte den Teller und eilte hinaus. Er rannte den ganzen Weg zu seinem Haus, dabei versuchte er, die Cookies nicht zu verlieren. Als er sich seinem alten Haus näherte, konnte er hören, wie der Rauchmelder kreischte.

Er riss die Küchentür auf und beißender Rauch kam ihm entgegen. Seine beiden Hunde flohen vor dem infernalischen Krach und rissen ihn fast von den

Füßen. Er warf die Cookies auf die Anrichte, packte einen Ofenhandschuh und holte das silberne Blech voll geschwärztem Essen heraus. Er brachte es hustend nach draußen und warf es in die Mülltonne bei der Garage.

Sein Husten wurde zu einem Kichern, dann zu einem Lachen. *Meine Güte!* Wie hatte er seine Fertigmahlzeit vergessen können? Er und Christie Landon sollten sich von nun an besser aus dem Weg gehen. Oder, wie Christie gesagt hatte, sie brannten halb Pennsylvania nieder.

4

CHRISTIES STIFT flog rasend schnell über sein Wacom Tablet. Seine Skizze erwachte auf dem Monitor zum Leben und sie war gut. Die schwungvolle Landschaft und die gewundenen Wolken darüber wirkten wie geschnitzt.

Er arbeitete an einer Identitätskampagne für eine junge Firma, die Biomilch-Produkte herstellte. Sein Boss hatte gescherzt, das wäre passend, wenn man bedachte, wo Christie nun lebte, und heute hatte er aus dem Fenster gesehen und war zu dieser Skizze inspiriert worden.

Es war eine Weile her, seit Christie einfache Skizzen als Teil seiner Designs verwendet hatte, doch diese Marke brauchte etwas, das altmodisch, aber dennoch hip war. Der Wacom-Filter, den er benutzte, ließ die Striche wie Bleistift-Zeichnungen aussehen. Es war einfach *klasse*.

Er speicherte ab, dachte nach, löschte alles und zeichnete erneut. Starke Linien passten seiner Meinung nach gut dazu, ähnlich dem Stil von Grant Wood, aber moderner. Er wollte das Leben in der Erde im Vordergrund *spüren*. Von Weitem sollte es aussehen wie fester Boden, aber er bestand aus Dutzenden gewundener Linien und sogar ein paar cool aussehenden Käfern.

Er schaute auf das Foto einer Kuh aus dem Internet, das als Vorlage diente, dann begann er von Neuem.

Die Stunden zogen vorbei, während er arbeitete. Als er sich schließlich wieder seiner Umgebung bewusst wurde, hörte er den Klang eines Motors. Christie blinzelte und schaute aus dem Fenster. Er konnte das Dach eines Traktors sehen, der durch die haushohen Maispflanzen näherkam. Richtig. David Fisher hatte gesagt, dass er bald den Mais ernten wollte.

Christies Stift hielt über dem Wacom Tablet inne. Er beobachtete den grünen Traktor, der sich wie ein Monster durch den Mais näher fraß, dann vollständig sichtbar wurde und wieder verschwand. Durch das Fenster der Fahrerkabine konnte Christie sehen, wie David das Lenkrad drehte und in den Seitenspiegel schaute, während er fuhr. Er trug eine braune Leinenjacke, die nicht zugeknöpft war. Darunter hatte er ein grün kariertes, bis zum Kragen geschlossenes Hemd an.

Eigentlich war nichts an dieser Aufmachung auch nur annähernd sexy, aber, verdammt, das war es doch. Der *Mann* war einfach heiß.

Christie stützte seinen Ellenbogen auf den Tisch ab, legte das Kinn auf die Handfläche und beobachtete den Traktor. Er sollte seinen Nachbarn nicht angaffen, aber hier im Amish-Gebiet gab es nicht viel zu tun. Als David ihn vor zwei Tagen besucht hatte, um über das Feld zu sprechen, war Christie wahrscheinlich nicht sehr subtil gewesen, dass er sich von ihm angezogen fühlte. Zum Glück war David zu ahnungslos gewesen, um es zu bemerken. Er war total hetero und hatte wahrscheinlich keine Ahnung, was für ein Silberfuchs er war oder dass Christie überhaupt schwul war. Zwei verschiedene Welten!

David Fisher war seit einer Ewigkeit der Erste, bei dem Christie Schmetterlinge im Bauch bekommen hatte. Er hatte ein attraktives, ehrliches Gesicht mit vollen Lippen, die von einem kurzen, grau-braunen Bart umrahmt wurden. Sein Lächeln, das nur kurz erschienen war, war schüchtern und echt. Er war maskulin und geerdet, so anders als die metrosexuellen Typen, die er in den Clubs von New York getroffen hatte. Er fand diese schlichte Männlichkeit unglaublich sexy.

David war auch gut in Form. Seine Hüften waren schmal und seine Oberschenkel in den weiten Hosen definiert. Und als er seinen Mantel ausgezogen hatte – Mamma Mia. Er hatte den Körper eines hart arbeitenden Mannes, viel Kraft im Oberkörper, breite Schultern und eine schlanke Taille. Arbeit auf dem Land hatte etwas für sich, entschied Christie.

Er seufzte, dann runzelte er besorgt die Stirn. Davids Gürtel war sehr eng geschnallt. Er hatte offensichtlich in letzter Zeit Gewicht verloren. Wann war seine Frau gestorben? Vor zwei Jahren? Traurig. Wirklich traurig. David lebte allein und aß Fertigmahlzeiten. Es war überraschend, dass ihn sich noch keine Frau gekrallt hatte.

Der Traktor fuhr nun wieder ans andere Ende des Feldes und Christie wandte sich wieder seiner Skizze zu. Nachdem er versucht hatte, an der Kuh zu arbeiten, die ihm aber einfach nicht gelingen wollte, begann er eine neue Skizze mit der kleinen Figur eines Farmers, der in der Ferne durch ein Feld lief. Er hatte sehr breite Schultern.

CHRISTIES BOSS war begeistert von den Skizzen. Sie hatten eine Konferenzschaltung wegen des Logos und der Webseite der Molkerei. Christie würde weiter mit einem schwarz-weiß-roten Schema arbeiten, das eine Schnitzoptik hatte, und seinen bisherigen Bildern der Scheune. Er hatte eine Woche Zeit, eine Präsentation für den Kunden zusammenzustellen und er war erfreut über die Richtung, in die die Kampagne ging.

Es fühlte sich gut an. Nein, es fühlte sich fantastisch an. Es war Jahre her, seit er sich so mit seiner Arbeit verbunden gefühlt hatte. Das war genau das, was Christie sich erhofft hatte – dass es ihn inspirieren würde, wenn er aus der Stadt aufs Land zog. Außerdem, dass er sich vom Feiern fernhalten konnte. Bisher funktionierte es gut.

Der Alkohol fehlte ihm nicht, Gott sei Dank. Dieser Vorfall, der ihn zu Tode erschreckt hatte, hatte definitiv seine Wirkung gehabt. Die Clubs vermisste er nicht, nicht einmal die Stadt, aber Kyle schon. Er vermisste Gesellschaft. Es war *schrecklich* ruhig hier und das Haus war so still. An den Abenden hatte er gelesen oder Netflix geschaut und jede Menge Kaffee getrunken. Er hatte sich im lokalen Fitnessstudio eingeschrieben, damit er trainieren konnte. Aber das war nicht genug.

Am Samstagmorgen beschloss er, das Haus in Angriff zu nehmen. Das Haus von Tante Ruth – jetzt *sein* Haus – war ein bescheidenes, einstöckiges Ranchhaus mit drei kleinen Schlafzimmern und einem Badezimmer. Eines der Schlafzimmer war der Hobbyraum seiner Tante gewesen, mit Plastikblumen und Körben und Schubladen voller Stoff, Wolle und anderen Dingen, die Christie in seinem ganzen Leben nicht brauchen würde. Der Raum würde ein schöneres Büro abgeben als der kleine Tisch in ihrem Schlafzimmer, den er im Moment nutzte, aber zuerst würde er ihn ausräumen müssen.

Er genoss es, die Beweise für die Kreativität seiner Tante zu sehen. Sie war religiös, genau wie seine Eltern, aber hatte eine liebevolle und großzügige Natur gehabt. Christie erinnerte sich, wie sie ihn verhätschelt hatte, als er noch klein war – ihre Worte. Sie hatte ihn gekitzelt, umarmt und geküsst, bis er vor Lachen kaum noch Luft bekam. Die zwei Wochen, die er jeden Sommer in ihrem Haus verbracht hatte, waren die besten Erinnerungen an seine Kindheit. Sie hatte ihm im Laufe der Jahre immer geschrieben – richtige Briefe mit richtigen Briefmarken – auch nachdem er sich geoutet hatte und das Verhältnis zu seinen Eltern abgekühlt war.

Sie war anscheinend auch eine Künstlerin gewesen. Das hatte er nicht gewusst. Ihre Quilts und Stickereien waren wundervoll. Und er fand ein Fotoalbum mit den raffinierten Kuchen, die sie gebacken hatte, das sie wahrscheinlich potenziellen Kunden gezeigt hatte. Es gab Eisenbahnen und Marienkäfer, große Hochzeitstorten und Reihe um Reihe mit Cupcakes. Ihr Auge fürs Detail war erstaunlich und ihr Sinn für Farbgebung respektlos. Es war schön, diese Verbindung zu ihr zu spüren, und dass ein Teil von ihr in ihm und seiner Kunst weiterlebte. Aber es machte ihn auch traurig, dass er sich in den letzten fünf Jahren nicht stärker bemüht hatte, sie zu besuchen.

Nachdem er Stunden damit verbracht hatte, ihre Werke zusammenzupacken, um sie zu spenden – die schönsten Stücke behielt er natürlich für sich – nahm Christie schließlich den Schrank in Angriff. Im obersten Fach lagen mehrere ordentliche Stapel mit Magazinen. Ein Stapel bestand aus Handarbeitsmagazinen, der nächste aus *Bon Appétit*.

„Hm." Christie zog den gesamten Stapel vorsichtig vom Regalbrett herunter und ging damit zu dem Schaukelstuhl, der am Fenster stand. Die Magazine waren nicht alt, die oberste Ausgabe war nur ein Jahr. Es schien, als hätte Tante Ruth das Heft mehrere Jahre lang abonniert und jede Ausgabe aufgehoben. Sie waren auch gelesen, zwar in gutem Zustand, aber definitiv benutzt. Es gab hier und da Mehl- und Flüssigkeitsflecken. Sie muss zumindest einige dieser Rezepte ausprobiert haben.

Die Ausgabe ganz oben drehte sich um Thanksgiving. Christie öffnete sie auf einer Seite, die markiert war. „Oh wow", murmelte er. Das Foto zeigte eine toll aussehende, leuchtend orangefarbene Suppe mit einem Klecks weißer Creme und Korianderblättern in der Mitte. Sie war in einer schicken, weißen Suppentasse auf einem eleganten Tisch angerichtet. „Karotten-Ingwer-Suppe mit Curry", stand unter dem Bild.

Das Bild und selbst der Titel weckten Fantasien von einem perfekt gedeckten Thanksgiving-Tisch mit einer großen, gut aussehenden Familie in gemütlichen Pullovern, einem Kaminfeuer, einem großen, zotteligen Hund, der nicht haarte, und einem Traum von einem Mann, der ihn vom Tisch aus anlächelte, als Christie mit der Suppenterrine eintrat.

Christie trug in dieser Fantasie ein weißes Hemd und eine weiße Hose und selbstverständlich sah er blendend aus.

„Hmm", brummte er, während er die Zutatenliste las. Es war ein sehr gesundes Gericht. Er verlor sich in den anderen Rezepten in dem Magazin. Dann wühlte er in der Küche seiner Tante.

Ihr Schrank war voller Gewürze, hochwertig und noch nicht abgelaufen. Sie hatte einen Zester, verschiedene Reiben, ein Käsetuch, einen Wasserbadtopf und viele andere Dinge, von denen er keine Ahnung hatte, wofür man sie benutzte. Also hatte Tante Ruth nicht nur gern gebacken, sondern auch gern gekocht. Der Gedanke, dass sie nur für sich allein gekocht hatte, machte ihn traurig. Sie war nie verheiratet gewesen, so weit er wusste, und hatte keine Kinder.

Vielleicht hatte sie einen älteren Herrn als Freund gehabt, von dem Christie nichts wusste. Er würde seine Mom fragen müssen. Oder vielleicht wusste David Fisher etwas.

Es war Samstag und der Gedanke, noch weiter aufzuräumen, war nicht sonderlich verlockend. Was sonst konnte er mit sich anfangen? Nichts. Der Gedanke, nach Lancaster oder Harrisburg zu fahren, war da. Eine Schwulenbar zu suchen oder sogar bei Grindr. Schwule Männer musste es auch hier geben. Aber ... das war es nicht, weshalb er hergezogen war. Er war hergekommen, um eine Auszeit von all dem zu nehmen.

Nachdem er einen Entschluss gefasst hatte, machte er sich mit einer langen Einkaufsliste auf den Weg zum Supermarkt in der Stadt. Er gehörte zu einer großen Kette und Christie war froh, dass er fast alles fand, was er brauchte. Der Oktobertag war schön mit bunten Blättern und einem blauen Himmel. Als er mit Taschen voller Köstlichkeiten wieder nach Hause kam, war es früher Nachmittag. Er öffnete die Fenster in der Küche – mit dem über der Spüle, das klemmte, hatte er Schwierigkeiten – schaltete Musik auf seinem iPhone ein und tanzte durch die Küche, dabei verstaute er seine Einkäufe und holte Töpfe und Pfannen hervor.

Er kochte die Karotten-Ingwer-Suppe mit Curry, ein tolles Gericht mit frischen Erbsen, Lauchzwiebeln und Radieschen, pikante Kekse mit Käse und Kräutern und gebratenes Hühnchen im Kräutermantel. Er liebte es wirklich zu kochen, aber in den letzten Jahren schien es den Aufwand nicht wert gewesen zu sein. Im East Village gab es so viele tolle Restaurants, außerdem war Kyle ein mäkeliger Esser. Er aß praktisch nur Pizza und Salat, sonst nichts.

Während er das Essen zubereitete, grübelte Christie darüber, dass er dieses wundervolle Mahl mit niemandem teilen konnte. Er konnte einen Teil davon einfrieren, aber es wäre nicht dasselbe. Er dachte an David von nebenan, der allein lebte, und an dessen Fertigmahlzeit. Wäre das komisch? Es wäre komisch, oder?

Christie verbannte den Gedanken und verbrachte den Rest des Nachmittags damit, sich durch die Rezepte zu arbeiten, in Strümpfen zu tanzen und Spaß zu haben.

Als alles fertig war, beschloss Christie, dass das Mahl etwas Prunk verdient hatte. Seine Tante hatte eine ganze Schublade voller Tischdecken, aber die entsprachen nicht gerade seinem Geschmack. Er benutzte ein weißes Leinentuch als Platzset und richtete jedes Gericht in dem besten Porzellan, das er finden konnte, auf dem Tisch an. Er benutzte ein rotes, geschliffenes Kristallglas für sein Wasser und zündete eine Kerze in einem alten, silbernen Kerzenständer an.

Er betrachtete den Tisch und biss sich auf die Unterlippe. Alles sah wunderschön aus. Es roch auch wunderbar. Er leckte etwas Bratensaft von dem Hühnchen von seinem Finger – *lecker*. Es schien fast eine Verschwendung zu sein, es zu essen. Er wünschte sich, es wäre jemand hier, mit dem er dieses Mahl teilen konnte. Irgendwer. Die Idee, die er beim Kochen verdrängt hatte, kam ihm wieder in den Sinn.

Naja. Er war noch nie besonders schüchtern gewesen. Wenn er das wirklich tun wollte, musste er es schnell tun. Das Essen wurde kalt.

Mit einem nervösen Kopfschütteln traf Christie eine Entscheidung. Er teilte das Hühnchen in der Mitte und legte es mit etwas von allen anderen

Gerichten auf einen großen Teller, dann packte er es in Aluminiumfolie und rannte hinaus.

Er war noch nie auf der Farm der Fishers gewesen und der Weg war länger, als er gedacht hatte, vielleicht vierhundert Meter. Er joggte weiter, denn er wollte nicht, dass das Essen ruiniert wurde. Dadurch, und weil er aufgeregt war, brach ihm der Schweiß aus.

Davids Farm war wunderschön. Die weiße Scheune, die Christie von Weitem gesehen hatte, war malerisch und riesengroß. Christie konnte es kaum erwarten, sie zu zeichnen. Das Farmhaus aus Naturstein und hatte schwarze Fensterläden. Elektrische Kerzen in den Fenstern gaben ihm einen gemütlichen, kolonialen Anstrich und Christie erkannte, wie dunkel es geworden war. Warum hatte er keinen Mantel mitgenommen? Es war verdammt kalt. Er war ein Idiot – ein zitternder Idiot.

Entschlossen, sein Geschenk ohne viel Federlesens zu übergeben, marschierte er zur Hintertür und klopfte energisch.

Freudiges Bellen antwortete ihm. Mehr als ein Hund – zwei oder drei. Christie wurde ein wenig nervös. Er mochte Hunde, aber diese Farmhunde beschützten ihr Zuhause oft entschlossen. Außerdem hatte er einen Teller mit Hühnchen in der Hand. Er hätte sich genauso gut mit Bratfett einschmieren können.

Eine tiefe Stimme brachte die Hunde zum Schweigen und die Tür öffnete sich. Davids Gesicht sah ernst und müde aus, aber als er Christie erkannte, lächelte er. „Oh hi."

„Hi. Tut mir leid, Sie zu stören, aber ich habe den ganzen Tag mit Kochen verbracht und all dieses Essen gemacht. Das kann ich niemals allein essen, deshalb dachte ich, ich bringe Ihnen einen Teller. Sie wissen schon, als Ausgleich, weil neulich Ihr Abendessen wegen mir verbrannt ist. Schließlich haben Sie meinen Rauchmelder repariert." Oh Gott, er übertrieb maßlos. *Halt den Mund, Christie.*

„Oh." David sah überrascht aus. Er schaute auf den eingepackten Teller in Christies Hand. „Das hätten Sie nicht tun müssen."

„Mir war langweilig." Christies Schulterzucken wurde zu einem Zittern. Er hielt David den Teller hin. Sein Mund war trocken und er begann, sich zu wünschen, er wäre nicht hergekommen.

David war so reserviert und hielt sich auf Abstand. Christie hatte es bereits bemerkt, als David ihn besucht hatte, aber er hatte es darauf geschoben, dass sie Fremde waren. Hier war das Gefühl stärker, in Davids Revier. Christie fühlte sich wie ein Eindringling, als er dort an der Hintertür stand. David schaute mit einem undefinierbaren Gesichtsausdruck auf den Teller. *Bitte nimm ihn einfach.*

Dann drehte der Wind und ein köstliches Aroma stieg auf. Davids Blick wurde neugierig. „Brathühnchen?"

„Ja. Das Rezept stammt aus einem Thanksgiving-Magazin. Ich habe auch Beilagen."

Plötzlich trat David zur Seite. „Sie müssen ja kurz vorm Erfrieren sein. Kommen Sie herein."

„Danke. Ich kann nicht bleiben, ich wollte das hier bloß vorbeibringen." Dennoch trat Christie ein, während er sprach, denn der Schutz vor der kalten Luft war eine Wohltat.

„River. Tonga. Sitz." David schloss die Tür und die Hunde machten gehorsam Sitz. Einer war ein Golden Retriever, der andere war ein großer, schwarzer, langhaariger Mischling.

„Tonga?", fragte Christie.

„Das ist eine Insel", erklärte David mit einem wunderbar verlegenen Nicken. Er nahm Christie den Teller ab und hob die Folie, schaute darunter und roch daran. „Es sieht wirklich gut aus. Das haben Sie gemacht?"

„Sicher. Ich bin nur dem Rezept gefolgt." Aber nach Davids Worten fühlte Christie sich definitiv besser, weil er es gebracht hatte. „Also ich lasse Sie jetzt essen, bevor es kalt wird. Ich habe meins zu Hause."

„Danke. Das ist um einiges besser als Tiefkühlkost." David klang ehrlich. Er stellte den Teller auf die Anrichte. „Einen Moment." Er öffnete eine Falttür im Flur und enthüllte einen überfüllten Schrank mit einer Sammlung von Mänteln, Hüten und Schuhen. Er wählte einen schwarzen Wollmantel mit großen Knöpfen und holte ihn hervor. „Sie werden noch erfrieren."

„Es war dumm, meinen Mantel nicht mitzunehmen. Mir war nicht bewusst, wie weit der Weg tatsächlich ist."

David lächelte amüsiert, aber er schaute Christie nicht direkt in die Augen. Er fühlte sich in Christies Gegenwart also immer noch unwohl. Aber statt Christie den Mantel zu reichen, öffnete er ihn und trat hinter Christie.

Christie blinzelte. Er konnte sich nicht erinnern, wann ihm zum letzten Mal jemand in den Mantel geholfen hatte. Er streckte die Arme nach hinten und David zog ihm den Mantel über. An den Schultern passte er gut, aber an der Taille und den Hüften war er zu groß. David drehte Christie entschlossen um und begann, die Knöpfe zu schließen.

Christies Augen weiteten sich und er schluckte schwer. *Was zum Teufel?* Hielt David ihn für ein Kind? Aber es war auch aufregend, so umsorgt zu werden, oder vielleicht lag es an Davids Nähe, dessen gut aussehendes Gesicht so konzentriert wirkte, und seinen rauen Händen, die Christies Körper so nah waren.

31

Ja, es lag auf jeden Fall an der Nähe. Wow, David war ein attraktiver Mann. Wer hätte gedacht, dass Schroffheit so heiß sein konnte?

Nur noch fünf Knöpfe. Als er den obersten direkt unter Christies Kinn erreicht hatte, schaute er auf und sah Christies Gesicht. Er errötete plötzlich, seine Nase und seine Wangen glühten. Er ließ die Hände sinken und trat zurück. „Entschuldigung. Das war … es tut mir leid."

„Kein Problem." Oh Gott, Christies Stimme klang deutlich tiefer und selbst in seinen Ohren heiser. Das war seine sexy Stimme! Was war bloß los mit ihm? „Ähm … danke für den Mantel, David. Ich bringe ihn später zurück."

„Keine Eile." Erneut wich David seinem Blick aus.

Christie riss die Tür auf, floh mit einem dümmlichen Winken aus dem Haus und lief zurück zum Haus seiner Tante.

Als er dort ankam, war das Essen nur noch lauwarm, aber dennoch köstlich. Die Kräuterkruste des Hühnchens war umwerfend und passte hervorragend zu den Käseplätzchen und der Currysuppe. Er hoffte, dass es David auch schmeckte.

Er behielt den Mantel an, während er aß. Er kuschelte sich in den Stoff und hielt den Kragen dicht an sein Kinn. Er roch nach Erde und Heu, einer Spur Motoröl und dem Geruch eines Mannes, der gearbeitet hat – nach Schweiß und Pinien und einfach anziehend.

Während der gesamten Mahlzeit zog er den Mantel nicht aus. Aber nur, weil ihm kalt war.

„Juhu! David?"

David war in einer Box und versuchte, aus dem Huf einer seiner Milchkühe einen Stein zu entfernen, als er den Ruf hörte. Es war die Stimme einer Frau. *Verflixt noch mal.*

Er glättete seinen finsteren Blick, während Evelyn Robeson den Riegel an der Tür öffnete und den Gang neben der Box betrat. Sie sah aus wie immer. Ihr rotblondes Haar war zu einem langen Zopf gebunden, den sie am Hinterkopf zu einem Dutt gedreht hatte. Ihr schwarzer Wollmantel war lang, aber nicht so lang wie ihr dunkelgrüner Rock, der ihr bis zu den Knöcheln reichte. Sie trug eine dicke Strumpfhose und schicke Schuhe, womit sie sich in der Scheune keinen Gefallen tat. Wie die anderen Frauen in seiner Gemeinde, trug sie kein Make-up. Sie war noch schlichter als Susan, ziemlich dünn und in Davids Alter.

„Hi Evelyn." Er nickte. „Ich bin im Moment ziemlich beschäftigt, tut mir leid."

Die Kuh versuchte, sich von dem Pfosten, an den sie angebunden war, zu lösen, auch wenn ihr Bein stramm festgebunden war. Sie hüpfte und zitterte angespannt.

„Hey, hey", flüsterte David und tätschelte ihre Flanke. Eine Fremde in der Scheune konnte er gerade überhaupt nicht gebrauchen. Es war nicht nötig, die Kuh noch mehr aufzuregen, sodass das dumme Tier sich den Hals brach.

„Ich war gerade auf dem Markt, und da dachte ich, ich komme mal kurz vorbei. Es ist warm für Oktober, nicht wahr?"

„Jep, ist es."

„Kannst du noch Tomaten ernten?"

„Jep."

„Ich bekomme auch noch welche! Wenn auch nur kleine. Aber ich habe eine große Ladung Tomatensoße gemacht und dir ein paar Gläser mitgebracht. Ich habe sie bei der Hintertür abgestellt. Du musst nur ein paar Nudeln –"

Evelyn beschrieb bis ins Detail, wie das Gericht zubereitet wurde, als wäre David nicht von allein darauf gekommen. Er versuchte, mit einem Schlitzschraubenzieher, den Stein zwischen den Hufen der Kuh zu lockern.

„Wir haben dich am Sonntag beim Gottesdienst wirklich vermisst. Ich hoffe, du warst nicht krank."

„Nein." David rechtfertigte sich nicht. Ihm war am vergangenen Sonntag einfach danach gewesen, sich mit der Zeitung zu erholen, also hatte er es getan. Ohne Susan, die sie beide aus dem Haus scheuchte, verpasste er in letzter Zeit den Gottesdienst mehr und mehr.

„Also … du fehlst uns, wenn du nicht da bist, David. Ich hoffe, du weißt das. Es ist wichtig, dass wir alle zusammenhalten, besonders diejenigen, die allein leben. Sogar Jessie ist am vergangenen Sonntag mitgekommen, dem Herrn sei Dank. Er hat einen neuen Job in New Hope –"

Jessie war Evelyns erwachsener Sohn. Er war in Joes Alter, etwa neunzehn, und ein niederträchtiger Mensch, so weit David wusste. Man sagte, er kam nach seinem Vater. Evelyns verstorbener Mann Luther war kein Kirchgänger gewesen. Eigentlich war er Alkoholiker. Er war kurz vor Susan gestorben, durch einen Autounfall, den er betrunken verursacht hatte. Susan hatte gesagt, dass es wahrscheinlich ein Segen für Evelyn war, auch wenn es eine Schande um die Seele des armen Mannes war.

„Ich wünschte, du hättest Pastor Mitchells Predigt gehört. Er hat über Gottes Plan für unser aller Leben gesprochen, dass wir tun sollen, was Gottes Wille ist und unseren Mitmenschen und der Gemeinschaft Gutes tun sollen."

„Ist das so?"

Der Stein löste sich aus der Hufspalte und die Kuh versuchte erneut, sich loszureißen, denn wahrscheinlich hatte sie Schmerzen. David beruhigte sie und schnalzte mit der Zunge. Wenn er allein gewesen wäre, hätte er etwas gesagt wie „Ich musste ihn da rausholen, Mädchen. Du wirst dich gleich besser fühlen". Aber da Evelyn da war, sagte er nichts. Er musste eine Salbe auf den Huf auftragen, damit er sich nicht entzündete.

„David?"

„Ja, Ma'am?"

Sie blinzelte und lächelte ihn schüchtern an. „Es tut mir leid, wenn ich dich bei der Arbeit gestört habe. Ich kann warten, bis du fertig bist."

Oh Gott, nein. Wenn Evelyn blieb, würde sie erwarten, dass er sich bei einem Kaffee mit ihr unterhielt. „Nein, ich kann dich gut hören. Einen Moment." Er ging zu dem Regal in der Ecke und holte die Salbe, kehrte zu der Kuh zurück und begann, die Wunde zu behandeln.

„Also wegen Gottes Willen", fuhr Evelyn fort. „Weißt du, ich … also ich habe viel gebetet. Für verschiedenes. Jessie natürlich. Er ist mein Baby. Er hat eine wilde Ader, aber ich hoffe, dass Gott sein Herz erweicht. Aber auch für Luther und die arme Susan. Und … und für uns."

David hatte für den Huf getan, was er konnte. Er begann, das Seil zu lösen, das das Bein der Kuh hochgebunden hatte, da realisierte er, was sie gesagt hatte. Er schaute sie über die Abgrenzung der Box hinweg an und sie erwiderte den Blick ruhig und mit entschlossen zusammengepresstem Mund. „Für uns?"

Die Kuh floh vor ihm, sobald sie frei war. Sie schüttelte ihr Bein und stampfte damit auf. *Das muss sich besser anfühlen.*

„Für dich und mich, David. Ich habe gebetet."

David drehte Evelyn den Rücken zu, dabei schloss er die Augen und seufzte. *Herr, das ertrage ich heute nicht.*

Er riss sich zusammen und trat aus der Box.

„Ich glaube, es ist Gottes Wille, dass wir … also dass wir uns zumindest besser kennenlernen", sagte Evelyn geduldig. „Susan ist nicht mehr da und mein armer Luther auch nicht, praktisch zur selben Zeit! Ich weiß, dass du überfordert sein musst, diese Farm zu führen und gleichzeitig für dich selbst zu sorgen. Das ist zu viel für einen Mann. Gott hat dem Manne die Frau als Gefährtin gegeben, damit sie einander aufrichten und sich unterstützen können."

David zog seine Handschuhe aus und knetete sie in seinen Händen, dabei scharrte er mit dem Fuß. Nicht dass er nichts zu tun hätte, aber er wusste nicht, wohin er den Blick wenden sollte. Er schaute zu Evelyn, dann wieder in eine andere Richtung. Er konnte die entschlossene Offenheit in ihrem Blick nicht ertragen. „Also dazu kann ich nichts sagen. Ich weiß nicht, ob ich schon bereit dafür bin."

„Naja." Evelyns Stimme klang ein wenig spitz. „Die Bibel sagt, dass es nicht richtig ist, auf ewig zu trauern. Bitte denk einfach darüber nach. Bete. Wirst du wenigstens das tun?"

„Das werde ich. Ja", versprach David.

Vielleicht konnte er dafür beten, dass Evelyn jemand anderen fand. Sie tat ihm leid. Sie hatte ein schweres Leben gehabt, aber er fühlte sich nicht zu ihr hingezogen, nicht einmal ein wenig. Nach Susan wollte er sich nicht wieder unter ein Joch zwingen lassen. Warum durfte er nicht beschließen, Single zu bleiben? Manchmal fühlte er sich wie ein Bulle auf einer Auktion, weil er Witwer war. Es gab viel zu viele alleinstehende Frauen in ihrer Mennoniten-Gemeinschaft.

Evelyns Blick wurde weicher und sie lächelte ihn an „Und deshalb weiß ich, dass du dasselbe glaubst wie ich. Du bist ein guter, gottesfürchtiger Mann. Ich habe dem Herrn versprochen, dass ich, falls ich, naja, wieder heiraten sollte, jemanden mit einem starken Glauben wählen würde."

„Das ist weise gedacht."

„Ich bin mir sicher, dass du ebenso fühlst!"

David nickte. „Ich, äh, danke dir, dass du vorbeigekommen bist, Evelyn, aber ich habe heute Nachmittag noch einiges zu erledigen. Kann ich dich zu deinem Auto begleiten?"

Evelyn zögerte, denn anscheinend wusste sie nicht, was sie davon halten sollte, aber beschloss offensichtlich, es als Kompliment aufzufassen. „Selbstverständlich, David. Du darfst mich zu meinem Auto begleiten."

„Hier entlang." David trat vorsichtig um Evelyn herum und öffnete das Scheunentor.

Mit Evelyn Robeson war alles in Ordnung, erinnerte er sich selbst, während sie über die Auffahrt gingen. Sie war eine anständige Christin. Es war allein Davids Schuld, dass er mit ihr nichts zu tun haben wollte.

5

Laut der Wettervorhersage standen ihnen ein paar trockene Tage bevor, deshalb beschloss David, am Montag die äußere Weide zu mähen. Es war ein milder Herbst und das Gras war hoch genug, um es ein zweites Mal zu mähen. Am Mittwoch fuhr er mit der Ballenpresse über das gemähte Gras und hinterließ Quaderballen. Für Freitag wurde Regen vorausgesagt, also musste er am Donnerstagnachmittag alle Ballen auf seinen Truck laden und in die Scheune bringen, bevor der Regen sie ruinierte. Als Farmer lebte man heutzutage von den Wettermeldungen und David liebte sein Smartphone ebenso sehr wie jeder andere.

Heu einzulagern, gehörte zu seinen üblichen Vorbereitungen auf den Winter. Wenn er wusste, wie viel Heu er gemacht hatte, konnte er abschätzen, wie viel er von den Millers zukaufen musste. Er brauchte genug, um seine Herde bis April durchzubringen. Seine Kühe hatten das ganze Jahr über Zugang zur Weide, wo sie im Schnee nach Gras wühlen konnten, deshalb brauchte er nicht so viel Heu wie große Mastbetriebe. Aber manchmal war das Wetter wochenlang zu schlecht, um die Tiere rauszulassen und sie liebten das Heu, als wäre es aus Zucker.

Er fuhr mit dem überladenen Truck rückwärts durch das riesige Tor seiner Scheune. Er zog die Handbremse an und begann, die Ballen abzuladen und sie vor den Ballen vom letzten Mähen zu stapeln.

River und Tonga waren bei ihm in der Scheune. River schaute ihm liegend zu und Tonga suchte in den Ecken nach Mäusen. Als River kurz bellte und aufstand, drehte David sich um und entdeckte Christie Landon im offenen Tor.

„Hallo Nachbar." Christies Stimme hatte einen beschwingten Tonfall, der in der großen Scheune widerhallte.

„Hey." David nickte ihm zu und zog zwei weitere Ballen an den Seilen, die sie zusammenhielten, vom Truck, dabei machte sein Magen einen unangenehmen Hüpfer. Wie er Christie in den Mantel eingepackt hatte, als dieser das letzte Mal bei ihm gewesen war, war ihm immer noch peinlich. Er hatte keine Ahnung, was er sich dabei gedacht hatte, er hatte einfach den Drang verspürt, sich um Christie zu kümmern, damit diesem warm war. Er konnte sich nicht einmal erinnern, dass er das für Joe getan hatte, zumindest nicht, seit dieser ein kleiner Junge gewesen war.

Er schob die Ballen auf den Stapel.

Christie widmete sich River, der die Aufmerksamkeit genoss. Er liebte es, von Fremden Streicheleinheiten zu bekommen. Dann kam Christie näher, als David zwei weitere Ballen vom Truck hievte, einen in jeder Hand. „Wow, beeindruckend. Ich wette, die sind nicht so leicht, wie sie aussehen."

Bei seinem lockeren Tonfall entspannte David sich. „Warum nehmen Sie nicht einen und finden es heraus?"

Christie hatte eine weiße Box dabei, in der möglicherweise ein Kuchen war. Der Mantel, den David ihm geliehen hatte, hing über seinem Arm. Er legte die Box und den geliehenen Mantel ab, dann hob er einen der Ballen vom Truck, dabei verzog er das Gesicht. „Ja. Wie viel ist das? Zwanzig Kilo?"

„Ja, mehr oder weniger, schätze ich."

„Ich sollte hierher kommen, um zu trainieren, statt ins Fitnessstudio in der Stadt zu gehen", scherzte er.

David packte zwei weitere Ballen und schwang sie hoch. „Wenn Sie sich den Rücken brechen wollen, indem Sie für mich arbeiten, sind Sie jederzeit willkommen."

Christie hob herausfordernd eine Augenbraue. „Vielleicht tue ich das. Ich habe Ihnen noch mehr Cookies gebracht. Ich habe in letzter Zeit oft den Kochkanal gesehen, deshalb kann ich so viel Training gebrauchen wie möglich."

„Das ist sehr nett von Ihnen, aber nicht nötig." Er blieb stehen und wischte sich mit dem Ärmel seines Arbeitshemdes über seine verschwitzte Stirn. „Ach übrigens, der Teller, den Sie mir neulich gebracht haben … das war vielleicht was. Ich glaube, das war das beste Hühnchen, das ich jemals gegessen habe."

Christie lächelte strahlend. „Wirklich?"

„Sicher. Diese Kekse waren auch gut."

„Das freut mich, denn ich wollte Sie etwas fragen. Aber bringen wir erst das hier zu Ende."

Zu Davids Überraschung zog Christie seinen Mantel aus – eine aufgedunsene, schwarze Skijacke, die sehr teuer aussah – und legte ihn auch ab. Darunter trug er ein graues Sweatshirt und eine Jeans, beides enger und schicker, als für eine Farm praktisch war. Er hatte eine so schmale Statur, als hätte er nie in seinem Leben einen Cookie gegessen. David wollte nicht beim Starren ertappt werden, deshalb wandte er den Blick ab.

Er sagte nichts, als Christie begann, die Ballen zu stemmen. Er nahm nur einen auf einmal, aber er konnte gut mit ihnen umgehen. Er hatte mehr Kraft im Oberkörper, als David erwartet hatte, und starke Hände. Wahrscheinlich ging er wirklich in ein Fitnessstudio. Die Vorstellung, Geld zu bezahlen, um sich zu verausgaben, fand David befremdlich. Er arbeitete jeden Tag härter, als ihm wahrscheinlich guttat, und hatte die Schmerzen, um es zu beweisen.

Christie legte sich ins Zeug und David bemerkte, dass er selbst schneller arbeitete und sich mehr anstrengte, da jemand dabei war, den er beeindrucken wollte. Sie schwangen die Ballen, als stünde der Truck in Flammen und innerhalb von zehn Minuten war die Ladefläche leer und das Heu aufgestapelt.

„Dafür haben wir uns auf jeden Fall einen Cookie verdient", meinte Christie, während er Heu von seinem Pullover strich. Auf seinem Gesicht lag ein dünner Schweißfilm, durch den er zu leuchten schien. Er holte die Box und reichte sie David.

Darin waren mindestens zwei Dutzend Cookies – Chocolate Chip, ein Art Haferflocken mit knusprigen Rändern und Schokoladencookies. David nahm einen mit Haferflocken. „Sie hätten mir nicht so viele bringen müssen."

„Das ist reine Strategie." Christie biss ebenfalls von einem Haferflockencookie ab und leckte sich über die Lippen, um die Krümel aufzusammeln.

David wusste nicht, was er damit meinte, und er fragte auch nicht. Er wandte den Blick zu den Heuballen und biss ein weiteres Mal ab. Der Cookie war perfekt – er schmeckte nach Karamell mit einem Hauch Salz, das die Süße milderte. Christie machte ihn immer noch nervös, verdammt, jedoch nicht auf eine unangenehme Art. Er fühlte sich vielleicht ein wenig eingeschüchtert von Christies Stadt-Kleidung und dem ganzen modernen Flitterkram, seinem Haarschnitt und seinen Ohrringen. Daneben fühlte David sich wie ein Landei, wie ein alter Kürbis, den man auf dem Feld vergessen hatte.

Christie holte tief Luft und platzte heraus: „Okay, es ist so. Ich arbeite im Moment viel, also am Haus, wissen Sie? Aber davon abgesehen gibt es nicht viel, was ich hier tun kann. Ich bin eher der zwanghafte Typ. Wenn ich mich auf etwas einlasse, dann mache ich es richtig."

Davids Blick wanderte wieder zu Christies Gesicht. Dessen Augen leuchteten vor Tatendrang.

„Und ... also ... in letzter Zeit war das Kochen. Tante Ruth hatte stapelweise Magazine mit Gourmetrezepten und es macht Spaß, sie auszuprobieren. Aber jetzt habe ich dieses ganze übrig gebliebene Essen und nach nicht einmal einer Woche ist mein Gefrierschrank voll. Außerdem finde ich, es ist Verschwendung, wenn ich all das nur für mich allein koche. Das ist kein Gemälde. Es muss sofort genossen werden."

Dieses Gerede über Spaß am Kochen war nichts, was David nachvollziehen konnte. Aber er meinte zu wissen, wohin das Gespräch führen würde, und es gefiel ihm nicht. Er war kein Sozialfall und er wollte sich niemandem verpflichtet fühlen. Es erinnerte ihn daran, wie Evelyn Robeson ihm immer wieder Essen brachte. Sie schien ihm einen Gefallen tun zu wollen, aber eigentlich meldete sie Besitzansprüche auf ihn an. Er kam allein zurecht, vielen Dank auch.

Man musste in seinem Gesicht erkannt haben, was er gedacht hatte, denn Christie hob die Hände. „Moment. Lassen Sie mich ausreden. Mir würde es auch weiterhelfen. Es ist nicht billig, all die Zutaten zu bezahlen, auch wenn Tante Ruth viele der Gewürze im Haus hatte. Ich habe mir Folgendes überlegt: Ich notiere, was ich für die Zutaten bezahlt habe, Sie bezahlen die Hälfte und bekommen die Hälfte dessen, was ich gekocht habe. Die meisten Rezepte sind für vier Personen ausgelegt, da können Sie eine Portion einfrieren oder am nächsten Tag zu Mittag essen. So kann ich mein kleines Herz mit Kochen erfreuen und Sie bekommen hausgemachte Mahlzeiten geliefert. Was meinen Sie? Sollen wir es für ein paar Tage versuchen und sehen, wie es läuft?"

Er sprach wirklich schnell, als versuchte er, Davids Gegenargumenten voraus zu sein. David zog einen seiner Arbeitshandschuhe aus und rieb sein Kinn. Warum bot Christie ihm das überhaupt an? War es so einfach, wie er gesagt hatte? Dass er Hilfe wollte, die Zutaten zu bezahlen? Essen *war* ziemlich teuer.

David versuchte, praktisch zu denken. „Wie viel würde das in etwa kosten?"

„Gute Frage. Ich habe überschlagen, was ich für die Mahlzeit mit dem Hühnchen bezahlt habe, und die Hälfte davon wären sechzehn Dollar. Aber wenn Sie ein Limit haben, kann ich das berücksichtigen."

Für die Mahlzeit, die Christie ihm gebracht hatte, hätte David in einem Restaurant auch sechzehn Dollar bezahlen müssen und sie wäre nicht halb so gut gewesen. Wenn er dafür zwei Mahlzeiten bekam, wäre das auf jeden Fall in seinem Budget. Aber er fühlte sich immer noch unwohl dabei, als nutzte er Christie aus.

Dann hörte er Amys Stimme in seinem Kopf. *Um Himmels willen, Dad, all die Chemikalien in diesen Tiefkühlmahlzeiten bringen dich noch um. Versprich mir, dass du dich bessern wirst.* Sie würde ihn drängen, Christies Angebot anzunehmen, wenn sie hier wäre. Und da er dafür bezahlen würde, gäbe es keine Verpflichtungen. Nicht wahr?

„Welche Art Gerichte wollen Sie machen?", fragte er.

Christie lächelte ihn strahlend an. „Oh mein Gott, die Rezepte sind so fantastisch! Ich versuche, mich von den sehr fettreichen und schweren Sachen fernzuhalten oder sie ein wenig abzumildern, also weniger Zucker zu verwenden und so weiter. Da ist eine Ausgabe von *Bon Appétit* mit marokkanischen Rezepten, die einfach köstlich aussehen. Und eine mit indischen." Sein Gesichtsausdruck wurde vorsichtig. „Oder wenn Sie mehr der Typ für Fleisch mit Kartoffeln sind, habe ich auch einige leckere Steakhouse-Rezepte. Oh!

Und es gibt eine Ausgabe zum Thema Southern Barbecue und New Orleans Cuisine."

„Hmm." David brauchte einen Moment zum Nachdenken. Er nahm den Besen und begann, die Heubüschel zu einem Haufen zusammenzukehren. Allein diese Worte zu hören, machte ihm Appetit. Er hatte noch nie Marokkanisch gegessen. Und alles andere, was Christie erwähnt hatte, machte ihm einen solchen Heißhunger, dass er glatt das Heu hätte verspeisen können. Mittagszeit war schon lange vorbei und er hatte seit dem frühen Morgen nichts mehr gegessen.

Christie wartete geduldig, während David nachdachte. „Ich will Ihnen keine Umstände machen", sagte er schließlich und fegte dabei weiter.

Christie winkte ab. „Wie ich sagte, ich mache das Essen sowieso. Vielleicht können wir mit drei Abenden pro Woche anfangen, da bräuchte ich mir keine Gedanken zu machen, wenn ich einmal nicht in der Stimmung zum Kochen bin."

„Wenn Sie keine Lust zum Kochen haben, schreiben Sie mir einfach eine Nachricht. Ich komme schon allein zurecht."

„Perfekt!" Christie schien das als Zustimmung aufzufassen. „Sollen wir Telefonnummern austauschen?"

David stützte sich auf den Besen und holte sein Handy hervor. Schnell war seine Nummer in Christies Handy gespeichert und Christies in seinem. *Christie Landon.* Aus irgendeinem Grund bewegte ihn dieser Anblick. Er konnte sich nicht erinnern, wann er das letzte Mal eine neue Telefonnummer in seinem Handy gespeichert hatte, besonders eine, die nichts mit der Kirche oder der Arbeit zu tun hatte.

Christie nahm seine Skijacke und zog sie an. „Wie wäre es mit morgen Abend? Was klingt gut für Sie?"

Alles. Alles klang gut. Aus irgendeinem Grund wollten diese Worte aus Davids sonst so schweigsamer Kehle entkommen. „Also ... ich war noch nie besonders weit weg von hier. Susan hat immer Fleisch und Kartoffeln gemacht, Landhausküche. Ich schätze ... ich hätte nichts dagegen, etwas Neues zu probieren und herauszufinden, was die Leute in anderen Teilen der Welt essen."

Bei diesem Geständnis fühlte er sich unwohl, aber Christie neigte bloß den Kopf und sah David interessiert an. „Ein Abenteurer, was? Das gefällt mir. Also Marokkanisch. Ich schreibe Ihnen eine Nachricht, wenn ich fast fertig bin!" Christie eilte hinaus, dabei ließ er die Cookies und Davids alten Mantel zurück.

David stellte den Besen ab und ging zu der Box. Dieses Mal nahm er einen Chocolate Chip-Cookie, der praktisch in seinem Mund schmolz. Er fühlte sich ... aufgeregt. Nervös. Als hätte er etwas getan, das wirklich dumm und gleichzeitig unglaublich gut war. Die Zeit würde es zeigen, aber er freute sich auf jeden Fall darauf, noch mehr zu essen, das so gut war wie das Brathühnchen.

Er pfiff nach seinen Hunden, schloss das große Scheunentor und entschied, den Truck über Nacht in der Scheune stehen zu lassen. Dort würde er niemanden stören. Als er im Haus war, setzte er Wasser für einen Tee auf, stellte eine Tasse Suppe in die Mikrowelle für ein spätes Mittagessen und ging ins Wohnzimmer.

In einem der Bücherregale waren in vier Fächern Ausgaben von *National Geographic* zu ordentlichen Stapeln arrangiert. Sie waren sein wertvollster Besitz. Er hatte sie so oft gelesen, dass er nur einen Moment brauchte, um die beiden Ausgaben zu finden, die er suchte. In einer war ein Artikel mit den Titel „Affen in Marokko" mit unglaublich schönen Fotografien und in der anderen ein Artikel über den Gewürzhandel in der Antike mit Bildern von einem marokkanischen Markt. Er nahm die Magazine mit in die Küche, wo er darin lesen und sich die Bilder anschauen konnte, während er seine Suppe aß.

Er konnte es kaum erwarten. Morgen Abend würde er essen wie die Leute in diesen Artikeln. Er würde in Marokko essen.

6

CHRISTIE STELLTE seinen Wecker, damit er früh aufstehen konnte. Er begann den Arbeitstag um sieben Uhr morgens mit einer Tasse Kaffee und einer Scheibe Toast. Er wusste, wenn er gemächlich begann wie sonst, wäre er den ganzen Tag abgelenkt, aber er konnte nicht zulassen, dass sein Enthusiasmus beim Kochen seine wiederentdeckte Freude an der Arbeit behinderte.

Gegen drei Uhr waren die Modelle fertig und er lud sie in die Cloud, wo sein Boss sie anschauen und kommentieren konnte. Freudig erleichtert beendete er die Arbeit und dachte über das Abendessen nach. Um halb vier war er im Lebensmittelladen, um die Zutaten zu holen.

Er war schrecklich aufgeregt, heute Abend marokkanisches Essen für David und sich zu kochen. Aber eine Stimme in seinem Kopf warnte: *Sei vorsichtig. Freunde dich nicht zu sehr mit diesem Kerl an. David Fisher ist nicht schwul.* Das war nicht wie ein Date mit einem netten New Yorker. Wahrscheinlich wollte David nicht einmal mit ihm befreundet sein. Sie hatten nichts gemeinsam.

Außer vielleicht einem Interesse an exotischem Essen.

Zwar waren diese Warnungen alle berechtigt, aber Christie war ein instinktgesteuerter Mensch. Das hatte ihm schon mehr als einmal Ärger eingebracht, aber normalerweise lag er damit richtig. Er mochte David wirklich – er mochte sein ehrliches, attraktives Gesicht und seine schüchterne, bodenständige Ausstrahlung. Er war offensichtlich ein netter Mann, der hart arbeitete. Er lebte allein und wirkte … traurig. Es war einfach eine nette Geste, die Mahlzeiten zu teilen, die Christie sowieso zubereitete, und er konnte wirklich ein paar positive Punkte auf seiner Karma-Liste gebrauchen.

Aber da war noch etwas anderes – etwas, das Christie unter die Haut gegangen war. Wie unwohl sich David in seiner Gegenwart gefühlt hatte, wie er ihn nicht lange ansehen konnte und ihm den Mantel zugeknöpft hatte. Wenn er rational nachdachte, hatte David sich väterlich verhalten, nicht auf die Daddy-Art. Aber Christies Bauchgefühl … das war sich nicht so sicher. Wie David sich um ihn kümmerte, die Berührung seiner Hände … ja, das läutete sämtliche Alarmglocken in Christies kleinem, schwulen Herzen.

Aber ungeachtet seines Instinkts – *Wunschdenkens* – wusste Christie, dass mit David nichts laufen würde. Er teilte sich mit ihm bloß die Ausgaben und half gleichzeitig einem Nachbarn. Der außerdem wirklich einsam war. Also wem tat es weh?

Er suchte drei Rezepte aus der Ausgabe über Marokko aus. Eine gewürzte Blumenkohl-Mandel-Suppe, ein Hähnchengericht mit Zitrone und Oliven und eine Pastilla aus Filo-Teig, gefüllt mit einer Mischung aus Mandeln, Zimt und Truthahnfleisch, wodurch er die Ente aus dem Rezept ersetzen würde. Die Pastilla würde beeindruckend aussehen, aber war nicht schwer zuzubereiten, wenn man fertigen Filo-Teig benutzte. Als eine weitere, günstige Beilage wählte er Brokkoli, den er rösten wollte. Mit Olivenöl, Meersalz und frisch gemahlenem Pfeffer würde er gut zu den eher exotischeren Gerichten passen.

Er war um Viertel nach vier wieder zu Hause und holte Töpfe und Gewürze hervor. Er schrieb David eine Nachricht, dass das Essen gegen sechs Uhr fertig sein würde. Dann machte er Musik an und ging an die Arbeit. Alles lief glatt, auch wenn die Pastilla an manchen Stellen zu dunkel wurde. Sie roch dennoch fantastisch und etwas Puderzucker verdeckte die dunklen Stellen.

Er war kurz vor sechs Uhr fertig, also schickte er David eine kurze Nachricht, dass er das Essen gleich vorbeibringen würde. Plötzlich war Christie nervös. Er zog einen frischen Pullover an, einen dunkelblauen, der seine Augen betonte, dann putzte er die Zähne und kämmte seine Haare. Das dauerte nur ein paar Minuten, aber als er fertig war und das Essen einpacken wollte, klopfte David an der Tür.

Christie ließ ihn herein. „Hi. Ich wollte Ihnen das Essen gerade bringen."

David zuckte mit den Schultern. „Sie haben schon genug getan. Das Mindeste, was ich tun konnte, war, es abzuholen." Er roch in der Luft. „Wow, das riecht unglaublich. Wie viel schulde ich Ihnen?"

„Ich habe sechsunddreißig Dollar bezahlt, also wären das dann achtzehn Dollar."

David holte seine Geldbörse hervor und zog einen Zwanziger heraus.

„Ich glaube, ich habe noch ein paar Einer."

„Nicht doch. Ich sollte für meinen Anteil sowieso mehr bezahlen, schließlich machen Sie die ganze Arbeit."

Christie stopfte den Zwanziger in seine Hosentasche. „Danke. Ähm. Das Rezept war für sechs Personen, also gibt es ein paar Mahlzeiten für Sie. Sie können die Reste in der Mikrowelle aufwärmen."

„Toll."

David stand immer noch im Türrahmen in seinem Mantel mit von der Kälte rosigen Wangen. Wie üblich konnte er Christie nicht lange in die Augen sehen.

„Möchten Sie hier essen oder wollen Sie es mitnehmen?" Christie wünschte sich plötzlich sehr, dass David blieb, sich mit ihm in das kleine

Esszimmer seiner Tante setzte und mit ihm zusammen aß. Er wollte Davids Reaktion sehen, was ihm schmeckte und was nicht. Und ja, er wollte Gesellschaft, aber das war nicht Teil ihrer Abmachung.

„Ich nehme es mit. Das wäre toll, danke", sagte David schnell.

Christie setzte ein gezwungenes Lächeln auf. „Sicher. Ich packe es sofort ein."

Er ging in die Küche und öffnete die große Schublade, in der seine Tante ihre Tupperware aufbewahrte. Er legte die Hälfte der Pastilla in eine Kuchenform und verschloss sie mit Folie, aber der Rest kam in verschiedene Dosen. Er packte alles in einen Stoffbeutel und brachte es ins Wohnzimmer. „Bitte sehr. Ich hoffe, es schmeckt Ihnen."

„Da bin ich mir sicher. Vielen Dank, Christie." Die Worte klangen ehrlich und David traf Christies Blick, als er sie sagte.

Christie reichte ihm die Tasche. „Gern geschehen. Danke, dass Sie mir beim Bezahlen helfen."

David drehte sich zum Gehen, dann zögerte er. „Vergessen Sie nicht – wann immer Ihnen nicht nach kochen ist, schreiben Sie mir einfach eine Nachricht und lassen es mich wissen. Ich komme mit dem, was ich zu Hause habe, zurecht. Ich will nicht, dass Sie sich verpflichtet fühlen. Ich weiß, wie es ist, wenn man einen Job macht, den man eigentlich gar nicht will."

Christie nahm an, dass Farmer viele Aufgaben zu erledigen hatten, bei Regen oder Sonnenschein, ob sie gesund waren oder krank. Er hatte noch nie einen Job gehabt, der ihn so gefordert hatte. „Okay. Aber ich mache es gern, es macht mir Spaß. Ich habe heute gern gekocht."

„In Ordnung." David lächelte Christie dankbar an und verabschiedete sich.

Christie setzte sich, um allein zu essen. Er war kein großer Esser, deshalb nahm er sich gern Zeit und genoss jeden Bissen. Die Hähnchenbrust hätte etwas saftiger sein können, aber die Soße mit Oliven und Zitronen war würzig und lecker. Die Suppe war perfekt gewürzt und sättigend. Die Pastilla war zum Niederknien – blätterig und pikant und schmackhaft zugleich. Das durfte er nicht zu oft machen, sonst würde er fett werden. Schon bald war er satt und stellte die Reste in den Kühlschrank.

Es war ein wunderbares Mahl, aber es zu essen hatte nicht so viel Spaß gemacht, wie es zu kochen, oder vielleicht es *gemeinsam mit David* zu essen. Aber es gab keinen Grund, weshalb David sich verpflichtet fühlen sollte, mit ihm zu essen.

Während er die Küche aufräumte, piepste sein Handy mit einer Textnachricht.

Ich habe jeden Bissen genossen. Vielen Dank, dass Sie mich nach Marokko mitgenommen haben.

Es war ein einfaches Dankeschön, aber nicht das, was Christie von seinem Nachbarn, einem Farmer, erwartet hätte. Er hätte nicht damit gerechnet, dass David so offen an ausländischer Küche interessiert war, sie so zu schätzen wusste. In Davids Worten klang eine Sehnsucht mit, die Christie tief im Inneren berührte, an derselben Stelle, die David berührt hatte, als er ihm den Mantel angezogen hatte.

Aber vielleicht war Christie auch einfach nur sentimental und interpretierte zu viel hinein.

Er zögerte zehn Minuten, bevor er antwortete. *Wie wäre indisches Essen am Sonntag zu Mittag? Ein Uhr vielleicht?*

David antwortete sofort. *Klingt perfekt. Vielen Dank.*

Plötzlich fühlte Christie sich viel besser und voller Energie, sodass er seine Sportkleidung anzog und an diesem düsteren, kalten Oktoberabend eine lange Runde durch die Nachbarschaft lief.

DAVID HÄTTE am Sonntagmorgen in die Kirche gehen sollen, aber einmal mehr entschied er, zu Hause zu bleiben. Er fühlte sich schuldig, weil er nicht ging. Wie wichtig der Gottesdienst war, war ihm schon eingetrichtert worden, bevor er laufen konnte. Und die Gemeinde hatte ihn sehr unterstützt, nachdem Susan gestorben war. Außerdem kam Pastor Mitchell vorbei, um sich „nach ihm zu erkundigen", wenn er mehr als ein paar Wochen hintereinander nicht erschien, und diese Besuche fürchtete David. Aber heute war er einfach nicht in Stimmung. Mit einigen Lehren der Kirche war er schon seit Jahren nicht einverstanden, aber er hatte sie im Stillen ignoriert. Er war nicht sicher, wie es um seinen Glauben stand, doch im Moment schien dieser unter dem unzufriedenen und rastlosen Teil seiner Selbst begraben, der mit jedem Tag größer und schwerer wurde.

Wenigstens hatte er diesen Sonntag einen Grund, nicht zu gehen. Er wollte das Haus aufräumen.

Es war ein wunderschöner, warmer Herbsttag. Der Himmel war blau, die Sonne strahlte und es gab viele orangefarbene, rostbraune und goldene Blätter in der Umgebung der Farm, ein lebhafter Kontrast zu dem immer noch grünen Gras. Er putzte die Küche, wischte die Schränke ab und auch das Innere der Mikrowelle, falls Christie etwas darin aufwärmen wollte. Er kehrte Hundehaare zusammen und öffnete die Fenster, um frische Luft hereinzulassen. Er fand etwas Möbelpolitur und reinigte damit den großen Tisch im Esszimmer.

Die Enttäuschung in Christies Gesicht, als David entschieden hatte, seine Mahlzeit mitzunehmen, war ihm nicht entgangen. Außerdem war es Sonntag. David hatte nichts zu tun, abgesehen von den Aufgaben, die sich nicht aufschieben ließen – den Tieren Futter und Wasser zu geben und sie zwei Mal am Tag zu melken. Da konnte er Christie genauso gut einladen, bei ihm zu essen. Es gefiel ihm vielleicht, dem kleinen Haus seiner Tante eine Weile zu entkommen, außerdem war die Aussicht aus dem großen Fenster im Esszimmer recht schön. Bäume mit goldenen Blättern säumten den Weg zu dem kleinen Teich der Farm, dessen Wasser im hellen Sonnenlicht funkelte. Es wäre dumm, wenn sie beide an einem Sonntag allein aßen, noch dazu das gleiche Gericht. Es bedeutete ja nicht, dass sie *immer* zusammen essen mussten. Es war einfach nur nett, dieses eine Mal.

Er schrieb Christie am späten Morgen eine Nachricht. *Heute ist ein schöner Tag. Wenn Sie möchten, hole ich Sie und das Essen in meinem Truck ab, dann können wir gemeinsam hier essen.* Er schickte die Nachricht ab, dann wurde er unsicher. Er fügte schnell hinzu: *Es sei denn, Sie haben andere Pläne.* Vielleicht wollte Christie heute ins Fitnessstudio. Oder vielleicht traf er sich mit Leuten seines Alters aus der Gegend. Er würde seine Freizeit wahrscheinlich nicht mit einem alten Mann verbringen wollen.

Aber Christies Antwort kam schnell. *Das wäre toll. Wir sehen uns um ein Uhr. Bisher sieht das Essen gut aus.*

David las den Text mit einem Lächeln, dann wandte er sich wieder seiner Aufgabe zu. Er deckte den Tisch mit zwei einfachen, alten, marinefarbenen Platzsets – die mochte er lieber, als diejenigen mit Rüschen, die Susan bevorzugt hatte. Er passte auf, dass das Besteck, die Teller und die Gläser sauber waren, dann holte er ein paar *Nat Geo*-Magazine. Es gab viele Artikel über Indien, aber er suchte die heraus, die sich größtenteils um die indische Küche drehten – eine Ausgabe über traditionelle indische Hochzeiten mit ihren Festmahlen und eine weitere über das Essen, das in den Tempeln angeboten wurde. Es gab Fotografien von Tellern mit exotisch aussehendem Essen. Was würde Christie wohl mitbringen? Ein Curry? Ein Gericht mit Aubergine? Tandoori?

David war schon ein paar Mal in einem indischen Restaurant in Lancaster gewesen, aber Susan hatte es nicht gemocht, deshalb waren sie nicht oft hingegangen. Ihm hatte es immer geschmeckt. Aber dass Christie es selbst zubereitete, machte die Erfahrung irgendwie viel authentischer. Oder vielleicht wusste David es heute einfach mehr zu schätzen, weil er nicht so viel zu tun hatte.

Er dachte, ein Apfelwein würde gut zum Essen passen, deshalb holte er einen Krug aus dem Keller und stellte ihn in den Kühlschrank. Nachdem er alles erledigt hatte, was ihm eingefallen war, und er eine lange Dusche genommen hatte, war es kurz nach Mittag. Er setzte sich hin, um ein weiteres Mal in seinen Magazinen zu lesen.

CHRISTIE HATTE Tikka Masala mit Hühnchen, Paneer Naan, Aloo Gobi und Basmatireis gemacht. Außerdem hatte er Mangosorbet als Nachtisch gekauft und ein paar Zweige Minze, um es aufzupeppen.

Es machte ihn unglaublich glücklich, dass David ihn eingeladen hatte, auf der Farm zu essen. Oh Gott, er wurde verrückt allein hier, und er war erst seit etwas mehr als einen Monat hier.

Die Gewürze erfüllten Tante Ruths Haus mit Aromen und hoben seine Laune. Alles hatte hervorragend geschmeckt, als er es gekostet hatte. Er zog einen cremefarbenen Rollkragenpullover aus Kaschmir an und einen blauen Pullunder, der zu seinen Augen passte. Dann verpackte er seine kostbare Fracht und schickte David eine Nachricht.

Ein paar Minuten später klopfte es an der Tür und Christie öffnete sie.

„Es riecht fantastisch." Davids Gesichtsausdruck zeigte pure Vorfreude, als er eintrat. Er legte die Hand unbewusst auf seinen Bauch.

„Warten Sie ab, bis Sie probiert haben."

Davids Blick fiel auf die Tasche in Christies Hand und er nahm sie ihm ab. „Sind Sie so weit?"

„Alles bereit." Christie würde sich nicht beschweren, weil David die Tasche schleppen wollte, auch wenn er nicht gewohnt war, dass die Leute so zuvorkommend waren.

Sie sprachen über das gute Wetter, während David über den Feldweg zu seinem Haus fuhr. Dort waren River und Tonga hoch erfreut, ihn zu sehen – oder vielmehr das Essen zu riechen, das David in der Hand hatte.

„Hallo Jungs!" Christie widmete jedem Hund seine Aufmerksamkeit. Es waren nette Hunde, sehr freundlich. Tonga, der schwarze Mischling, war etwas überdreht, aber der Golden Retriever River war wirklich friedlich.

„Ich habe den Tisch bereits gedeckt. Hier entlang." Sie gingen ins Esszimmer und David stellte die Tasche auf den Tisch.

Christie schaute sich um. „Wow! Dieser Raum ist toll."

Das ursprüngliche Farmhaus aus Stein musste ausgebaut worden sein. An einer Wand waren Natursteine. Offensichtlich war das einmal eine Außenwand gewesen. Die gegenüberliegende Wand bestand aus großen Fenstern mit einer breiten Aussicht auf Bäume mit goldenen Blättern, einem abfallenden Rasenstück und einem kleinen See am anderen Ende.

„Es ist der schönste Raum im Haus", erklärte David stolz, während er die Dosen aus der Tasche holte.

„Das sehe ich! Haben Sie diesen Anbau gemacht?"

„Ich? Nein."

Christie öffnete das Tikka Masala und steckte einen Löffel in den Container. Es war schade, dass sie keine richtigen Schüsseln hatten, aber er kannte David nicht gut genug, um danach zu fragen. Außerdem tat die Tupperware auch ihren Dienst. Der Tisch sah mit den einfachen Platzsets, schweren, cremefarbenen Tellern und blitzendem Besteck sehr schön aus.

David stöhnte auf, als er die Box öffnete, in die Christie das Naan gepackt hatte. „Oh Mann, das sieht unglaublich aus."

Christie war hocherfreut. „Danke. Tikka Masala mit Hühnchen, Aloo Gobi, Naan und Reis."

David goss ihnen Apfelwein ein, dann taten sie sich auf und setzten sich, um ihre Mahlzeit zu genießen.

Christie nahm seine Gabel, aber David zögerte. „Möchten Sie das Tischgebet sprechen?"

Oh. Richtig. Christie legte die Gabel ab. „Machen Sie nur."

David schloss die Augen. Sein Gebet war kurz. Er dankte Gott für gute Nachbarn und wundervolles Essen, was ziemlich süß war. Dennoch war es ungewohnt. Es war Jahre her, seit Christie an einem Tisch gesessen hatte, wo Gebete gesprochen wurden.

Dann ließen sie es sich schmecken. David war sehr enthusiastisch. Seine Augen rollten praktisch in seinen Kopf und Christie gab sich große Mühe, sein leises, anerkennendes Stöhnen nicht auf eine andere Art zu interpretieren.

„Sie sollten ein Restaurant eröffnen. Sie haben eine Gabe. Ich kann mir nicht einmal vorstellen, mich an so komplizierten Gerichten zu versuchen."

„Sie sind eigentlich nicht besonders schwer", erwiderte Christie bescheiden, auch wenn er das Lob aufsaugte wie ein Schwamm. „Ich habe eigentlich nur die Rezepte befolgt."

„Als würde ein Maurer sagen, es ist nicht schwer, ein Haus zu bauen, wenn man die Baupläne befolgt."

„Vielleicht ist das auch nicht schwer", meinte Christie trocken.

David wischte sich den Mund mit einer Serviette ab. „Wo wir beim Thema sind. Sie haben vorhin nach diesem Anbau gefragt. Mein Vater hat ihn gebaut, als er erfahren hat, dass meine Mutter mit mir schwanger war."

„Ach wirklich? Das klingt nach einer schönen Geschichte."

„Ich schätze schon. Sie dachten, dass sie keine Kinder bekommen können. Meine Mom hat mich bekommen, als sie schon vierzig war. Und ja", sagte er und lächelte Christie schüchtern an, „man sagt, dass mein Dad so glücklich darüber war, dass er das Haus ausgebaut hat. Nicht, dass es nötig gewesen wäre. Ich war nur ein einzelner Junge, keine ganze Viehherde. Farmer tendieren dazu, groß zu denken."

„Vielleicht hat er sich damit emotional auf Sie vorbereitet. Er muss Sie abgöttisch geliebt haben."

„Das würde ich nicht sagen." Davids Gesichtsausdruck verschloss sich. „Er war ein harter Mann, mein Dad. Sehr streng."

„Meiner auch." Christie glaubte, dass keiner von ihnen gern über das Trauma seiner Kindheit sprechen wollte, auch wenn sie anscheinend mehr gemeinsam hatten, als er angenommen hatte. „Also … Sie haben Kinder?"

Seine Augen wanderten zu einem gerahmten Foto an der Wand. Es war ein professionelles Familienportrait, das vor der Scheune aufgenommen worden war. Die vierköpfige Familie trug aufeinander abgestimmt rot und Jeans. Neben David stand eine Frau mit einem hübschen, runden Gesicht und dunklen Haaren, die streng zurückgebunden waren. Sie trug ein langes Kleid aus Jeansstoff über einem roten Rollkragenpullover. Dann waren da noch zwei Kinder – ein Mädchen und ein Junge im Teenageralter. Es war eine hübsche Familie aus dem konservativen Mittleren Westen.

Außerdem war es eine gute Erinnerung, die Christie auch bitter nötig hatte, dass David Fisher nicht in seinem Team spielte, oder überhaupt in seinem Universum.

„Ja, Amy und Joe. Amy ist die Älteste. Sie ist einundzwanzig und Joe ist drei Jahre jünger."

„Sie sind beide am College?"

David nickte. „Amy ist im State College an der PSU, um Krankenpflegerin zu werden, und Joe ist in Lancaster am Franklin and Marshall. Aber er lebt im Wohnheim und ist ziemlich beschäftigt, deshalb sehe ich ihn kaum. Er will Pfarrer werden."

Christies Augen zuckten wieder zu dem Foto. Sowohl Amy als auch ihre Mutter trugen lange Kleider und hatten ihr Haar zu einem Dutt gebunden. Sie waren keine Amish, aber auch sicherlich nicht sehr modern. „Ein Pfarrer in welcher Konfession?"

„Mennonitisch. Unsere Kirche ist sehr progressiv – für Mennoniten."

Christie konnte den bissigen Tonfall nicht verhindern. „Also würde man über einen Kampfhund sagen, dass er vorsichtig ist?"

David studierte Christies Gesicht einen Moment mit zusammengezogenen Augenbrauen. *Toll, das klang überhaupt nicht verbittert, Christie!* Aber David zuckte mit den Schultern und seine Mundwinkel hoben sich ein wenig. „Das ist Ansichtssache, nehme ich an."

„Tut mir leid. Das hätte ich nicht sagen sollen. Tatsächlich wurde ich baptistisch erzogen. Das ist wahrscheinlich nicht viel anders."

„Ach wirklich?" David sah überrascht aus.

Christie nickte und nahm eine Gabel voll Reis. Das Tikka Masala schmeckte mit dem Reis so köstlich, er könnte tagelang davon essen. Er dachte einen Moment darüber nach, wie ehrlich er sein wollte. „Ich war nicht mehr in der Kirche, seit ich mit achtzehn von zu Hause ausgezogen bin. Man könnte sagen, dass ich mit der Religion so meine Schwierigkeiten habe."

David sah nachdenklich aus, nicht schockiert oder missbilligend. „Wie alt sind Sie, wenn ich fragen darf?"

„Dreißig. Ich habe meine Jugend schon hinter mir."

„Sie sind dreißig? Ich dachte, Sie sind in Joes Alter. Höchstens vierundzwanzig oder fünfundzwanzig."

„War das ein Kompliment?"

„Trotzdem sind Sie noch ein Jungspund."

„Das ist wohl relativ." Christie lächelte schief. „Wie alt sind Sie, David?"

„Einundvierzig." Er senkte den Kopf, als er das sagte, als … wäre es ihm peinlich? Als wäre es eine Lüge? Christie glaubte nicht, dass er log, dazu gab es keinen Grund. Vielleicht fühlte er sich nicht wie einundvierzig.

„Das ist ziemlich jung, um zwei erwachsene Kinder zu haben."

„Nicht wirklich. Ich war zwanzig, als meine Älteste, Amy, geboren wurde."

„Die meisten Zwanzigjährigen grübeln noch, was sie als Hauptfach wählen sollen."

David schaute aus dem Fenster. „Mit neunzehn war ich verheiratet und habe hauptberuflich die Farm geführt." Bei dieser Aussage hätte man einen stolzen Tonfall erwarten können, aber so klang es nicht. In seiner Stimme war eine Müdigkeit, bei der Christies Magen sich zusammenzog.

„Wieso? Was war mit Ihrem Dad?"

„Er ist gestorben, als ich in meinem letzten Jahr an der Highschool war." David riss ein Stück Naan ab und wischte Soße damit auf. „Er war erst achtundfünfzig. Er hatte einen schweren Herzanfall, während er Traktor gefahren ist. Sie sagten, er war sofort tot. Ich musste die Schule verlassen, um die Farm zu führen."

„Das ist schrecklich! Achtundfünfzig ist so jung."

„Das stimmt. Er hat zu schwer gearbeitet und er war … kein glücklicher Mann."

„Es muss schwer gewesen sein, in diesem Alter eine solche Verantwortung zu tragen und gleichzeitig den Tod seines Dads verarbeiten zu müssen."

David zuckte mit den Schultern, aber sein Hals wurde leuchtend rot, als fühlte er mehr, als er zeigte. „Es war nicht allzu schlimm für mich. Die Lehrer meiner Schule haben mir geholfen, damit ich von zu Hause aus meinen Abschluss machen konnte, außerdem hatte ich die Farm. Die meisten jungen

Leute müssen lange arbeiten und sparen, bevor sie ein Haus kaufen können. Als ich die Farm übernommen habe, war sie schuldenfrei und ich hatte einen sicheren Job."

„Es ist wunderschön hier", meinte Christie und schaute aus dem Fenster. David hatte recht. Christie kannte viele in seinem Alter, die immer noch ihren Platz im Leben suchten. Vielleicht war es nicht allzu schlecht, wenn der Platz schon feststand, wenn man geboren wurde. Aber sein Gastgeber wirkte nicht wie ein zufriedener Mann.

„Sind Sie glücklich, David?" Sobald Christie die Frage ausgesprochen hatte, bereute er es bereits. Er war oft zu fordernd und das war eine sehr persönliche Frage für einen praktisch Fremden.

David blinzelte ihn überrascht an. „Ich … ich schätze, ich denke nicht so." Er schaute wieder auf seinen Teller. „Was ist mit Ihrer Familie?"

„Mein Dad war Zahnarzt und meine Mom ist Lehrerin. Ich bin auch in einer Kleinstadt aufgewachsen, in Illinois."

„Haben Sie Brüder und Schwestern?"

„Nein, ich bin Einzelkind."

„Christie ist ein ungewöhnlicher Name. Ist Ihre Familie schwedisch?"

Christie lachte. „Total amerikanisch, auch wenn mein Dad schwedische Wurzeln hat. In meiner Geburtsurkunde steht Christopher, aber meine Mom nennt mich Christie, seit ich klein war, und das hat sich gehalten. Ich habe ein paar Mal versucht durchzusetzen, dass man mich Chris nennt, aber es hat nie funktioniert."

Das brachte alte Erinnerungen zurück – als er in der Highschool erfolglos versucht hatte, männlicher zu wirken. Aber der Versuch, seinen Namen zu ändern, hatte ihn nur noch mehr zur Zielscheibe gemacht, als schämte er sich dafür, wer er war. Irgendwann war er einfach froh, dass die anderen Schüler ihn nicht Schwuchtel oder Tunte nannten.

„Mir gefällt es. *Christie*. Das klingt … fremdländisch. Italienisch vielleicht, oder lateinisch."

Christie schaute David überrascht an. „Ernsthaft?"

David zuckte mit den Schultern und seine Wangen röteten sich. „Sehen Sie Ihre Eltern häufig?"

Christie achtete sorgsam darauf, dass sein Tonfall neutral blieb. „Nein. Wir stehen uns nicht besonders nah."

David sah aus, als wollte er nach dem Grund fragen, aber er tat es nicht. Zum Glück war er nicht so unverblümt wie Christie.

„Was ist mit Ihrer Mom?", wollte Christie wissen.

„Sie hat eine Weile bei uns gelebt, als die Kinder klein waren, dann ist der Ehemann ihrer Schwester gestorben und die beiden sind nach Florida gezogen. Sie liebt es dort." David schaute Christie nachdenklich an. „Waren Sie auf dem College?"

„Auf der Kunstschule. Ich bin Grafikdesigner."

„Oh? Also in der Küche sind Sie auf jeden Fall kreativ, wie ich sehe." Davids Blick verharrte auf Christies Ohrringen. „Ich glaube, ich habe noch nie einen richtigen Künstler getroffen."

Christie lachte. „Das klingt, als wäre ich ein Erdferkel oder so was. Und man kann auf verschiedene Art und Weise ein Künstler sein."

„Bestimmt. Und Sie sehen überhaupt nicht aus wie ein Erdferkel." David lächelte schief und Christie dachte: *Er hat also doch Sinn für Humor.* „Was macht ein Grafikdesigner?"

Christie erzählte von seinem Job bei der Werbeagentur. David wollte etwas von Christies Arbeit sehen, also holte er sein Handy hervor und zeigte ihm seine Skizze von dem Feld mit der Kuh und dem Farmer. „Diese Kampagne ist für einen Milchprodukte-Hersteller."

David nahm das Telefon und schaute das Bild lange an, während Christie aß. „Es gefällt mir, was Sie mit dem Boden gemacht haben, die Linien, die Steine und die Käfer. Also, es ist gut. Sie sind sehr talentiert."

Aus irgendeinem Grund bedeutete Christie dieses Kompliment viel. Vielleicht lag es daran, dass David nicht wie der Typ Mensch wirkte, der nicht meinte, was er sagte. „Danke. Ihnen ist vielleicht aufgefallen, dass das Ihre Scheune ist. Einige der Details musste ich raten. Ich kann sie von meinem Haus aus nicht besonders gut sehen."

David gab ihm das Telefon zurück. „Sie sind jederzeit willkommen, wenn Sie etwas aus der Nähe skizzieren müssen."

„Wäre das nicht zu aufdringlich?"

„Aber nein. Wofür sind Nachbarn denn da?"

„Das wäre toll. Also was bauen Sie hier alles auf der Farm an?"

David schob seinen Stuhl zurück und seufzte. „Die Farm hat hundert Morgen Land und ich habe weitere hundert gepachtet. Ich betreibe konventionelle Landwirtschaft – Mais, Weizen, Soja, Alfalfa. Ich habe auch eine kleine Herde Milchvieh. Die Milch verkaufe ich an eine biologische Genossenschaft. Außerdem führe ich mit meiner Tochter im Sommer einen chemikalienfreien Gemüsehandel. Wir ziehen das Gemüse und die Kräuter dafür auf einem kleinen Feld bei der Scheune.

„Mit konventioneller Landwirtschaft meinen Sie nicht-organisch?"

„Genau."

„Warum nicht organisch?"

David verzog das Gesicht und schüttelte mit dem Kopf. „Die Kosten. Als Farmer muss man sich immer danach richten, was sich am besten verkauft.

Organische Produkte anzubauen, ist sehr arbeitsintensiv und es dauert Jahre, bis man dafür zertifiziert wird. Es ist eine große Investition ohne zusätzliches Einkommen, solange man den Papierkram nicht in der Hand hat. Andererseits ist es nicht so schwer, auf organische Milch umzustellen, und man verdient doppelt so viel wie mit nicht-organischer. Das haben wir vor sechs Jahren getan."

„Klingt kompliziert."

Das schien David peinlich zu sein. „Naja, ich könnte niemals tun, was Sie tun. Das war übrigens mein Ernst. Sie können jederzeit herkommen und zeichnen, was auch immer Sie wollen. Und Sie müssen nicht immer Essen mitbringen, auch wenn das hier ein wundervolles Mahl ist." Er zögerte, dann schaute er Christie direkt an. „Vielen Dank, dass Sie angeboten haben, etwas so köstliches zu kochen. Sie sollen wissen, dass ich das sehr zu schätzen weiß."

In seinen Augen lag eine solche Wärme. Dankbarkeit, die zu einem bunten Geschenk verpackt war. All die Entschuldigungen und Plattitüden, die Christie in den Sinn kamen, fühlten sich im Vergleich dazu trivial an. *Es macht mir Spaß. Ich habe gern Hilfe bei den Kosten für die Zutaten. Ich mag Gesellschaft. Ich mag* Ihre *Gesellschaft.* Und das war die Wahrheit, verdammt, auch wenn es keine gute Idee war. Mist. Er entwickelte Gefühle für David Fisher.

Er murmelte: „Gern geschehen." Dann konzentrierten sie sich eine Weile auf ihr Essen.

DAS INDISCHE Essen war exzellent – besser, als David es aus dem Restaurant in Erinnerung hatte. Sich die Mahlzeit mit Christie zu teilen, war schöner, als er erwartet hatte. Sehr schön.

In Davids Brust war ein überraschend brennendes Gefühl, das im Laufe der Mahlzeit zunahm. Er mochte Christie Landon wirklich und darüber wunderte er sich, während er aß. Für gewöhnlich wurde er nicht so leicht mit Menschen warm. Selbst in der Kirche blieb er meistens für sich.

Er fühlte sich geschmeichelt, um ehrlich zu sein. Christie war ein schlauer, interessanter und attraktiver junger Mann – nicht so jung, wie David gedacht hatte, aber dennoch deutlich jünger als er. Er glaubte, dass Christie keine Probleme hatte, Leute in seinem Alter zu finden, die seine Gesellschaft suchten, besonders junge Frauen. Trotzdem war er hier und verbrachte Zeit mit David. Er stellte viele Fragen, schaute David unangenehm oft direkt in die Augen, lächelte und lachte über das, was David sagte, als hörte er ihm tatsächlich zu.

David erkannte, dass es lange her war, seit ihn jemand wirklich *gesehen* hatte. Für Amy und Joe war er einfach „Dad". Sie fragten nach seiner Gesundheit oder wie die Farm lief, aber das war es auch schon. Und als Susan noch lebte, waren sie viel zu bequem geworden. Sie war immer mit ihren Näharbeiten, Aufgaben in der Gemeinde oder Büchern beschäftigt gewesen. Sie hatte gefragt, was er zum Abendessen haben wollte oder sie hatten über die Kinder oder Bekannte gesprochen. Aber er konnte sich nicht erinnern, wann sie ihn zum letzten Mal wirklich angesehen hatte.

Sind Sie glücklich, David?

Wann hatte sich zum letzten Mal jemand darum geschert, ob er glücklich war, solange er die Farm führte und dafür sorgte, dass genug Geld für Schule, Kleidung und Lebensmittel auf dem Bankkonto war?

Das ist nicht fair, schalt er sich selbst. Amy machte sich Sorgen um ihn, das wusste er. Und Joe war ein guter Junge. Seine Familie liebte ihn, aber dennoch fühlte er sich die meiste Zeit unsichtbar.

Andererseits war Christie nur ein Fremder, der Small Talk betrieb. Das bedeutete überhaupt nichts. Dennoch war seine Gesellschaft stimulierend. Er mochte es, dass Christie sagte, was er dachte, zum Beispiel über Religion oder seine Eltern.

Er hielt sich nicht zurück oder sagte das, was er für die *richtige* Antwort hielt, oder zitierte die Bibel. Das erstaunte und bewunderte David gleichermaßen.

Nach dem Essen verstaute David die Reste im Kühlschrank und füllte das Spülbecken mit Wasser. Er spülte das Geschirr und Christie trocknete ab.

„Wie alt ist das Farmhaus?", fragte Christie, als er David einen nassen Teller abnahm.

„Das Haupthaus wurde 1753 gebaut. Das sind die beiden vorderen Räume."

„Scheiße! Kann ich sie sehen, wenn wir fertig sind?"

„Sicher." David war nicht an Obszönitäten gewohnt, aber Christie schien nichts Böses damit gemeint zu haben, deshalb machte es ihm nichts aus. Christie wirkte dadurch in Davids Augen nur noch welterfahrener und mysteriöser.

Nachdem die leeren, sauberen Dosen wieder in Christies Tasche verstaut waren, brachte David ihn in den vorderen Bereich des Hauses. Die beiden ursprünglichen Zimmer hatten hohe Decken, altmodische Zierleisten, tiefe Fensterbänke, wegen der dicken Steinwände, und einen riesigen Kamin. Susan hatte sie in einen formellen Salon und ein Arbeitszimmer verwandelt, aber sie wurden kaum genutzt, auch als Amy und Joe noch zu Hause gelebt hatten. David verbrachte die meiste Zeit in der Küche. Der kleine Tisch und der Fernseher dort waren alles, was er brauchte. Außerdem war sie leichter zu heizen. Daher waren die beiden vorderen Räume ordentlich, aber staubig.

Christie ging umher und schaute sich alles an. Er strich mit dem Finger über den alten Querbalken des Kamins und blieb schließlich vor dem Bücherregal mit den Magazinen stehen. „Da mag jemand *National Geographic*."

„Die gehören mir."

Christie drehte sich zu ihm um und hob überrascht eine Augenbraue. „Was gefällt Ihnen daran?"

David zögerte. Er redete nicht oft darüber, aber er wollte Christie zeigen, dass er auch andere Dinge im Kopf hatte als die Farm und die nächste Ernte. „Ich lerne gern Neues über andere Orte. Das ist wohl meine Art zu reisen."

„Ach ja?" Christie lächelte sanft. „Welche ist Ihre Lieblingsausgabe?" Er fuhr mit seinen langen, schlanken Fingern über die Rücken der Magazine.

David wusste die Antwort sofort, aber er zweifelte. Wahrscheinlich fand Christie es lächerlich. Er zögerte, dann zog er das Magazin heraus und reichte es Christie.

Christie schaute sich das Cover an. „Polynesien?"

„Ja. Vielleicht liegt es daran, dass wir hier so weit von der Küste entfernt sind, aber ich liebe Inseln. Polynesien hat die besten, wie Bora Bora."

Das Magazin lag immer noch in Christies Händen und David blätterte vorsichtig zu einer Seite, die er oft angeschaut hatte. Die Doppelseite zeigte ein wundervolles Bild von einem weißen Sandstrand, dem türkisfarbenen Ozean und kleinen Strandhütten, die direkt am Wasser gebaut waren. Wie viele Male hatte David dieses Bild angesehen und sich dorthin gewünscht?

Er schaute zu Christie auf, bereit, das Thema abzuwinken.

Aber Christie lächelte. „Oh ja. Das ist hinreißend! Ich liebe Strände. Ich war noch nie in Polynesien, aber ich war in Cancún. Die Strände dort sind fantastisch."

„Ich habe eine Ausgabe über Cancún." David holte das Heft zielsicher hervor. Er fand schnell die Seite und reichte sie Christie. „Mehr als ein Drittel der mexikanischen Tourismuseinnahmen kommen aus Cancún. Das ist eine Menge, wenn man die Größe des Landes bedenkt. In diesem Artikel nennen sie es „Die Riviera der Maya"."

Christie schaute ihn amüsiert an. „Sie kennen diese Magazine in- und auswendig, oder?"

David zuckte verlegen mit den Schultern. „Ich schaue nicht viel fern. Lieber lese ich und die Fakten bleiben hängen. Also, wenn sie mich interessieren."

Christie überflog den Artikel über Cancún. „Sind Sie schon viel gereist?"

David lachte. „Nein. Ich kann die Farm nicht oft verlassen. Als Joe noch in der Highschool war, konnte ich ihm den Betrieb für ein paar Tage anvertrauen. Ich war auf einer Konferenz am State College und einer in Washington DC. Das hat mir gefallen. Ich habe jetzt jemanden, der halbtags für mich arbeitet, aber ich muss trotzdem selbst hier sein."

Er erinnerte sich, wie aufregend der Trip nach DC gewesen war. Er wusste nicht mehr alle Details, aber er wusste noch gut, wie er vor dem massiven Lincoln Memorial gestanden und gedacht hatte, wie viel größer und *realer* es in Wirklichkeit war. Es war so real wie die Rinde an den Bäumen und die Schindeln auf dem Dach des Farmhauses, das er an einem brütend heißen Sommertag repariert hatte. Als würde etwas davon auf seiner Haut zurückbleiben, wenn er es berührte. Und in all der Zeit hatte das Lincoln Memorial existiert – massiv und real und solide – unbeeindruckt davon, ob ein Mann namens David Fisher es jemals zu Gesicht bekam oder ob er überhaupt existiert hatte."

Kopf in den Wolken. Tagträumereien helfen einem nicht dabei, die Arbeit zu erledigen. Jep. Genau, wie sein Dad immer gesagt hatte. Vielleicht erledigten Tagträume nicht die Arbeit, aber sie halfen dabei, die Zeit zu überstehen. Seine Gedanken gehörten ihm allein, wie nichts anderes sonst. Sie leisteten ihm Gesellschaft, während sein Körper damit beschäftigt war, ewig die gleichen Aufgaben zu erledigen.

Christie beobachtete ihn intensiv, als ob er Davids Gedanken und Geheimnisse sehen könnte. Es fühlte sich intim und behaglich an, wenn auch etwas zermürbend. Heute Morgen war Christie noch ein Fremder gewesen, aber jetzt schien er es nicht mehr zu sein. Tatsächlich konnte David sich nicht erinnern, wann er zum letzten Mal mit jemandem eine solche Verbindung gehabt hatte.

Er räusperte sich. „Also sind Sie bereit für das Sorbet? Ich kann Kaffee aufsetzen. Und wenn es Ihnen recht ist, würde ich gern alles über Ihre Reise nach Cancún hören."

„Abgemacht." Christie wandte sich ab und der seltsame Moment war vorbei. David legte die Magazine sorgfältig wieder zurück.

„Oh Gott, ich werde heute Abend einen Zehnkilometerlauf machen müssen, um das Tikka Masala wieder abzutrainieren", stöhnte Christie und klopfte sich auf den Bauch.

„Sie können in meiner Scheune gern Heuballen schleppen, wenn Sie wollen."

Christie lachte. „Guter Versuch."

7

NACH DIESEM Sonntag war alles anders. Nichts Weltbewegendes war an jenem gemütlichen Herbstnachmittag vorgefallen, als Christie David das indische Essen gebracht hatte, und dennoch änderte sich zwischen ihnen etwas auf fundamentale Weise. Christie hatte Davids Gesellschaft genossen und diesem schien es ebenso zu gehen.

Christie wolle *mehr* – mehr exotisches Essen, mehr gemeinsame Mahlzeiten, mehr Zeit mit David. Es war ein nagendes Gefühl, das ihm keine Ruhe ließ, bis er es akzeptierte.

Am Dienstagmorgen ging Christie mit seinem Skizzenblock zur Farm. Er ging um die Scheune herum, bis er den richtigen Platz gefunden hatte – wo das große, weiße Silo über die Scheune ragte und die beiden großen Fenster zu ihm zeigten. Es war so malerisch, dass ihm die Zähne wehtaten. Er holte einen Stuhl von Davids Terrasse und stellte ihn auf, dann setzte er sich und öffnete seinen Skizzenblock, auch wenn es eigentlich etwas zu kalt war, um draußen zu zeichnen. Er zeichnete zuerst nur das Grundgerüst, dann füllte er es mit der gleichen Holzmaserung aus, die er schon in den anderen Zeichnungen verwendet hatte.

Nach etwa einer Stunde brachte David ihm einen Becher Kaffee und sie unterhielten sich eine Weile über das Wetter und die Scheune. David erklärte, dass es eine Bank-Scheune war, weil sie an einer Schräge gebaut war. Die Hinterwand der Scheune konnte geöffnet werden, um Heu in das obere Stockwerk zu bringen, während der untere Teil sich zur Weide hin öffnete und die Tiere dort gehalten wurden.

„Ich sollte Sie nicht weiter von der Arbeit abhalten. Und mich auch nicht", sagte David nach einer Weile.

Christie lächelte. „Einen guten Nachmittag."

David schien sich verabschieden zu wollen, aber er zögerte und schaute Christie an. Er ballte eine Hand zur Faust, dann drehte er sich abrupt um und ging davon. Das war seltsam, als müsste er einen Impuls unterdrücken, Christie durchs Haar zu wuscheln.

Christie dachte darüber nach, während er an seiner Skizze arbeitete, und Wärme breitete sich in seinem Bauch aus. Hatte David ihm wirklich durchs Haar streichen wollen, auf die Art, wie er ihm den Mantel zugeknöpft hatte? Oder vielleicht seine Schulter berühren? Ihm die Haare aus den Augen streichen? Ihn küssen?

Freu dich nicht zu früh. Das war wahrscheinlich nur ein väterlicher Instinkt, wenn überhaupt. Genau, denn es wäre typisch für ihn, wenn der heiße Farmer von nebenan ihn als einen Ersatzsohn ansah.

Und dennoch … das erklärte nicht die Spannung, die Christie manchmal zwischen ihnen spürte. Aber natürlich konnte sie auch einseitig sein.

Er liebte es, dass es mit David *nicht* so … offensichtlich sexuell war. Christie war abgestumpft, daran bestand kein Zweifel. In der Stadt Männer aufzureißen, war so einfach: man flirtete zehn Minuten lang, hatte Sex und dann war alles vorbei. Aber hier auf dem Land, umgeben von Tante Ruths Besitztümern und David – auf jeden Fall David – fühlte es sich an, als wäre er wieder in einer simpleren, unschuldigeren Zeit gelandet. Sein Zynismus wurde geschmeidig wie steifes Leder, das in Salzlake eingeweicht worden war.

Es erinnerte ihn daran, wo er hergekommen war, wer Christie Landon gewesen war, bevor er der wilde Manhattaner wurde. Er hatte seine Kleinstadt in Illinois mit viel Wut in sich verlassen. Das hatte er sich verdient, bitterer Tropfen für bitteren Tropfen. Er hatte nie dazugehört, weder in der Schule noch zu Hause. Und er hatte die Kirche gehasst, in die seine Eltern ihn geschleppt hatten, größtenteils, weil er gewusst hatte, dass man ihn dort hassen würde, wenn man wüsste, wer er wirklich war. Er hatte schon in jungen Jahren gewusst, dass er schwul war. Er hatte sich zwar erst direkt nach der Highschool geoutet, aber er hatte die Kränkungen mit sich getragen wie Glasscherben. Sagte man nicht, es ist die beste Rache, ein gutes Leben zu haben? Und Christie *hatte* in New York gut gelebt. Ein wenig zu gut. Aber vielleicht … möglicherweise … war er zu voreilig gewesen als er die Kleinstadt, in der er aufgewachsen war, verlassen hatte.

Vielleicht hatte das einfache Leben doch etwas für sich, besonders, wenn es einen Mann wie David Fisher beinhaltete.

An diesem Abend machte Christie Hamburger mit Blauschimmelkäse, gegrillten Pilzen und Süßkartoffeln mit Kräutern aus dem Ofen. Als er fast fertig war, grübelte er eine Weile, dann sandte er eine sorgfältig formulierte Nachricht.

Das Essen ist fast fertig. Sie können es mitnehmen oder gern hier essen.

Er wollte keine voreiligen Schlüsse ziehen oder David den Eindruck vermitteln, dass er nichts Besseres zu tun hatte, aber die Antwort kam schnell.

Ich kann auch bei Ihnen essen. Bin gleich da.

Christie lächelte und deckte eilig den Tisch.

„Oh mein Gott. Das war wirklich gut. Ich werde noch fett." Christie schob seinen Stuhl zurück und tätschelte seinen Bauch. David fand, er sah flach aus, wenn auch etwas voll. Das war schwer zu sagen bei dem blauen Pullover, den Christie trug, da er sich nicht gestattete, länger hinzusehen.

„Das sagst du immer, aber du hast noch kein Gramm zugenommen, soweit ich sehe", stellte David fest, während er mit seinem Löffel etwas Erdnusssoße von seinem Teller kratzte. Heute Abend hatte Christie Pad Thai gemacht, einen Salat mit scharfem Rindfleisch, das in Streifen geschnitten war, der „Weinender Tiger" hieß, und Tom Yum Suppe. Er hatte auf seinem Handy sogar Instrumentalmusik aus Thailand eingeschaltet. Das war etwas Neues. Dadurch schmeckte das Essen sogar noch authentischer. „Jedenfalls musst du dir noch lange keine Gedanken machen, fett zu werden."

„Lange ist richtig. Ich werde morgen ein paar lange Kilometer zusätzlich laufen müssen. Zum Glück ist Samstag."

„Wie viel läufst du normalerweise?"

„Unter der Woche für gewöhnlich um die sechs Kilometer, aber ich versuche, an wenigstens einem Tag pro Wochenende mehr zu laufen. Vielleicht laufe ich morgen zehn. Ich nehme an, du musst dir keine Sorgen machen, dass du außer Form kommst." Christie lächelte ihn nachsichtig an.

„Nein, aber ich kann nachvollziehen, warum es dir Spaß macht. Ich war in der Highschool im Leichtathletikteam. Das hat mir großen Spaß gemacht."

„Ach ja? Hast du auch an Wettbewerben teilgenommen?"

„Ein paar Jahre lang. Die Privatschule, auf der ich war, hatte ein Team."

Das war eins der Dinge, die David an seiner Schule am besten gefallen hatten. Er war für Wettbewerbe oft herumgereist. Sein Team war nie so weit gereist wie die Mannschaften der öffentlichen Schulen, nie nach New York, Boston oder zumindest Philadelphia. Aber es war dennoch eine Belohnung, neue Orte zu sehen und eine Weile herauszukommen. Er hatte bei seinem Vater darum kämpfen müssen, dass er überhaupt so lange auf der Schule bleiben durfte.

Du wirst auf eine Mennoniten-Schule gehen oder überhaupt nicht. Du hast es nicht nötig, so vielen weltlichen Schlechtigkeiten ausgesetzt zu werden oder Fächer zu lernen, die du nie benötigen wirst. Ich verstehe nicht, warum du überhaupt dorthin willst. Du kannst zu Hause unterrichtet werden, mehr auf der Farm mithelfen und Geld sparen. Du brauchst das alles nicht, um Farmer zu werden.

Aber er war auf der Schule geblieben, zumindest bis sein Vater gestorben war und er keine Wahl mehr gehabt hatte. Dem Himmel sei Dank, dass seine Mutter auf seiner Seite gewesen war.

„Möchtest du irgendwann einmal mit mir laufen?", fragte Christie. „Das würde Spaß machen."

David war überrascht von der Frage und er lachte auf. „Oh nein. Ich laufe erst an dem Tag, an dem du Farmarbeit machst."

Christie hob eine Augenbraue. „Ist das eine Herausforderung? Denn ich bin dabei, wenn du es auch bist."

David tat es als Scherz ab und wechselte das Thema. Sie beendeten ihre Mahlzeit, ohne das heikle Thema Laufen anzusprechen.

Aber am Sonntag, einem der seltenen Tage, an denen Christie kein Essen vorbeibrachte, aß David in seinem stillen Haus Reste und starrte hinaus in die Nacht. Es war Vollmond und ziemlich hell draußen. Bevor er es sich anders überlegen konnte, ging er nach oben, zog eine lange Unterhose, eine Jogginghose und ein Paar alte Turnschuhe an, dann schlüpfte er aus dem Haus.

Er joggte die Auffahrt hinunter zur Straße, um sich aufzuwärmen, dann stellte er die Stoppuhr auf seinem Handy. Bis zur alten Steinbrücke waren es eineinhalb Kilometer. So weit schaffte er es bestimmt. Er wollte verdammt sein, wenn er mit so einem jungen Hüpfer lief und wie ein abgenutzter, müder, alter Mann aussah.

Er schaffte es in zwölf Minuten zur Brücke. Er arbeitete hart auf der Farm, aber tat wenig für seine Ausdauer. Seine Lungen fühlten sich an, als stünden sie in Flammen und sein Herz schlug wie eine Maschine, der Öl fehlte und die gleich anfangen würde zu rauchen. Aber er schaffte es. Er lehnte sich über die Brüstung der Brücke, atmete schwer und starrte in das rauschende Wasser. Der weiße Schaum leuchtete im Mondlicht. Das war nicht schlecht, sagte er sich. Nicht vollkommen demütigend für jemanden, der seit zwanzig Jahren nicht gelaufen war. Wenn er das ein paar Wochen durchziehen und es schaffen konnte, viereinhalb Kilometer in zehn Minuten zu laufen, konnte er es wagen, zusammen mit Christie Landon zu laufen.

Aber warum wollte er das eigentlich? Das war es, was er sich eigentlich fragen sollte. In der vergangenen Woche hatte er vier Mal gemeinsam mit Christie gegessen. Das sollte eigentlich genug Zeit in seiner Gesellschaft sein.

Es war nicht einmal annähernd genug.

Genug wofür?

Das Wasser im Fluss unter ihm war real – Wasser auf Steinen. Aber nichts anderes fühlte sich noch real an.

Er genoss es, Zeit mit Christie zu verbringen, das war alles. Darauf freute er sich. Es war eine Ewigkeit her, dass er jemanden hatte, der … ein Freund war. Jemanden, mit dem er reden konnte. Warum sollte er nicht laufen, wenn er Lust darauf hatte? Falls Christie jemanden wollte, der mit ihm lief.

Das war nichts, weswegen er sich Sorgen machen musste, um Gottes willen. Es war keine große Sache. Er drehte sich um und machte sich auf den Weg zurück zur Farm, dabei lief er schneller als zuvor.

AM NÄCHSTEN Tag untersuchte David gerade eine trächtige Färse, die er zu diesem Zweck in einen Fangstand getrieben hatte, als Christie an der Tür erschien.

„Hi." David spürte, wie sein Herz leichter wurde, wie immer, wenn Christie in der Nähe war. Er konnte nicht anders, als zu lächeln.

„Hi." Christie erwiderte das Lächeln. „Wer ist das?"

„Das ist eine hochschwangere, zukünftige Mama."

„Hat sie einen Namen?"

David zögerte. In Wahrheit hatten alle seine Kühe einen Namen, denn so war es einfacher, sie auseinanderzuhalten, statt sie einfach „die Rötliche" zu nennen. Aber manche Farmer fanden das lächerlich.

„Buella", gab er zu und tastete ihren Bauch ab.

„Heilige Kuh! Entschuldige das Wortspiel." Christies Augen weiteten sich, als er ihr geschwollenes Euter betrachtete. „Sie sieht aus wie ein Ballon, der kurz vor dem Platzen steht. Ihr Euter ist riesig."

„Ja. Es ist ihr erstes Kalb und ihr Körper reagiert stark auf die Hormone. Sie hat noch ein paar Wochen vor sich, aber weil sie so geschwollen ist, ist es sicherer, sie bis dahin von den anderen getrennt zu halten."

„Was tust du, wenn die Geburt nicht von allein einsetzt?"

David lächelte über diese naive Frage. „Oh, das wird sie, wenn sie und das Kalb bereit sind."

Christie sah fasziniert aus. Er biss sich auf die Lippe und beäugte Buella. „Komm her, wenn du willst."

„Wirklich?" Christie sah erfreut aus. Er schaffte es schnell, die Tür zu öffnen, trat ein und schloss den Riegel hinter sich, dann kam er über das frische Stroh heran, das David im Stall verteilt hatte. Es war eine kleine Box, die er nutzte, wenn ein oder zwei Tiere von den anderen getrennt werden mussten, da hatte Christie es nicht weit. David bemerkte, dass er hohe Gummistiefel trug, und das war gut. Es war wahrscheinlich, dass man einen Teil der Natur mitnahm, wenn man in einen Kuhstall ging, auch wenn er erst vor Kurzem gereinigt worden war.

Christie schaute Buella an und sie ihn. Sie war schlecht gelaunt, wahrscheinlich weil sie sich lausig fühlte. Sie schüttelte den Kopf, aber als Christie die Hand ausstreckte, schnüffelte sie daran und ließ zu, dass er ihre Nase streichelte. Sie entspannte sich sogar unter seiner Berührung.

„Am besten kraulst du hier oben." David zeigte ihm eine Stelle hinter den Ohren. „Wenn du ihr Gesicht berührst, ermunterst du sie dazu, dich mit einem Kopfstoß zu begrüßen, wie Kühe es nun mal tun. Glaub mir, wenn ich dir sage, dass ein Kopfstoß von einer Kuh nichts Angenehmes ist. Sie wissen nicht, dass man nicht so stark ist wie sie."

„Nein, das klingt nicht sonderlich angenehm." Christie streichelte sie hinter den Ohren.

„Also was kann ich für dich tun?" David tastete vorsichtig an Buellas Seiten und versuchte, die Größe ihres Kalbs abzuschätzen.

„Eigentlich habe ich mich gefragt, was ich für *dich* tun kann. Hoffentlich etwas, das Heben und Schwitzen beinhaltet." Er wackelte mit den Augenbrauen.

David schnaubte. „Du weißt schon, dass ich über die Farmarbeit nur gescherzt habe. Du hast genug zu tun mit deinem Job als Künstler und der ganzen Kocherei."

Christie zuckte mit den Schultern. „Ich war einen Monat lang im Fitnessstudio in der Stadt, deshalb musste ich mich entscheiden, ob ich meine Mitgliedschaft verlängern will. Um ehrlich zu sein, hat es mir dort nicht besonders gut gefallen. Also habe ich mir gedacht, dass ich mir das Geld auch sparen könnte. Gibt es etwas, das ich eine Stunde lang erledigen kann, was Muskelkraft erfordert? Wenn ich nur laufe, ohne Krafttraining zu machen, wird mein Oberkörper zu schmal."

Er sprach recht schnell, wie damals, als er die gemeinsamen Mahlzeiten und geteilten Kosten vorgeschlagen hatte. Er schien besorgt zu sein, dass David Nein sagen würde, aber David konnte sich keinen Grund vorstellen, warum er das tun sollte.

„Es wäre mir eine Freude, dir Arbeit zu geben, aber ich kann nicht garantieren, dass du dieselben Resultate erzielst wie im Fitnessstudio."

Christie beäugte David von oben bis unten. „Ich finde, dein Körper sieht gut aus. Ich werde es riskieren."

David errötete bis zu den Zehenspitzen. Er konnte fühlen, wie seine Fußsohlen in seinen Stiefeln brannten. Er drehte Buella und Christie den Rücken zu und rieb sich mit der Ellenbeuge über das Gesicht, um seine Reaktion zu verbergen. Sicherlich hatte Christie sich nichts dabei gedacht, doch es war lange her, seit jemand seinen Körper auf diese Art angesehen hatte, und er fühlte sich nicht ausschließlich peinlich berührt. „Ich habe, ähm, eine Lieferung mit Futtersäcken, die in Tonnen geladen werden muss. Sie wiegen um die zwanzig Kilo."

„Perfekt. Zeig mir einfach wo."

David brachte Christie aus Buellas Stall in den hinteren Teil der Scheune, wo der Lieferant die einhundert Säcke mit Getreidemischung abgeladen hatte. „Sie müssen nach unten gebracht, geöffnet und in die große grüne Tonne neben dem Kuhstall geschüttet werden."

„Alles klar." Christie hockte sich hin, nahm einen Sack und legte ihn sich auf die Schulter. „Dir ist aber klar, dass das bedeutet, dass du mit mir laufen musst."

David rieb seinen Nacken. Er würde nicht in einer Million Jahren zugeben, dass er dafür trainiert hatte. „Vielleicht werde ich das. Bald."

„Dieses Wochenende?", bohrte Christie in seiner beharrlichen Art.

David seufzte. Er konnte einfach ablehnen, aber das fiel ihm schwer, wenn es darum ging, Zeit mit Christie zu verbringen. Außerdem schaffte er die Strecke bis zur Brücke mittlerweile in zehneinhalb Minuten.

„Ja, in Ordnung. Aber ich werde dein Tempo behindern, das ist dir hoffentlich klar."

„Ich werde es überleben. Es ist nur ein Lauf." Christie sah sehr selbstzufrieden aus, als er den Sack in die Scheune trug.

David fragte sich, ob jemals etwas genug für Christie Landon sein würde.

ANFANG NOVEMBER kam David zum ersten Mal zu Christie, um mit ihm zu laufen. Sie liefen acht Kilometer in einer moderaten Geschwindigkeit, und das um acht Uhr morgens. Das war früh für Christie, aber David hatte anscheinend schon eine Menge erledigt.

Christie nahm mit David seine übliche Route. Sie verlief durch die Nachbarschaft und entlang der idyllischen Hauptstraße der Stadt. Christie trug Laufhosen und ein altes, marineblaues Sweatshirt mit Reißverschluss. Davids Jogginghose war altmodisch – wie etwas, das Sylvester Stallone in *Rocky* getragen haben könnte. Aber er sah gut darin aus. Er hatte schmale Hüften und einen kleinen Bauchansatz. Die Hose hing tief auf seinen Hüftknochen über seinem runden Hintern. Nicht, dass Christie zu genau hingesehen hätte. Größtenteils.

Sie sprachen nicht viel. Christie hatte das Gefühl, dass David sich sehr auf seine Schritte und das Atmen konzentrierte, da wollte er ihn nicht stören. Er war ein guter Läufer, nicht schnell, aber gleichmäßig. Als er ein paar Mal begann, schwer zu atmen, lief Christie langsamer.

Nach etwas über einer Stunde waren sie wieder bei Christie.

David trug noch mindestens zwei Schichten unter seinem Sweatshirt, aber er hatte sowohl an der Vorderseite als auch an der Rückseite ein dunkles *V* vom Schweiß und er keuchte, den Kopf über die Knie gebeugt, in Christies Vorgarten.

„Das ist ... ich sollte ..."

Christie beugte ein Bein hinter seinem Körper, um es zu dehnen. „Was ist los? Geht es dir gut?"

David nickte mit geblähten Nasenflügeln, als versuchte er, einen tiefen Atemzug zu nehmen. „Dein Gras mähen. Ist nötig."

Christie lachte. „Hör auf, dich über mein peinlich langes Gras lustig zu machen. Ich werde noch verlegen."

David starrte ihn ungläubig an, als wollte er sagen: *Du hast mich dazu gebracht, mich so anzuziehen und mit dir joggen zu gehen, und du fühlst dich verlegen?*

Christie rollte mit den Augen. „Du hast dich gut gehalten, alter Mann. Bist gelaufen wie ein Profi. Komm rein, dann setze ich Kaffee auf." Christie ging voraus zum Spülbecken. Er füllte ihnen beiden ein Glas mit kaltem Wasser und reichte David eins, bevor er die Kaffeemaschine vorbereitete. Wasser war nach dem Joggen wichtig, aber er brauchte Kaffee. „Ich habe es nicht geschafft, den Rasenmäher von Tante Ruth zum Laufen zu bringen. Er ist uralt und anscheinend gibt es dafür keine Klingen oder Getriebe oder was auch immer er braucht mehr."

David trank sein Wasser in einem einzigen, hypnotisierenden Zug, dann wischte er sich die Lippen am Ärmel ab. „Ich komme mit meinem Rasenmähertraktor vorbei und mähe es. Das dauert nicht länger als eine halbe Stunde."

„Das musst du nicht. Du hast schon die Fenster in meiner Küche und den Duschkopf repariert."

„Irgendwie muss ich mich ja für das Essen erkenntlich zeigen."

„Du bezahlst mich doch."

„Geld. Du hast dir auch menschliche Zuwendung verdient."

Davids Augen blitzten humorvoll. Christie lächelte und wandte sich ab, dabei versuchte er, den Anblick von Davids Kehle, während er getrunken hatte, zu verscheuchen. Er kümmerte sich um die Kaffeekanne. In letzter Zeit scherzte David öfter und das war ein gutes Zeichen. Er war so ernst und still gewesen, als sie sich kennengelernt hatten, vielleicht sogar depressiv.

Mein Vater war kein glücklicher Mann. Vielleicht lagen Depressionen bei den Fishers in der Familie. Allerdings erschien David jetzt nicht depressiv.

Christie schaltete die Kaffeemaschine an. „Du hast bloß Mitleid mit mir, weil ich überhaupt nichts kann."

„Du kannst vieles, bloß nichts, was einen Schraubenzieher erfordert."

„Hm." Christie drehte sich um und lehnte sich an die Anrichte.

Die Kaffeemaschine gluckerte und zischte. David stand in der Küche in seinem grauen Sweatshirt, ganz verschwitzt mit rosigen Wangen von der Kälte. Seine braunen Augen waren warm und seine Lippen zu einem Lächeln verzogen. Sein kurz geschnittener Bart gab ihm einen rauen Look und sein

Haar, das etwas länger geworden war und sich in seinem Nacken kräuselte, war schweißfeucht.

Urplötzlich wollte Christie ihn so sehr, dass es *schmerzte*. Er wollte einen Schritt näher treten und David berühren, sich an dessen heißen, verschwitzten Körper schmiegen und die Feuchtigkeit mit seinen Lippen spüren. Der Schmerz der unterdrückten Sehnsucht war scharf und sein Körper reagierte auch auf andere Weise auf das Verlangen. Er drehte sich wieder zum Schrank und öffnete wahllos einige Türen, als suchte er nach Tassen. Guter Gott, er konnte wirklich keine Erektion gebrauchen, wenn er Hosen aus Elasthan trug.

Er hörte, wie hinter ihm ein Stuhl vom Tisch weggezogen wurde. David hatte sich zurückgezogen. Gott sei Dank. Christie holte zwei Tassen heraus, dabei waren seine Hände taub, denn sein Blut hatte sich plötzlich weiter unten angesammelt.

„Hey, macht es dir etwas aus, wenn ich meinen Kaffee mitnehme? Ich muss zurück, denn der Milchlaster kommt bald."

„Kein Problem." Christie holte einen Reisebecher hervor. Als er ihn gefüllt und einen Schuss Milch hinzugegeben hatte, wie David es mochte, hatte er seinen Körper wieder unter Kontrolle. Er drehte sich um und reichte ihm den Becher, dabei war sein Gesichtsausdruck neutral.

„Sehen wir uns um sechs?", fragte David und mied Christies Blick. Hatte er etwas bemerkt?

„Sicher. Ich wollte Shrimps mit Grütze machen, auf New Orleans-Art."

„Kann's kaum erwarten." David schaute ihn kurz an und lächelte, dann war er verschwunden.

Als er weg war, schlug Christie seinen Kopf an die Kühlschranktür. Oh Gott, er war viel zu jung, um so geil und so frustriert zu sein, ohne Aussicht auf Erleichterung. Aber er hatte keine Lösung parat – zumindest abgesehen von einer langen Dusche und seiner rechten Hand.

„Ich bin froh, dass es mit Billy und dir so gut läuft", sagte Christie am Telefon zu Kyle. *Und ich bin überhaupt nicht eifersüchtig.*

„Ich auch. Hey, wir wollen im Februar nach Cancún. Bist du dabei?"

Christie öffnete seinen Kühlschrank und schaute hinein. Er brauchte etwas Leichtes zum Mittagessen – zum Beispiel einen Salat. „Ich weiß nicht. Ich will nicht das fünfte Rad am Wagen sein, Ky."

„Das wärst du nicht! Komm schon, wir sind jetzt ein altes Ehepaar. Es ist nicht so, dass wir die ganze Zeit nur an Sex denken."

„Da hast du mir gerade etwas anderes erzählt."

„Ich sagte, dass der Sex *unglaublich* ist, nicht dass wir nichts anderes tun. Komm schon, ich vermisse dich und Billy würde dich auch gern sehen. Vielleicht findet sich noch ein Vierter."

Christie verzog das Gesicht. „Nein, das wäre komisch. Das wäre so, als wolltet ihr uns verkuppeln, und dann sitzen wir im Urlaub fest und starren uns an, wenn es nicht funktioniert …" Christie holte einen Beutel Salat und einen Behälter mit übrig gebliebenen roten Cajun-Bohnen aus dem Kühlschrank, dann schloss er die Tür mit dem Fuß.

„Was ist mit David? Vielleicht würde dein He-Man von einem Farmer gern mitkommen."

Die Vorstellung von David in Cancún verursachte einen sehnsüchtigen Schmerz irgendwo in der Nähe von Christies Herz. „Schön wär's. Aber so ist es nicht. Wir sind bloß Freunde."

„Und? Auch Freunde können zusammen nach Cancún fahren. Freunde können auch miteinander etwas ausgelassener werden. In Cancún."

„Nie im Leben. Aber wie auch immer, er kann die Farm nicht verlassen."

Christie hörte, wie Kyle ins Telefon seufzte und seine Stimme wurde ernst. „Okay, dann also nur du. Bitte denk darüber nach. Ich mache mir Gedanken um dich, Babe. Es wäre gut für dich, eine Woche mit uns zu verreisen, unter deinen eigenen Leuten zu sein. Ich mache mir Sorgen, dass du dich an diesen Hetero-Farmer bindest und verletzt wirst – körperlich oder auf andere Art und Weise."

„David würde mir nicht wehtun", sagte Christie voller Überzeugung. „Er ist nicht gewalttätig."

„*Oder auf andere Art und Weise*. Er könnte dir trotzdem dein kleines Herz brechen."

Christie spürte, wie seine Sturheit zutage trat. „Er kann mir nicht wehtun, wenn ich mir keine Illusionen mache. Und das tue ich nicht."

„Ach ja? Also du solltest deine Stimme mal hören, wenn du über ihn sprichst. *Oh David!*", ahmte Kyle ihn nach.

„Halt den Mund, Miststück."

Kyle lachte. „Aber im Ernst, warum suchst du dir nicht einen Club in der Gegend? Oder gehst auf Grindr? Ich habe neulich in deiner Gegend gesucht und da gab es einige Einträge. Ein paar waren ganz süß."

„Was zum Teufel suchst du auf Grindr, Kyle?"

„*Für dich*, Christie. Ich habe *für dich* gesucht. Meine Güte, ich werde Billy nicht betrügen." Kyle klang abwehrend.

„Das solltest du auch nicht."

„Das werde ich nicht! Wir reden hier über dich, nicht über mich."

„Ich bin wirklich nicht in der Stimmung für einen namenlosen Fick."

Schön wäre es. Er hatte seit Kyles Überdosis im August niemanden mehr angefasst. Das war der längste Zeitraum ohne Sex, an den er sich erinnern konnte. Aber er hatte sich versprochen, dass sich etwas ändern würde, und die Vorstellung, mit einem Fremden über Grindr etwas anzufangen, wo er doch eigentlich David wollte … das fühlte sich falsch an. Und es ließ sämtliche Alarmglocken klingeln.

„Schön." Kyle wechselte das Thema. „Was macht das Haus? Kannst du es bald verkaufen?"

„Es wird." Neben der Arbeit, dem Kochen und Davids Farm, auf der er viel zu viel Zeit verbrachte, hatte Christie keine Fortschritte gemacht, die Sachen seiner Tante zu sortieren oder das Haus auf Vordermann zu bringen.

„Denkst du, du bist im Sommer fertig und kommst wieder in die Stadt?", drängte Kyle.

„Im Sommer? Sicher." Das klang noch lange genug für Christie. Er musste wirklich weiterkommen. Und das würde er nach den Feiertagen auch. „Hey, Süßer, ich muss auflegen. Ich muss wieder an die Arbeit. Heute Nachmittag muss ich mit einer neuen Kampagne beginnen und heute Abend muss ich kochen."

„Okay. Aber versprich mir bitte, dass du versuchst, auszugehen und schwule Männer kennenzulernen, in Ordnung? Du verbringst viel zu viel Zeit mit Ihm-der-nicht-berührt-werden-darf."

Oh Gott, wenn Kyle wüsste, wie viel Zeit er tatsächlich mit David verbrachte, würde er einen Anfall bekommen. „Okay, das werde ich."

„Mach's gut, Bengel. Melde dich!"

8

DER ERSTE Schnee des Jahres fiel am Dienstag, den neunzehnten November. David trat um fünf Uhr morgens aus dem Haus und stellte fest, dass bereits mehrere Zentimeter lagen, und immer noch fielen dicke, fluffige Flocken. Der Wetterbericht hatte fünfzehn bis zwanzig Zentimeter vorausgesagt, aber das war eine vorsichtige Schätzung, wie es aussah. Das war *Schnee*.

Er fühlte sich unerklärlicherweise heiter deswegen. Als Kind hatte er Schnee geliebt, aber als Erwachsener war der Schnee eher eine Bürde geworden – die Auffahrt musste davon befreit werden, man konnte die hintere Tür der Scheune nicht benutzen, die Wasserrohre froren ein und man musste befürchten, dass das Vieh darin stecken blieb. Aber heute … heute hatte er gute Laune und er war bereit, zuzugeben, dass der Schnee magisch war.

Christie wollte heute Abend echte italienische Pizza machen. Darauf freute David sich schon. Er würde in der Küche ein Feuer im Holzherd anzünden, dann wäre es gemütlich im Haus mit dem Feuer drinnen und dem Schnee draußen. Er dachte darüber nach, während er seine morgendlichen Aufgaben erledigte. Er dachte auch an die Hühnersuppe mit Klößchen, die Christie am Vorabend gebracht hatte. Sie war so schmackhaft gewesen und er hatte noch genug übrig, um zum Mittagessen eine große Schüssel zu essen.

Nachdem er das morgendliche Melken, Füttern und Wässern beendet hatte, ging er in seine Werkstatt in der Scheune, um einige Werkzeuge zu reinigen und zu reparieren. Manche Leute dachten, dass Farmer im Winter frei hatten, aber das war selten der Fall. In der Wachstumsphase wurde nonstop auf dem Feld gearbeitet, also verbrachte man die Wintermonate damit, aufzuarbeiten, was liegen geblieben war. Er musste seine Milchtanks leeren und desinfizieren, die Leitungen reinigen, andere Teile der Ausrüstung warten, Reinigungs- und Organisationsarbeiten, die er aufgeschoben hatte, erledigen, Saatgut und Zubehör bestellen, die Buchhaltung auf den neuesten Stand bringen und eine Million anderer Dinge.

Er versuchte, ein verstopftes Gebläse zu reparieren, aber dafür brauchte er einen ganz kleinen Schraubenzieher; die auf seiner Werkbank waren alle zu groß. Er hatte einen im Haus, aber der Weg dahin durch den Schnee war weit. Frustriert versuchte er mal wieder, die unterste Schublade der alten Werkbank zu öffnen. Das hölzerne Monstrum war von seinem Großvater gebaut worden. Es hatte eine fantastische, große Arbeitsfläche und eingebaute Schubladen an den Seiten wie ein Schreibtisch. Aber die unterste Schublade ließ sich nicht öffnen, seit David sich erinnern konnte. Wie üblich gab sie einfach nicht nach. Wahrscheinlich blockierte ein Werkzeug sie. Die Schublade stand auf der Liste der Dinge, die er *eines Tages* erledigen würde. Es war deprimierend, daran zu denken, wie lang diese Liste war.

Frustriert gab David auf und stellte das Gebläse beiseite. Stattdessen nahm er eine große Schere und schärfte sie.

Gegen Mittag verließ er die Werkstatt, um etwas zu essen, und er fand die Farm völlig verändert vor. Er arbeitete sich durch bestimmt dreißig Zentimeter Schneeverwehungen auf dem Hof. Der Schnee war dicht und fluffig und knochentrocken. Oh, dieser Schnee war gut. In ein paar Tagen wäre er nass, eisig und sehr unangenehm, aber im Moment war er wie ein himmlisches Kissen.

Er fand den kleinen Schraubenzieher in einer Schublade und steckte ihn für später in die Tasche. Dann wärmte er sich die Suppe und das köstliche Nussbrot auf, das Christie ebenfalls gemacht hatte und das mit Apfelkraut einfach hervorragend schmeckte. Er aß an seinem kleinen Küchentisch und beobachtete den Schnee, der immer noch fiel. Er war so dicht, dass es aussah wie die gepunkteten Vorhänge, die Susan in Amys Zimmer gehängt hatte.

Er spürte den Drang, Kontakt mit Christie aufzunehmen und debattierte mit sich selbst. Er wollte nicht zu gierig werden oder Christies Arbeitsalltag stören. Aber die Vorstellung, diesen seltenen, märchenhaften Schnee mit jemandem – *mit Christie* – zu teilen, war zu verlockend. Er beschloss anzurufen, statt eine Nachricht zu schicken.

„Hey David. Was gibt es?" Christie klang überrascht, von ihm zu hören.

„Hey. Siehst du den Schnee da draußen?"

„Ja! Das ist fantastisch. Ich versuche, etwas für meinen Boss zu überarbeiten, damit ich rausgehen und Spaß haben kann." Die Freude in seiner Stimme steigerte Davids Begeisterung nur noch mehr.

„Das Gleiche habe ich auch gedacht. Was hältst du von Schneemobilen?"

„Oh ja! Wo fährst du normalerweise?"

„Um die Farm herum, außerdem gibt es im Wald einen Pfad für Ortskundige. Es wäre toll, dort zu fahren, bevor es dunkel wird. Draußen ist es so schön."

„Klingt perfekt."

„Wäre drei Uhr zu früh für dich?"

„Nein, das ist gut. Ich bringe die Sachen fürs Abendessen mit und koche danach bei dir."

„Warum hole ich dich nicht mit dem Schneemobil ab? Wir können das Essen ins Haus stellen, bevor wir uns auf den Weg machen. Die

Schneeverwehungen sind auf dem Weg ziemlich hoch und es wäre schwierig für dich, dort zu laufen."

„Okay. Danke. Also sehen wir uns um drei?"

„Bis dann."

Vorfreude bestimmte den restlichen Nachmittag. David reparierte das verstopfte Gebläse und ein paar andere Werkzeuge, dann schrieb er Earl eine Textnachricht, um ihn zu erinnern, dass er das abendliche Melken zur üblichen Zeit übernehmen sollte. Earl war ein Farmer im Ruhestand, den David vor ein paar Jahren eingestellt hatte. Er kam drei Stunden pro Tag, um das zweite Melken zu übernehmen und die Ställe auszumisten. Er versicherte, er würde es trotz des Schnees schaffen, und David war erleichtert, das zu hören.

Er ging in die Garage, um die Schneemobile zu überprüfen. Dort betankte er das neuere und überprüfte, ob es startete. Dann holte er die Kühe herein und schloss das Weidetor. Der Schnee war jetzt so hoch, dass ihre Hufe wahrscheinlich den Boden nicht mehr erreichten, außerdem wollte er mit dem Schneemobil über die Weide fahren, ohne sich um die Herde zu sorgen, um ehrlich zu sein.

Er schickte Christie eine Nachricht, um ihn zu erinnern, dass er sich warm anzog, dann nahm er eine Dusche und zog seine eigene Schneekleidung an. Um drei Uhr war er bei Christie. Die Fahrt dorthin durch den tiefen Pulverschnee war genauso, wie er gehofft hatte. Es würde ein Riesenspaß werden.

„Fertig?", fragte er, als Christie die Tür öffnete.

Christies Wangen waren gerötet und seine Augen glitzerten. Er sah so aufgeregt aus, wie David sich fühlte. Er trug eine Jeans, Stiefel und diverse Schichten aus Fleecestoff und Wolle. „Ja, ich hole nur das Essen und meinen Parka."

Sie gingen zum Schneemobil. „Ich kann das Essen hier reinpacken." David klappte den Rücksitz hoch und legte die Tasche in das Fach. „Du kannst hinter mir zur Farm fahren."

Es fühlte sich ein wenig seltsam an, das zu sagen, aber Christie grinste: „Klingt gut."

David stieg auf das Schneemobil und Christie schwang das Bein über und setzte sich hinter ihn. Die Aufregung, die David den ganzen Tag über verspürt hatte, wurde noch größer und seine Beine kribbelten. „Halt dich besser fest."

Christie rutschte näher, sodass sein Parka Davids Rücken berührte. Er legte die Hände an Davids Hüften. David startete das Schneemobil und fuhr aus der Einfahrt. Einen Moment später waren sie auf dem Feldweg.

„Wow! Du hattest recht, die Straße ist wirklich verweht!" Christie musste in Davids Ohr schreien, damit dieser ihn über den Lärm der Maschine hören konnte.

David nickte. Im Moment vertraute er seiner Stimme nicht und an Schreien war gar nicht erst zu denken. Es wäre sowieso schöner, die Straße zwischen ihren Häusern in Stille zu passieren.

Als sie die Farm erreichten, hielt David das Schneemobil an und schaltete es aus, damit sie einander verstehen konnten, aber Christie machte keine Anstalten, aufzustehen.

„Denkst du, wir sollten das Essen ins Haus bringen?", fragte David.

„Es wird im Moment wahrscheinlich genauso gut gekühlt wie im Kühlschrank, meinst du nicht?"

„Ja." David zögerte. Christies Hände lagen noch auf seinen Hüften. „Ich habe noch ein Schneemobil, wenn du selbst fahren willst, aber du musst dicht hinter mir bleiben. Ich weiß, wo die Schlaglöcher und Wurzeln sind. Du kannst auch mit mir fahren, wenn du willst."

Christie war einen Moment still. „Ich fahre mit dir, wenn es dir nichts ausmacht."

David machte es überhaupt nichts aus. Er startete die Maschine erneut, dann fuhren sie los. Er fuhr eine Weile auf der Weide herum. Sie war zehn Morgen groß und hatte schöne Hügel und Senkungen. Dann öffnete er ein Tor und sie fuhren in Richtung Wald, wo man in den Pfad einsteigen konnte. Als er wieder auf das Schneemobil stieg, nachdem er das Tor wieder geschlossen hatte, legte Christie die Hände nicht wieder auf seine Hüften. Stattdessen legte er die Arme ganz um Davids Taille und rückte näher.

David fuhr durch den Schnee mit dunklen, kahlen Ästen an jeder Seite und dem orange- und pfirsichfarbenen Sonnenuntergang am Horizont und er fühlte sich … überglücklich. Er konnte sich nicht erinnern, wann er sich zuletzt so gefühlt hatte als wäre Freude ein Brennstoff tief in seiner Seele, zu der er plötzlich einen Zugang gefunden hatte. Er fühlte sich lebendig und wünschte sich, er könnte diesen Moment bewahren und auf ewig in Erinnerung behalten.

Christie drängte sich dichter an David, als wäre ihm kalt, und presste durch viele Lagen Stoff hindurch seine Brust an Davids Rücken.

David wusste, dass er am Besten umdrehen und zum Haus zurückfahren sollte. Aber er wollte noch eine Weile länger fahren. Es fühlte sich so gut an, Christie auf diese Art hinter sich zu spüren.

Zu sehr sagte eine besorgte Stimme in seinem Inneren. *Es gefällt dir zu sehr.*

Er schob den Gedanken von sich. Jeder brauchte von Zeit zu Zeit menschlichen Kontakt. Er tat niemandem weh, und sicherlich nicht Christie.

Im Moment konzentrierte er sich auf den Schnee und das Gefühl der Freude, statt darüber zu grübeln, was richtig und falsch war, was sich gehörte und was nicht. Oder warum er sich fühlte, als würde er schweben.

Er legte seine behandschuhte Hand auf die von Christie und fuhr weiter.

AN DIESEM Abend nickte David vor dem Holzofen ein, während Christie die Nachrichten schaute. Die selbst gemachte Pizza war köstlich gewesen. David hatte beim Teig geholfen und Christie hatte Beläge für zwei verschiedene Kombinationen mitgebracht – eine Margarita mit verschiedenen Käsesorten und eine mit Prosciutto und einer langen, hellgrünen Paprikaschote. Die Wärme des Holzofens erwies sich als ein wenig zu angenehm nach einer leckeren Mahlzeit und einem Nachmittag im Schnee. Als Christie ihn mit dem Knie anstupste und ihn entschuldigend anlächelte, schreckte David beschämt aus seinem Schaukelstuhl hoch. Sie zogen sich wieder warm an und er fuhr Christie mit dem Schneemobil nach Hause. Der Feldweg war noch verwehter als am Mittag, als er Christie abgeholt hatte.

„Ich schätze, wir müssen den langen Weg auf der Straße nehmen, bis dieser Weg wieder frei ist", sagte David, als sie in Christies Auffahrt ankamen.

„Das ist in Ordnung, solange die Straßen vom Schnee befreit werden."

„Sie werden morgen Vormittag frei sein", versicherte David. Die Gemeindeverwaltung war sehr sorgfältig und David würde dafür sorgen, dass seine eigene Auffahrt frei war, falls Christie vorbeikommen wollte.

Christie blieb zögernd neben dem Schneemobil stehen. „Gute Nacht, David. Ich hatte heute großen Spaß. Wirklich. Ich habe immer Spaß, wenn ich mit dir zusammen bin."

Seine Stimme hatte einen seltsamen Unterton, aber David wollte nicht darüber nachdenken. „Ja, es hat Spaß gemacht. Gute Nacht, Christie." Er startete den Motor erneut und fuhr davon.

River und Tonga schliefen schon auf dem Teppich, als David zurückkam. Sie rührten sich nicht einmal. David beschloss, schlafen zu gehen und löschte das Feuer im Ofen. Es war erst zehn Uhr, aber er war satt, zufrieden und sehr schläfrig. Die Dunkelheit und die Wärme seines Bettes klangen verlockend. Er schaltete die Lichter aus und ging nach oben.

Er wachte einige Stunden später in verschwitzten Laken auf, Arme und Beine in Decken verworren, mit einem dröhnenden Verlangen und einer schmerzhaft harten Erektion. Er hatte geträumt, dass er in Schnee gefangen war, der vom Dach der Scheune aus auf ihn gefallen war. Zuerst hatte er Angst gehabt, aber dann war im Traum jemand bei ihm im Schnee. *Christie.* Sie schoben den Schnee mit ihren Händen umher, bis sie einen kleinen Raum geschaffen hatten, wie ein Iglu. Im Traum ergab es Sinn. Dann sagte Christie, sie müssten sich aufwärmen, um zu überleben, und er presste sich mit dem Rücken an Davids Brust. Er legte Davids Arm um sich wie eine Decke und David wollte ihn retten, ihn wärmen, aber er war so erregt. Er konnte nicht anders, als sich an Christies Jeans zu reiben, *reiben, reiben*. Und im Traum ging Christie auf die Bewegung ein, er stöhnte und bearbeitete sich zwischen seinen eigenen Beinen.

David erwachte, während er sich frustriert an den Laken rieb. Er war zu alt, um sich im Schlaf zu ergießen, aber er war so dicht davor. Er schloss in dem dunklen Raum fest die Augen und schob die Hand unter das Hemd, in dem er schlief, rieb mit rauen Händen über seine Haut und seine Brustwarzen, bevor er sie in seine Pyjamahose schob.

Oh Gott, es war Monate her, seit er einen Orgasmus gehabt hatte, und noch länger, seit er dermaßen hart und erregt gewesen war. Seit Sex sich so gut angefühlt hatte. Er versuchte, sich wieder in den Traum zu versetzen, während er sich streichelte, den Schnee um sich herum und Christies Körper neben sich. Es dauerte nicht lange, bevor die Leidenschaft ihren Höhepunkt erreichte und er seinen Samen über seine Hand und in seine Pyjamahose ergoss.

Und dann … dann war er wach und fühlte sich leer und beschämt. Er schaltete das Nachtlicht an und stand auf, um sich zu säubern und umzuziehen. Er konnte sich im Badezimmerspiegel nicht in die Augen sehen.

Es war eine Sünde. Sich selbst zu berühren, war schlimm genug, aber *daran* zu denken, während er es tat …

Doch es hatte mit einem Traum begonnen, erinnerte er sich selbst. Er konnte seine Träume nicht kontrollieren. Er hatte schon in der Vergangenheit verrückte Träume über Sex gehabt, sogar einen unvergesslichen Traum, Schrägstrich, Albtraum, in dem er während des gesamten Gottesdienstes auf einer Kirchenbank durch ein Loch in seiner Hose masturbiert und gehofft hatte, dass er nicht ertappt wurde. Das bedeutete nicht, dass er das im wirklichen Leben tatsächlich tun wollte. Christie war ein Freund. Das war alles.

Das war alles, was er sein konnte.

Teil II: Keimung

9

DAVID KAM vom morgendlichen Melken herein und fand Amy im Bademantel in der Küche vor. Sie starrte unglücklich auf den Truthahn, der auf der Anrichte in einem Bräter lag, und gähnte.

„Hey. Ich habe dir doch gesagt, dass du dich nicht um den Truthahn kümmern musst. Das macht mein Freund Christie."

„Es ist schon fast halb acht. Ich sollte zumindest mit der Füllung anfangen, sonst wird das Essen zu spät fertig."

David legte eine Hand auf ihre Schulter. Sie hatte auf der Schwesternschule wegen der Zwischenprüfungen eine harte Woche hinter sich und sah müde aus. Er spürte einen Kloß der Zuneigung in seinem Hals und war froh, dass seine Kinder zu Hause waren, auch wenn er nervös war, um ehrlich zu sein. „Ich habe dir doch gesagt, dass er ein großartiger Koch ist. Er hat die Füllung schon vorbereitet."

Er wusste, dass Amy nicht gern kochte, aber ebenso wie er hatte sie ein starkes Verantwortungsbewusstsein. Es sah ihr so ähnlich, dass sie sich wegen des Essens Sorgen machte. „Wer ist das noch gleich?"

David goss sich eine Tasse Kaffee ein. „Er ist der Neffe von Ruth Landon, unser Nachbar von gegenüber. Er lebt allein und kocht gern, also hat er seine Mahlzeiten mit mir geteilt und ich habe mich an den Ausgaben beteiligt. Er ist ein netter Kerl."

„Aber wieso –"

Er hörte, wie ein Auto in die Auffahrt fuhr. River, der noch in seinem Körbchen lag, schaute nur kurz zur Hintertür, aber Tonga jaulte vergnügt und eilte zur Tür, dabei trommelte er mit seinem Schwanz an der Wand neben der Tür einen Stakkatorhythmus.

„Das ist er." David ging hinaus, um zu helfen.

Christie stieg aus seinem Auto und sah in seinem Parka und dem leuchtend roten Schal sehr festlich aus.

„Frohes Thanksgiving", sagte Christie fröhlich. „Ich habe viele Tüten dabei."

„Ich kümmere mich darum." David ging zum Kofferraum von Christies Auto und öffnete ihn. Er nahm vier der Stofftaschen. „Willst du eine Armee versorgen?"

„An den Feiertagen darf man nicht sparen." Christie holte den Rest aus dem Kofferraum – eine Tasche, die aussah, als enthielte sie eine Tortenplatte von Tupperware, die mit Stroh gefüllt zu sein schien.

Aus der Nähe bemerkte David, dass sein Gesicht besonders blass war, abgesehen von zwei kleinen, geröteten Punkten auf seinen Wangen. Seine blauen Augen waren auch größer als gewöhnlich. Christie sah nervös aus.

Das konnte David ihm nicht verdenken, aber er versuchte, Zuversichtlichkeit auszustrahlen. „Danke, dass du heute gekommen bist. Es ist schön, dich hier zu haben."

„Danke für die Einladung, obwohl deine Kinder zu Hause sind."

Bei Christies üblicher Direktheit zuckte David leicht zusammen. „Warum denn nicht? Ich möchte, dass du sie kennenlernst." Das stimmte. Er wollte Christie, Amy und Joe zusammenbringen, um zu versuchen, die beiden Hälften seines Lebens ein wenig zu verbinden.

War Christie bereits eine „Hälfte" seines Lebens? Es fühlte sich auf jeden Fall so an. In der kurzen Zeit war ihm ihre Freundschaft sehr wichtig geworden. Dennoch machte es ihm ein wenig Angst. Christie war so anders als Amy und Joe. *Er* war anders, wenn er mit Christie zusammen war.

Was würden Amy und Joe davon halten? Was, wenn sie es nicht verstehen konnten? Aber seine Kinder hatten ihr eigenes Leben. Warum sollte ihm nicht gestattet sein, auch eines zu haben?

„Komm mit." Er lächelte Christie aufmunternd an, jedenfalls versuchte er es, und ging voraus ins Haus.

Amy stand in der Küche mit einer sauberen Truthahnspritze in einer Hand. Die andere war an die Anrichte geklammert. Sie starrte Christie mit offenem Mund an, als sie hereinkamen.

David und Christie stellten ihre Taschen auf der Anrichte ab.

„Amy, das ist Christie. Christie, das ist meine Tochter Amy."

„Hi Amy. Ich habe schon viel von dir gehört." Christie war höflich und gelassen. Amy hingegen war es nicht.

„Oh." Sie starrte immer noch. Dann blinzelte sie, schaute hinunter auf ihren Bademantel, warf die Truthahnspritze auf die Anrichte, als hätte sie sich daran verbrannt, und errötete. „Oh h-hi. Dad, du hast mir nicht gesagt, dass wir schon so früh Besuch bekommen!"

„Ich habe dir gerade gesagt –"

„Ich muss mich anziehen! Wow, du hast viel Essen mitgebracht. Kann ich helfen? Ich ziehe mich bloß um, dann helfe ich, okay? Es dauert nur eine Minute. Mach dir also wegen des Truthahns keine Sorgen. Bin gleich zurück!"

Amy floh aus der Küche und David fühlte sich schuldig. Er hatte Amy gesagt, dass Christie früh vorbeikommen würde, um den Truthahn in den Ofen zu bringen, aber er hätte sie heute Morgen, als sie noch halb geschlafen hatte, noch einmal daran erinnern sollen. Es war ihr offensichtlich peinlich, in ihrem Schlafanzug gesehen zu werden. Nicht die beste Art, sie einander vorzustellen.

Trotzdem schien sie sehr enthusiastisch.

„Sie ist bezaubernd", sagte Christie, während er die Taschen auspackte.

„Ja. Ich meine danke." David runzelte die Stirn, während er ein Päckchen Butter nahm und es in den Kühlschrank legen wollte.

„Oh, die kannst du draußen lassen. Es ist einfacher, wenn sie weich ist."

„Okay." David stand vor dem geöffneten Kühlschrank. Ihm war nie der Gedanke gekommen, dass Amy Christie attraktiv finden könnte, aber eigentlich hätte er es wissen müssen. Christie war ein sehr gut aussehender Mann und eher in Amys Alter als in Davids. Fand Christie Amy auch attraktiv? Die Vorstellung, dass die beiden *zusammenkämen*, war schrecklich. Ihm wurde schlecht.

Nein, das würde nicht passieren. Amy traf sich mit christlichen jungen Männern. Und sicherlich war sie auch nicht Christies Typ. Er ging bestimmt mit gebildeten Frauen aus der Stadt aus. David regte sich vollkommen grundlos auf. Er musste besorgter gewesen sein, als ihm bewusst gewesen war.

Christie nahm ihm vorsichtig die Butter aus der Hand. David blinzelte und schaute auf. Er sah stille Freundlichkeit in Christies Augen.

„Alles wird gut gehen", sagte Christie leise. „Du hast einen einsamen Freund für den Feiertag eingeladen. Keine große Sache, nicht wahr?"

Sein Tonfall war seltsam, als steckte noch mehr dahinter, als erzählte er eine Geschichte, die nicht ganz stimmte. Aber es war die Wahrheit, oder?

David holte tief Luft. „Genau. Also was kann ich tun, um zu helfen?"

Christie schaute zur Kaffeekanne, die auf der Anrichte stand. Sie war fast leer. „Kannst du eine Kanne Kaffee aufsetzen? Ich könnte wirklich einen gebrauchen. Bei den Sachen, die ich mitgebracht habe, ist auch eine Tüte Muffins. Legst du sie auf einen Teller? Dann kann sich jeder zum Frühstück bedienen. Ich beginne mit der Füllung."

„Bin schon dabei." David setzte eine Kanne Kaffee auf.

Ein paar Minuten später kam Amy in einem langen, schwarzen Rock, Stiefeln und einem roten Pullover wieder herunter. Ihr Haar war wie üblich zu einem Dutt gebunden und ihr Gesicht war sauber. Sie lächelte nervös. Christie hakte auf Susans altem Schneidebrett Sellerie und Karotten.

77

„Du bist schnell", sagte Amy. „Dad sagte, dass du ein toller Koch bist. Also, was machen wir?"

„Füllung mit Maisbrot und Würstchen. Ich habe die Würstchen gestern Abend vorbereitet. Sie sind in der roten Dose. Du kannst die Zwiebeln anbraten, wenn du willst. Die Pfanne ist heiß."

Amy kam um die Anrichte herum und nahm die Zwiebeln, die Christie am vorigen Abend klein geschnitten haben musste. Sie gab sie in die Pfanne zu der geschmolzenen Butter. „Dad hat erzählt, du wohnst in dem Haus am Ende der Straße."

„Ja. Meine Tante Ruth hat es mir hinterlassen." *Hack, hack, hack.*

„Das ist schön. Arbeitest du hier in der Gegend?"

„Ich bin Grafikdesigner. Ich arbeite von zu Hause aus."

„Oh cool! Was genau machst du da?"

Christie gab den gehackten Sellerie und die Karottenstücke in die Pfanne zu den Zwiebeln und David beschloss, dass hier alles gut lief. Er konnte gehen und sich waschen. Das sagte er auch und die beiden winkten ihn hinaus, also ging er nach oben.

Als er geduscht und sich umgezogen hatte und wieder nach unten kam, war Joe wach. Er saß mit einer Tasse Kaffee und einem Muffin an der Anrichte. Er beobachtete, wie Christie den Vogel mit einer Masse aus einer großen Schüssel füllte und Amy in einem Topf auf dem Herd rührte.

„Morgen, Joe. Ich nehme an, du hast Christie Landon schon kennengelernt. Er ist der Neffe von Ruth Landon. Du erinnerst dich doch an unsere Nachbarin Ruth. Sie ist letztes Jahr gestorben und Christie ist in ihr Haus gezogen."

„Amy hat uns bereits vorgestellt, Dad." Joes Tonfall war matt.

„Okay. Toll." David wusste nicht, was er sonst sagen sollte. Er nahm einen Muffin. „Wie schmecken sie?", fragte er Joe, da dieser bereits einen aß.

„Gut", antwortete Joe abwesend und biss ein großes Stück ab.

Er beobachtete Christie, sein Gesichtsausdruck eine neutrale Maske. Aber David spürte Missbilligung und Ärger stieg in ihm auf, aber er schluckte ihn hinunter. Manchmal erinnerte Joe ihn sehr an seinen Vater. Er war genauso gebaut – mit einem Meter dreiundsiebzig nicht besonders groß und stämmig auf die germanische Art. Er hatte dasselbe dunkelbraune Haar und dasselbe breite, hervorstehende Kinn. Joe war auch auf andere Art wie sein Großvater. Er war tief religiös und hatte feste Vorstellungen von richtig und falsch.

„Die Füllung sieht so lecker aus. Ich kann es kaum erwarten, sie zu probieren." Amy lächelte strahlend. „Sieht sie nicht gut aus, Dad?"

„Ich bin sicher, sie ist toll. Ich habe dir doch gesagt, dass Christie großartig kochen kann."

Christie schaute zu David auf und lächelte ihn warm an. „Ich muss das hier nur noch verschließen, dann können wir ihn in den Ofen packen. David, kannst du mir die kleine Packung Spieße aus der Tasche geben?"

David fand das Päckchen. Er öffnete es und holte etwas heraus, das wie lange Nadeln mit einem Ring am Ende aussah. Er reichte sie Christie, der sie dazu benutzte, die Haut über der Öffnung von der Füllung zu verschließen.

David nahm einen Muffin und aß ihn, während er zuschaute. Darin waren Kleie, Haferflocken, getrocknete Kirschen und Walnüsse. Wirklich lecker.

„Bitte sehr! Alles fertig." Christie nahm den Topf, den Amy ihm reichte, und goss die Buttermischung über den Vogel. Er nahm den Bratenrost und David öffnete schnell die Backofentür. Christie stellte den Truthahn hinein. „Wir werden ihn alle dreißig Minuten begießen. Kannst du den Timer an der Mikrowelle einstellen, Amy?"

„Sicher." Amy stellte die Zeit an der Mikrowelle ein.

„Oh, fast hätte ich's vergessen. Ich wollte etwas Folie über das Bruststück machen. David, kannst du mir die Folie geben?"

David schaute sich in der Küche um und versuchte, sich zu erinnern, wo Susan sie verstaut hatte.

„Sie ist neben dem Kühlschrank in der dritten Schublade von oben", sagte Christie.

David fand die Folie und reichte sie ihm. Christie formte ein kleines Zelt und öffnete den Backofen, um es auf den Vogel zu setzen.

David ging wieder zur Anrichte, um seinen Muffin fertig zu essen, und bemerkte, dass Joe ihn stirnrunzelnd ansah.

„Was?", fragte David.

„Woher kennt ihr euch?", fragte Joe und schaute von David zu Christie.

„Ja, Dad", sagte Amy. „Das habe ich mich auch schon gefragt."

„Christie kocht gern, deshalb haben wir eine Vereinbarung getroffen. Ich bezahle für die Hälfte der Zutaten und er kocht. Es ist ein Segen. Ein wirklicher Segen." Das Letzte sagte er bestimmt und schaute Christie dankbar an. Er wollte nicht, dass Christie sich durch Joes steife Art abgelehnt fühlte.

„Das ist wundervoll, Dad." Amy funkelte Joe an. „Ich bin so froh, dass du anständiges Essen bekommst und Gesellschaft hast. Du bist viel zu viel allein hier auf der Farm." Sie lächelte Christie an. „Also … was steht noch auf dem Menü?"

Christie holte sein Telefon hervor und schaute nach. „Der Cranberrysalat steht schon fertig im Kühlschrank. Mit den Süßkartoffeln müssen wir jetzt noch nicht anfangen."

Amy trat näher, um über seine Schulter zu schauen und Christie hielt sein Telefon so, dass sie es auch sehen konnte. „Oh lecker! Ich liebe gebratenen Rosenkohl."

Joe wandte sich an David. „Also Dad, was gibt es hier Neues? Ist der Mähdrescher schon gelaufen? Wie viel hast du dieses Jahr für den Mais bekommen?"

Es fühlte sich wie ein Notausstieg an, über etwas so Profanes zu sprechen und Joe damit abzulenken, also ergriff David die Chance. Schließlich ging er mit Joe in die Scheune, um den Mähdrescher zu begutachten. Christie versicherte, dass sie zurechtkämen, und schob sie praktisch aus der Tür. Wahrscheinlich fühlte er sich in Joes Gegenwart genauso unwohl wie Joe sich in seiner.

Als sie wieder aus der Scheune kamen, war Christie Amy zufolge nach Hause gefahren, um etwas zu holen. Er kam ein paar Stunden später zurück, als es Zeit war, die Beilagen zuzubereiten, und die Küche verwandelte sich in eine Boxengasse. Amy war Christies Beiköchin und tat, was er ihr auftrug. David versuchte zu helfen, aber er war meistens nur im Weg. Joe verschwand nach oben.

Es war früher Nachmittag, als sie sich zum Essen setzten. Christie hatte für den Tisch aus Stroh, einem Kürbis, Kerzen, Nüssen, Granatäpfeln und Blättern ein Gesteck gemacht, das aussah, als stammte es aus einem Magazin. Und das Essen! Christie hatte sich selbst übertroffen, selbst bei seinen üblichen, perfektionistischen Standards. Der Truthahn war goldbraun und wunderbar saftig. Es gab selbst gemachte Brötchen, Süßkartoffeln mit einer kandierten Bourbonsoße, Kartoffelbrei mit Knoblauch, Rosenkohl, der in Orangenbalsamico geröstet war, Maisbrot-Wurstfüllung und ein knuspriges, frisches Cranberry-Gericht mit Walnüssen, das um einiges besser war als das matschige Zeug aus der Dose, das Susan immer benutzt hatte. Die Soße war so gut, dass David am liebsten gestöhnt hätte, als Christie ihn von einem sauberen Löffel in der Küche probieren ließ.

Als sie sich gesetzt hatten, sagte Joe: „Macht es dir etwas aus, wenn ich das Gebet spreche, Dad?"

„Mach nur, Joe."

Sie hielten sich alle an der Hand. Christie saß zwischen David und Amy, und so hielt David Christies Hand in der Linken und Joes in der Rechten. Er schloss die Augen.

„Unser Himmlischer Vater, wir danken dir dafür, dass du uns zusammengebracht hast, um gemeinsam Thanksgiving zu feiern und dass du uns das Essen auf unserem Tisch beschert hast."

Christies Hand war groß, aber weich. Ein wenig feucht, wahrscheinlich von der Arbeit in der Küche. David schluckte hart.

„Wenn ich darüber nachdenke, wofür ich dieses Jahr dankbar bin, denke ich daran, welches Glück wir haben, Amy und ich, dass wir von liebevollen, christlichen Eltern großgezogen wurden. Auch wenn unsere Mutter nun bei dir im Himmel ist, Herr, weiß ich, dass sie über uns wacht und uns mit Liebe bestärkt, dir treu zu bleiben und der Lebensweise, die Christus in unserem Heim etabliert hat."

„Ja, Herr", sagte Amy.

Christie drückte Davids Hand ein wenig und David strich mit dem Daumen beruhigend über dessen Knöchel. Es war verwirrend, Christies Hand zu halten, denn es machte David zugleich glücklich und sehr nervös, wie vor kurzem auf dem Schneemobil.

„Ich denke an den Segen deiner Kirche und an dein Wort, welches uns lehrt, was heilig ist und was eine Sünde und uns hilft, die Wege der Gottlosigkeit zurückzuweisen, Herr. Ich denke an die Freuden der *christlichen* Gemeinschaft mit denen in der Kirche. Diese Freundschaften nähren unsere Herzen wie auch unsere unsterblichen Seelen."

David lauschte Joes Gebet nur mit halbem Ohr, aber als Christie versuchte, seine Hand zurückzuziehen, realisierte er, was Joe gerade gesagt hatte. Es war ohne Zweifel eine Spitze gegen Christie und ihn.

„Und Herr –"

„Amen", sagte David laut. Er ließ Christies und Joes Hände los und öffnete die Augen. „Danke, Joe", sagte er forsch.

Joe schaute ihn an und murmelte: „Amen."

„Amen", sagte Amy.

„Also wer möchte etwas von diesen sündhaft köstlichen Süßkartoffeln", fragte Christie ein wenig zu fröhlich.

10

DAS ESSEN war gut, was ganz oben auf der Liste der Dinge stand, für die Christie dankbar war. Er wollte Davids Familie beeindrucken und sie alle bestätigten mehrfach, wie gut es war. Selbst Joe gab widerwillig zu, dass es der beste Truthahn war, den er jemals gegessen hatte.

Aber Christie hatte keinen Appetit. Nach ein paar Bissen war er satt, was wahrscheinlich daran lag, dass sein Magen voll Säure zu sein schien.

Er fühlte sich verletzt und das gefiel ihm nicht. Es war dumm. Er hatte sich gesagt, dass er von Davids Kindern nicht allzu viel erwarten durfte. Noch bevor der Tag überhaupt angefangen hatte, hatte er beschlossen, sich unauffällig im Hintergrund zu halten. Es war schön, dass David ihn überhaupt einbezog und heute ging es nicht um ihn. Aber es war schwer. Das waren Davids *Kinder*, um Gottes willen. Sie waren ein wichtiger Teil seines Lebens. Und Christie …

Christie steckte viel zu tief drin. David bedeutete ihm zu viel. Es tat weh, in Davids Heim zu sitzen und durch Joes Gebet daran erinnert zu werden, dass es *seine Mutter* war, die an diesem Tisch gehörte, nicht Christie, dass David *ihnen* gehörte.

Es war wahr, also warum tat es weh? David war ein Freund, nichts weiter. Er war kein Ehemann, Partner oder fester Freund. *Freunde.* Aber selbst diese keusche Beziehung war offensichtlich nichts, was Joe Fisher guthieß.

Amy war nett, aber sie war viel konservativer als die Frauen aus der Kirche, mit der Christie aufgewachsen war. Während sie kochten, hatte sie ihm erzählt, dass sie sich nie ihr Haar schnitt. Den Frauen in ihrer Kirche war es zwar *erlaubt*, aber ihre Mutter hatte es nie getan und Amy hatte beschlossen zu warten, bis sie verheiratet war, falls ihr Ehemann es lang haben wollte. Sie war auch etwas mehr an Christie interessiert, als angemessen war, aber das war immer noch besser als Joes Reaktion.

Als David Christie die Soße reichte, legte er eine Hand auf Christies Oberarm und lächelte kurz. Christie lächelte zurück, aber als er den Blick abwandte, starrte Joe ihn mit kalten Augen an.

Christie goss Soße auf seine Kartoffeln, dabei hämmerte sein Herz. Dieser Blick! Joe wusste es. Joe wusste, dass Christie schwul war. Es war schon lange, lange her, dass Christie deswegen so nervös war wie jetzt. Es war nicht so, dass es ihn interessierte, was Joe dachte, aber er hatte Angst vor dem, was er zu David sagen könnte. Verdammt. Er hätte David schon vor langer Zeit sagen sollen, dass er schwul war. Gleich am Anfang. Jetzt würde es aussehen, als hätte er es verheimlicht.

Joe und David sprachen über seinen Unterricht. In diesem Semester studierte Joe die Gesetze des Alten Testaments, wofür Christie ihm am liebsten Kekse an den Kopf werfen wollte, aber Amy fand es interessant.

„Warum müsst ihr das überhaupt lernen? Jesus hat so viele dieser alten Gesetze gekippt", wollte sie wissen.

„Jesus ist gekommen, um das Gesetz zu *erfüllen*, nicht um es zu zerstören", gab Joe zurück.

„Schon, aber wir essen mittlerweile Meeresfrüchte und Schweinefleisch", konterte Amy. „Er sagte „Haltet die andere Wange hin", nicht „Auge um Auge".

„Wir müssen die Bibel in ihrer Gesamtheit verstehen. Sie ist unsere Geschichte und das Wort Gottes."

„Basiert die Scharia nicht auf dem Alten Testament?", warf Christie unschuldig ein. „Frauen zu steinigen, die keine Jungfrauen mehr sind, und so weiter?"

Joe lächelte dünn. „Die Scharia ist muslimisch. Und sie basiert auf dem Koran, nicht der Bibel." Er sprach in erzieherischem Tonfall, als wäre Christie vollkommen ahnungslos. Er hatte also den Unterton nicht bemerkt. Zu schade.

„Also Buella wird bald kalben", warf David hastig ein.

„Wer?", fragte Amy.

David errötete. „Eine Kuh aus meiner Herde. Ich glaube, es könnte diese Woche passieren, während ihr alle hier seid."

„Das wäre schön", meinte Amy, dann wandte sie sich an Christie. „Hast du schon einmal gesehen, wie eine Kuh kalbt? Es ist wirklich interessant und, meine Güte, sind die Kälber süß, wenn sie so klein sind."

„Nein, aber ich habe David gebeten, mir eine Nachricht zu schicken, wenn bei Buella die Wehen einsetzen, egal, wie viel Uhr es ist." Er lächelte David an, der das Lächeln erwiderte.

„Ich habe Christie eine Menge über Farmarbeit beigebracht. Er hilft mir manchmal."

„Wie kommt es, dass du so viel Zeit dafür hast?", fragte Joe Christie. „Amy hat doch erwähnt, dass du von zu Hause aus arbeitest."

„Ja, Joe, das tue ich. Aber ich verbringe meine Freizeit immer gern mit deinem Vater." Christie betonte die Worte besonders und schaute Joe dabei fest in die Augen.

David hustete. „Wow, diese Füllung ist köstlich, nicht wahr, Amy?"

„Sehr gut, Dad", stimmte Amy, die anscheinend ahnungslos war, zu.

„Welche Kurse hast du, Amy?", fragte Christie fröhlich. „Dein Dad sagte, dass du auf der Schwesternschule bist."

Amys Augen leuchteten auf. „Ja! Es ist schwer, aber ich liebe es. Dieses Semester –"

Sie sprach eine Weile über ihr Leben an der Schule, das war ein neutrales Thema. Allerdings löste sich die Spannung am Tisch kein bisschen, jedenfalls nicht für Christie. Nach einem fürchterlich langen Mahl, wahrscheinlich dem längsten in der Geschichte der Menschheit, war es endlich an der Zeit, den Tisch abzuräumen. Er stand auf und brachte einen Stapel Teller zum Spülbecken. David folgte ihm.

„Ich will nicht, dass du auch nur einen einzigen Teller spülst", beharrte David. „Du und Amy habt heute Stunden in der Küche verbracht. Joe und ich kümmern uns um das Geschirr."

„Okay." Darüber würde Christie nicht diskutieren. Er rieb seine Stirn und sagte mit gesenkter Stimme: „Es tut mir leid, dass es so unangenehm war. Ich bin nicht gut darin, meinen Mund zu halten."

David schaute hinter sich, wie um sicherzugehen, dass niemand hinter ihm stand, dann kam er näher. „Du warst sehr geduldig. Das mit Joe tut mir leid. Ich weiß nicht, was in ihn gefahren ist."

„Es spielt keine Rolle. Hey, wenn ihr euch um den Abwasch kümmert, werde ich mich verabschieden. Ich möchte noch ein paar Freunde anrufen und ihnen ein fröhliches Thanksgiving wünschen."

„Sicher. Wir packen die Reste ein und ich bringe sie dir vorbei."

„Nein, behalt du sie. Du hast ein volles Haus."

David sah entschlossen aus. „Ich bringe dir genug für mindestens ein paar Mahlzeiten. Jeder liebt Reste vom Truthahn."

„Okay."

„Okay. Vielen Dank für alles. Wirklich. Das war das beste Thanksgivingmahl, das ich je hatte, und ich bin mir sicher, dass die Kinder es ebenso sehen."

Davids Stimme war sanft und ehrlich. Normalerweise würde Christie bei diesem Tonfall dahinschmelzen, aber er fühlte sich immer noch verletzt. Er zuckte mit den Schultern. „Danke für die Einladung. Es wäre deprimierend gewesen, allein zu Hause zu sitzen."

Es war komisch, in der Küche so dicht beieinander zu stehen. Christie wollte David berühren – ihn umarmen oder den Kopf einen Moment an dessen Schulter lehnen. Doch so war es zwischen ihnen nicht. Aber warum fühlte es sich dann so an? Warum sehnte Christie sich so sehr danach?

David schaute ihn an und ballte die Hände an seinen Seiten zu Fäusten.

„Okay. Ich werde mich bloß verabschieden." Christie schlüpfte an David vorbei und streckte den Kopf ins Esszimmer. „Amy, Joe, ich verabschiede mich. Es war schön, euch kennenzulernen."

„Oh? Jetzt schon?" Amy stand auf. „Na dann mach's gut, Christie. Das Essen war köstlich!" Sie kam zu ihm und umarmte ihn vorsichtig mit einem Arm. „Danke, dass du heute gekocht hast und dass du dafür sorgst, dass Dad anständig isst, wenn wir nicht da sind. Es war wirklich schön, dich kennenzulernen!"

Joe erhob sich von seinem Stuhl. „Ja, danke für das gute Essen. Gott segne dich."

David brachte Christie zur Tür.

„Genieß die Zeit mit deinen Kindern. Sehen wir uns am Sonntag?"

„Mal sehen. Sie reisen am Sonntagmorgen ab. Ich schreibe dir."

Christie stieg in sein Auto und fuhr die Auffahrt der Fishers hinunter. Er versuchte, das Gefühl drohenden Unheils abzuschütteln, das Gefühl, als hätte er David Fisher zum letzten Mal besucht.

NACHDEM CHRISTIE gegangen war, schrubbte David Essensreste von den Tellern und Joe räumte den Tisch fertig ab. Amy kam in die Küche. „Ich gehe mit River und Tonga spazieren."

„So kann man sich auch vor dem Abwasch drücken", beschwerte Joe sich, als er mit einer Ladung Geschirr aus dem Esszimmer kam.

„Hey, ich habe beim Kochen geholfen! Dad hat gesagt, dass ihr euch um den Abwasch kümmert."

„Es ist in Ordnung, Schatz", sagte David. „Geh nur. Die Hunde können einen Spaziergang gebrauchen."

Christie hatte die Angewohnheit, für die beiden Häppchen „fallen zu lassen". Sie liebten ihn dafür, aber sie hatten zugenommen.

Amy streckte Joe die Zunge heraus, aber dieser reagierte kaum. „Mensch, du bist so schlecht gelaunt heute."

Joe packte ein Geschirrtuch und schlug damit grinsend nach Amys Hüfte. „Bin ich nicht. Geh doch, wenn du willst. Drückeberger."

Zufrieden klimperte Amy mit den Augen, als wäre sie die freche kleine Schwester, statt der älteren, dann verschwand sie mit den Hunden. Eine Weile schrubbte und spülte David in Frieden das Geschirr ab, bevor er es stapelte, um es im Spülbecken ordentlich zu reinigen.

Aber schließlich sagte Joe: „Also, wie lange läuft das schon? Diese „Freundschaft" mit Christie?"

In seinem Tonfall lag eine gewisse Schärfe, aber David ignorierte sie. „Keine Ahnung. Seit Anfang Oktober, schätze ich."

„Woher kennst du den Kerl überhaupt?"

„Ich habe dir doch gesagt, dass er unser Nachbar ist. Er ist der Neffe von Ruth."

„Die alte Dame, die auf der anderen Seite der Straße gelebt hat? Sehr gut gekannt haben wir sie ja nicht."

„Ich pachte einen Teil seiner Felder, deshalb musste ich mit ihm darüber sprechen. Was genau ist dein Problem, Joe? Du warst unhöflich zu ihm, völlig ohne Grund, besonders, nachdem er dieses wundervolle Mahl für uns zubereitet hat."

Joe schnaubte und nahm einen großen Topf, um ihn abzutrocknen. „Es ist komisch, so jemanden in unserem Haus zu sehen. Und er schien sich hier sehr wohlzufühlen. Ist einfach an die Schränke und den Kühlschrank gegangen, ohne dich zu fragen. Dass er wusste, wo Mom die Alufolie aufbewahrt ... wenn er nur des Geldes wegen für dich kocht, wieso stellt er das Essen dann nicht an der Türschwelle ab? Wieso isst er an unserem Tisch?"

Unser Tisch. Als hätte Joe das Recht, darüber zu bestimmen, was an diesem Tisch vor sich ging, selbst wenn er nicht zu Hause war. David presste die Lippen zusammen und der Ärger drückte in seiner Brust. „Er lebt allein und ich lebe allein. Warum sollten wir beide allein essen?"

„Dad." Joe schaute David besorgt an und stemmte die Hände in die Hüften. „Du solltest mit diesem Kerl nicht befreundet sein."

„Warum nicht?"

„Weil er weltlich ist. Liberal. Ich bezweifle, dass er überhaupt ein Christ ist." Joes Tonfall war bitter.

„Er war nichts als freundlich zu dir, Joe."

„Gott helfe mir, Dad, du bist so naiv!" Joe wurde immer frustrierter. Er rang das feuchte Geschirrtuch in seinen Händen. „Schön! Ich werde es einfach aussprechen. Es ist vollkommen klar, dass Christie Landon ein *Homosexueller* ist und dass er scharf auf dich ist!"

„Was?" Davids Puls hämmerte und er spürte nicht, wie heiß das Spülwasser war, in dem seine Hände steckten. „Das ist nicht wahr. Wieso sagst du so etwas?"

Joe schüttelte angewidert den Kopf. „Du hast noch nicht viel von der Welt gesehen, deshalb weißt du nichts davon. Aber glaub mir, der Typ ist schwul! Absolut. Was denkst du wohl, warum er so viel Zeit hier verbringt? Er will ... will ... Himmel, Dad. Wach auf!"

„Du kannst nicht wissen, dass er ... schwul ist. Aber selbst wenn er es ist, bedeutet das nicht ... zwei Männer können befreundet sein, ohne dass sie ... das sein müssen."

„Sicher! Aber meine männlichen Freunde kommen nicht einfach in mein Haus und tun so, als wüssten sie, was sich in den Schränken befindet. Sie kochen nicht für mich und decken nicht schick den Tisch, als wären sie meine Ehefrau. Was denkst du, was Pastor Mitchell dazu sagen würde, dass du auf diese Weise in deinem eigenen Haus mit einem Homosexuellen verkehrst? Wie oft? Einmal pro Woche? Wie oft kommt er her?"

David würde nicht zugeben, dass Christie praktisch jeden Tag vorbeikam. „Wir teilen uns die Kosten für das Essen! Und er ist ein Künstler. Er macht eben schicke Sachen. Das ist nicht –"

„Warum liefert er das Essen dann nicht einfach an der Tür ab, wenn ihr euch „die Kosten teilt"? Wieso verbringt er seine Zeit damit, auf der Farm zu arbeiten, wenn er einen eigenen Job hat? Wieso sieht er dich *auf diese Weise* an, Dad?", spuckte Joe angewidert aus.

David schüttelte den Kopf und schrubbte eine verkrustete Gabel. Sein Magen schmerzte und ihm war schwindelig. Er machte sich Sorgen, dass ihm sein Thanksgivingdinner wieder hochkommen würde. „Das reicht jetzt! Diese Diskussion ist vorbei, Joe."

Joe sprach weiter, aber sein Tonfall war sanfter und mitleidig. „Ich verstehe, dass du Gesellschaft möchtest. Das ist doch klar! Also warum gehst du nicht zur Männergruppe der Kirche? Oder warum lädst du nicht Mrs. Robeson zum Abendessen ein? Jessie hat mir erzählt, sie denkt, dass der Herr will, dass ihr beide heiratet. Wir denken beide, dass das eine gute Idee ist. Mrs. Robeson wäre eine gute Ehefrau für dich."

David glotzte seinen Sohn ungläubig an. „Du und Jessie Robeson redet über uns? Was ist das hier, ein Disney-Film? Wie oft muss ich dir noch sagen, dass ich nicht an Evelyn Robeson interessiert bin!" David schlug mit der Handfläche fest auf das Spülbecken.

Joes Augen weiteten sich, aber etwas darin blitzte auf. „Aber an einem gut aussehenden, schwulen Mann bist du *schon* interessiert? Willst du das damit sagen?"

„Warum sagst du immer wieder, dass er schwul ist? Du weißt überhaupt nichts über Christie!"

„Hast du überhaupt schon einmal einen schwulen Mann getroffen? Meine Güte! Kein Wunder, dass du dich so leicht ausnutzen lässt. Ernsthaft, Dad, er ist *schwul*. Frag ihn selbst, wenn du mir nicht glaubst. Er ist ein Sünder, nicht jemand, mit dem du das Brot brechen solltest. Paulus hat die Korinther davor gewarnt, mit jenen zu verkehren, die fleischliche Sünden begehen. 'Ziehet nicht am fremden Joch mit den Ungläubigen. Denn was hat die Gerechtigkeit zu schaffen mit der Ungerechtigkeit? Was hat das Licht für Gemeinschaft mit der Finsternis?'"

David fühlte, wie sein Blutdruck in gefährliche Höhen stieg. Sein Magen hob sich und er schmeckte Galle. Er hatte gewusst, dass Joe nicht gleich mit

Christie warm werden würde. Sie waren so unterschiedlich wie Tag und Nacht. Aber nicht einmal in seinen wildesten Träumen hätte er dieses Maß an Bosheit erwartet, oder wie Joe Situation auslegte.

„Joseph Fisher, du hörst besser sofort auf zu reden", sagte David mit tiefer, warnender Stimme.

„Ich versuche nur, dir zu helfen, damit du verstehst, was vor sich geht."

„Du weißt *nicht*, was vor sich geht. Du hast keine –" Seine Stimme brach.

Er wollte sagen: „Christie Landon ist mein Freund." Er wollte sagen: „Du hast kein Recht, alle Jubeljahre hier hereingeschneit zu kommen und mir zu sagen, was ich zu tun habe." Er wollte sagen: „Für jemanden, der so sehr dagegen ist, dass ich mir Mahlzeiten mit Christie teile, hast du dich aber ganz schön vollgestopft." Er wollte so vieles sagen, aber die Worte blieben ihm im Halse stecken. Seine Kehle schwoll an, vor Wut und noch etwas anderem, brennende Scham, wodurch seine Hände feucht wurden und ihm schwindelig wurde.

Wenn er in diesem Raum blieb, würde er etwas tun, das er bereuen würde. Er hatte Joe noch niemals so sehr schlagen wollen wie in diesem Moment. *So wie mein Vater mich geschlagen hat.* David hatte sich geschworen, dass er seine Kinder niemals schlagen würde. Deshalb überließ er das Geschirr sich selbst, packte seinen Mantel und stürmte aus dem Haus.

11

„OH MEIN Gott, Kyle, es war ein Desaster!" Unvergossene Tränen klangen in Christies Stimme, aber er schluckte sie entschlossen hinunter. Er hatte sich vor Jahren geschworen, dass er nie wieder wegen eines homophoben Arschlochs Tränen vergießen würde. Diesen Schwur würde er wegen Joe Fisher nicht brechen.

„Oh nein! Baby, was ist passiert?"

Christie ließ sich auf sein Bett fallen und presste das Telefon an sein Ohr. „Naja, das Essen war unglaublich." Das zu erwähnen, war wichtig. „Aber sein Sohn hat mich auf Anhieb gehasst."

„Oh Schatz!"

„Sein Name ist Joe und er will Pfarrer werden. Du hättest das Tischgebet hören sollen, das er gesprochen hat. Es ging nur um seine Mutter, die von oben zuschaut und dass David mit anderen *Christen* befreundet sein sollte, statt mit mir."

„Du verarschst mich!"

„Seine Tochter Amy war nett, aber ich glaube, sie rasiert sich nicht einmal die Beine! Mir war nicht bewusst, wie konservativ seine Kirche ist. Die sind noch schlimmer als die Kirche, in der ich aufgewachsen bin. Ich habe mich gefühlt, als wäre ich in Utah oder so."

Kyle hörte Christies Tirade zu, bis dieser schließlich verstummte.

„Ach Babe, es tut mir so leid, dass du ein so schreckliches Thanksgiving hattest."

Das klang falsch in Christies Ohren. „Es war nicht *schrecklich*."

Er hatte heute mit David zusammensein und ein schönes Festessen für dessen Familie zubereiten wollen, und das hatte er auch getan. Er konnte nicht alles davon bereuen. Aber neben Joes Unhöflichkeit, seiner religiösen Besessenheit und seiner offensichtlichen Abneigung gegen Christie machte ihm noch etwas anderes Sorgen. David war freundlich gewesen, aber nicht so warm und lustig wie zuletzt. Es war deutlich, dass er sich unwohl fühlte und nicht wusste, wie er mit Christie vor seinen Kindern umgehen sollte. Und Amy hatte … nicht direkt geflirtet. Sie war nicht diese Art Frau. Aber sie war … hoffnungsvoll? Interessiert? Gefällig? Sie hätte ihn nicht so angesehen, wenn Christie als Davids *Partner* vorgestellt worden wäre, statt als Freund und Nachbar.

Und da lag das Problem. Er *war nicht* Davids Partner und würde es auch nie sein. Das war es, was am heutigen Tag am schmerzhaftesten gewesen war: die immense Kluft zwischen dem, wie Christie sich selbst in Davids Leben gesehen hatte, und dem harten, gleißenden Licht, das die Perspektive eines Außenstehenden auf die Wahrheit geworfen hatte. *Scheiße.*

„Ich war so ein Idiot", flüsterte er ins Telefon.

„Oh Christie." Kyle seufzte. „Ich sage es nicht gern, aber ich habe dich gewarnt. Du hast dich in diesen Kerl verknallt und jetzt bezahlst du den Preis dafür."

„Ich hasse das." Er spürte wieder diesen Druck auf der Brust und im Kopf und erneut ignorierte Christie ihn. Wegen eines Mannes würde er auch nicht weinen. „Ich mag ihn *so sehr*, Kyle. So sehr."

Er konnte nicht einmal ansatzweise verstehen, wieso er sich von Anfang an so stark zu David hingezogen gefühlt hatte. Wie konnte etwas, das so falsch war, sich so richtig anfühlen?

„Ich weiß, Babe." Kyles Stimme war voller Mitleid und Christie wünschte sich, Kyle wäre hier, damit er ihn halten, ihm den Rücken tätscheln und ihm sagen konnte, dass alles wieder gut werden würde.

„Ich weiß nicht, was ich tun soll", gab Christie zu und starrte an die Decke. „Ich weiß nicht, wie es jetzt weitergehen soll."

„Doch, das tust du", sagte Kyle bestimmt. „Die Situation tut dir weh und das gefällt mir nicht. Du musst dich von David lösen. Geh in eine Bar oder auf Grindr und lern jemand anderen kennen, jemanden, der dir hilft zu vergessen. Sag David, dass du nicht mehr für ihn kochen kannst. Denk dir eine Entschuldigung aus, wenn es sein muss. Oder … ich weiß! Komm über Weihnachten und Neujahr zu Billy und mir. Wir würden dich so gern sehen. So kommst du eine Weile raus und kannst einen klaren Schnitt machen. Wir werden tanzen gehen. Du musst dich daran erinnern, wie *wild* Christie Landon ist und warum *du* es bist, der anderen die Herzen bricht. Hab ich recht? Dieser David sollte sich glücklich schätzen, dass du dich überhaupt mit ihm abgegeben hast."

„Ja", sagte Christie. Er musste sich daran erinnern. Heiß zu sein. Zu strahlen. *Gut zu leben, ist die beste Rache.*

Kyle hatte recht. Er musste aufhören, Zeit mit David zu verbringen. Er würde sich nur noch mehr an ihn binden. Er musste aufhören, sich selbst wehzutun.

Aber er würde sich erhobenen Hauptes verabschieden. Diese Mahlzeit mit Joe würde nicht Davids letzte Erinnerung an ihn werden. Ein letztes Mal, etwas Besonderes. Er würde dafür sorgen, dass David Fisher genau wusste, was ihm entging.

JOE WÜRDE nicht in die Scheune kommen, da war David sich sicher. Er würde den Abwasch beenden und sich dann vor den Fernseher setzen. Wenn Amy von ihrem Spaziergang zurückkam, würde sie sich wahrscheinlich zu ihm gesellen.

David machte sich keine Sorgen, dass er ertappt werden würde. Trotzdem verriegelte er von innen die Tür zu seiner Werkstatt in der Scheune, nachdem er sie betreten hatte. Nur für den Fall.

Sein Geheimnis war so gut versteckt, dass niemand es je finden würde. Es würde wahrscheinlich erst gelüftet, wenn er schon lange tot war, vielleicht erst viele Generationen danach. Eines Tages würde man diese Scheune abreißen, vielleicht um Eigentumswohnungen zu bauen. Dann würde man sein Geheimnis ausgraben. Aber weder an noch in der Box war etwas, wodurch er identifiziert werden könnte, und niemand würde mehr wissen, wer hier gelebt hatte. Niemanden würde es interessieren.

Es war schon eine Weile her, seit er die Box hervorgeholt hatte, etwa sechs Monate, bevor Susan gestorben war. Aber er fand sie genau dort, wo sie sein sollte. An der Wand war Feuerholz ordentlich aufgestapelt und hinter einem der Stapel war ein lockeres Brett an der Wand. Er musste die Holzscheite umstapeln, damit er es erreichen konnte. Dann musste er noch ein paar Nägel lösen und das Brett zur Seite schieben. Schließlich konnte er mit der Hand in dem Hohlraum dahinter danach tasten. Die Box steckte weit auf der linken Seite, wo er sie kaum erreichen konnte. Er ertastete den kleinen Ring am Deckel und zog daran.

Die Box – eine alte Briefbox, wahrscheinlich aus der Zeit des Bürgerkrieges – passte gerade so zwischen die Planken. Er holte sie hervor, dann setzte er sich mit gespreizten Beinen auf den Betonboden, mit der Box zwischen den Knien. Schließlich öffnete er sie.

Im Internet gab es Pornografie, das wusste er. Er hatte es sogar ein oder zwei Mal gewagt, auf Xtube zu gehen. Dort konnte man „Männer" wählen, die an „Männern" interessiert waren. Aber er war immer zu paranoid, um sich vor dem Computer zu entspannen. Zum einen stand der Computer im Wohnzimmer, das keine richtige Tür hatte, zu jeder Tageszeit ein untragbares Risiko. Auch als Susan nicht mehr da war und die Kinder ausgezogen waren, hatte er sich dort nicht wohlgefühlt. Er wusste nicht, wie man seinen Verlauf oder seine elektronische Spur, oder wie man das nannte, löschen konnte. Außerdem vertraute er nicht darauf, dass die Pornoseiten nicht etwas auf seinem Computer installierten oder irgendwie in der Lage waren, seinen Namen und seine Adresse herauszufinden. Auch hatte das Wohnzimmer große Fenster ohne

Gardinen. Und er wollte *das* von seinem Heim fernhalten. Auf diese Weise wurde es nicht real.

Es war nicht real, wenn niemand davon wusste.

Er war kein Homosexueller. Er hatte noch nie einen anderen Mann berührt, war nie vor einem anderen Mann auf die Knie gegangen, hatte noch nie seinen Penis in den Mund oder den Hintern eines anderen Mannes gesteckt. Er hatte es noch nie zugegeben, hatte die Worte noch nie laut ausgesprochen. Es war nur eine „Vorstellung", wie der Tagtraum, ein Seefahrer zu sein. Außerdem war es eine Sünde, an … an einen anderen Mann zu denken oder sich zu berühren, wenn man daran dachte. Aber er glaubte, Gott wäre ihm gegenüber tolerant, solange er es nie mit einer anderen Person auslebte. Welche Umstände einen auch immer dazu zwangen, diese Träume zu unterdrücken, nehmen konnte man sie ihm doch nicht. Niemals.

Vorsichtig holte er den Inhalt der Box heraus. Jedes einzelne Stück war so alt und so beliebig, dass man es nie zu ihm zurückverfolgen konnte, selbst wenn *Joe* sie finden sollte. David konnte abstreiten, dass er überhaupt etwas von ihrer Existenz wusste.

Sein erstes Magazin, das er mit siebzehn bekommen hatte.

Hey, wisst ihr was? Jemand hat eine riesige Kiste Pornos abgeladen. Zum Glück habe ich sie vor meinem Dad gefunden.

Richard Klutz. Seinem Dad gehörte der örtliche Schrottplatz und Richard war beliebt, weil er immer die seltsamsten Sachen fand und zur Schule mitbrachte – Toaster, Radios, Rollschuhe, lauter Dinge, die man noch gebrauchen konnte. Aber das war das Beste, was Richard je gefunden hatte.

Er hatte es nur den Jungen erzählt, die er für cool hielt. David erinnerte sich noch an diesen Tag, wie sie sich um Richards alten Buick auf dem Parkplatz der Schule versammelt und in den Kofferraum gespäht hatten. Sie hatten sich die Magazine gepackt und unter ihren Hemden versteckt, sie zusammengerollt und in ihre Taschen gepackt, sich über die Bilder gefreut, doch waren sie zu nervös, um sich auf dem Schulgelände lange damit zu beschäftigen. Man durfte nicht einmal daran denken, von einem Lehrer erwischt zu werden. Dann würde man wahrscheinlich von der Schule suspendiert.

Dieses Magazin war an jenem Tag auch im Kofferraum gewesen.

„Was zum Teufel?", hatte jemand gesagt und es geöffnet. „Das ist so komisches Homo-Zeug."

„Hey, ich habe die Kiste nicht gepackt", sagte Richard abwehrend. „Ist nicht meine Schuld, auf was der Perversling steht. Nehmt euch, was ihr wollt, dann werfe ich den Rest weg. Ich will nicht damit erwischt werden."

„Ich wette, du hast dir schon die Besten genommen", beschwerte sich ein anderer.

„Darauf kannst du wetten", grinste Richard.

David nahm ein Magazin mit jungen Frauen und steckte es in seine Tasche. Er sagte nichts, aber er beobachtete. Er beobachtete, wie Richard aufsammelte, was noch übrig war – inklusive des „Homo"-Magazins – und es wieder in den alten Pappkarton packte. Er beobachtete, wie Richard hinter die Schule fuhr, und hörte das Knallen der Mülldeckel dort. Richard fuhr mit einem breiten Grinsen davon und winkte ihnen.

In dieser Nacht schlich David sich aus dem Haus, nachdem seine Eltern zu Bett gegangen waren. Er lief die acht Kilometer im Dunkeln zur Schule und suchte in den Mülltonnen mit einer Taschenlampe, bis er das Magazin gefunden hatte. Er nahm es mit nach Hause und versteckte es.

Wie sehr das Magazin ihn erregte, machte ihm Angst. Harte, hervorstehende Schwänze, haarige Eier, Nippel auf einer behaarten, muskulösen Brust. Eine Doppelseite zeigte einen großen Mann mit Bürstenschnitt und einen jungen, schlanken, brünetten Mann. David sah keinem von beiden ähnlich. Er war dank der Arbeit auf der Farm stark und robust gebaut, also war er nicht schlank wie der Mann in dem Magazin – *wie Christie* – aber er war auch kein großer Muskelberg. Trotzdem faszinierten ihn die Bilder der beiden – wie sie sich küssten, wie der Jüngere vor dem anderen kniete, ihn mit dem Mund bearbeitete und wie dessen Eier sein Kinn berührten. Da war ein Bild, auf dem der Große die Arschbacken des Jüngeren spreizte und eine enge, pinkfarbene Öffnung offenbarte. Penetration. Ejakulation. Münder, die in Ekstase verzerrt waren.

Er hatte sich selbst im Laufe der Jahre beim Anblick dieser Bilder schon so oft berührt, dass er die Details nicht mehr beachtete. Die Nahaufnahmen der Penetration, von erigiertem Fleisch, das waren nur noch Anregungen für ihn, wie ein Kupferpfennig in einem Wunschbrunnen, ein visuelles Extra, um seine eigenen Fantasien zu stimulieren.

Er hatte all die Jahre von namenlosen, gesichtslosen Männern geträumt. *All die Jahre.* Vage Masturbationsfantasien über einen Fremden, der auf die Farm kam und David in der Scheune fickte, ihm hart einen blies oder sich mit heruntergelassener Hose vornüberbeugte, damit sein haariger Arsch von David genommen wurde. Warum sollte ein Mann einfach so in die Scheune kommen? Naja, wieso nicht? Fantasien und Tagträume mussten keinen Sinn ergeben.

Es waren noch andere Dinge in der Box. Es gab einen kleinen Vibrator, ebenfalls nicht nachzuverfolgen, eine alte Dose Vaseline, ein Buch mit nackten Männern, das er vor Jahren in einem Sexshop am Freeway in der Nähe von Pittsburgh gekauft hatte, alt und ohne Datum, das wahrscheinlich schon ewig im Laden gelegen hatte. Er hatte es mit rasendem Puls bezahlt und der Kassierer hatte ihm nicht einmal in die Augen gesehen.

Im Laufe der Jahre hatte er sich die Box immer dann angesehen, wenn er es gebraucht hatte, wenn ihm alles zuviel wurde – die Verantwortung, die Kinder, die Farm, die Geldsorgen. Manchmal hatte er sie benutzt, um erregt zu werden, bevor er zu Susan ins Bett kam. Wenn er in sie eingedrungen war – immer in der Missionarsstellung – hatte er die Augen geschlossen und an die Bilder in der Box gedacht. Susan hatte Sex gemocht, als sie jung war, und hatte sich beleidigt gefühlt, wenn er nicht so oft gewollt hatte. Aber nach Joes Geburt wollte sie es nur noch selten und in späteren Jahren überhaupt nicht mehr. Es war eine Erleichterung.

Sein tiefstes Geheimnis. Immer sein Geheimnis. So viele Jahre lang.

Er hätte versuchen können, tatsächlich einen Mann zu finden, das wusste er. Es war dort, wo er lebte, nicht einfach, aber nicht unmöglich. Manchmal sah ein Mann ihn auf eine bestimmte Art an – im Eisenwarenladen, an der Tankstelle, sogar ein oder zwei Mal in der Kirche. Wenn er es gewollt hätte, wenn er mutig genug oder dumm genug gewesen wäre, hätte es passieren können. Er hätte mit einem Fremden Sex in einem Auto oder auf der Toilette eines Rastplatzes haben können. Aber das würde es real machen, nicht wahr? Real, sündhaft und geschmacklos. Er war kein Perverser. Er war nicht verzweifelt auf der Suche nach jemandem, der seinen wissenden Blick erwiderte und anonymen Sex suchte. Er war nicht –

Christie Landon ist schwul.

David legte die Gegenstände zurück in die Box und drückte sie schwer atmend an seine Brust. Dumm. Er hatte es gewusst, er musste es gewusst haben. Er hatte es bloß nicht offen zugegeben, nicht einmal vor sich selbst. Christie war nicht bloß ein „Stadtmensch". Er war nicht einfach „anders", „weich", „attraktiv", „gebildet" oder „künstlerisch".

Er ist ein Homosexueller.

Oh Gott. Plötzlich sah er ihre Beziehung mit anderen Augen. Es war, als hätte er durch ein Kaleidoskop geblickt und ein abstraktes Bild voller Licht und brillanter Farben gesehen, aber undefiniert. Doch mit einer Drehung wurde das Bild deutlich und war überhaupt nicht mehr abstrakt. Es war kristallklar.

Christie Landon und er waren nicht einfach nur Freunde. Sie waren *zusammen.*

Rückblickend war es so offensichtlich. Er musste sich nur vorstellen, dass Christie weiblich war. Wäre Christie eine Frau, selbst so jung und attraktiv wie Christie, wäre es schon an diesem ersten Sonntag offensichtlich gewesen, als er zur Farm gekommen war und sie Indisch gegessen hatten. Die Anziehung war da gewesen, die Möglichkeit auf mehr, unausgesprochene Erwartungen. David hätte sich sofort zurückgezogen, besorgt, dass es unangebracht war, mit einer so jungen Frau allein zu sein.

Aber Christie war keine Frau und David hatte sich nicht zurückgezogen. Er hatte verleugnet. Er schloss die Augen und erschauerte bei dieser Erkenntnis. Er mochte Christie *so sehr* und fühlte sich in dessen Gesellschaft so wohl. Er konnte leichter mit Christie sprechen als mit jedem anderen, den er je getroffen hatte. Er wollte so viel Zeit wie möglich mit Christie verbringen und hatte sich zu diesem Zweck sogar Ausreden überlegt. Er hatte sogar in sexuellem Kontext von ihm geträumt, um Gottes willen. Wie hatte er es nicht sehen können? Aber er hatte sich schon so lange verleugnet, dass sein Gehirn einfach festgefahren war. Es war wie in dem alten Sprichwort, dass die rechte Hand nicht weiß, was die linke tut. Und vielleicht hatte er es nicht bewusst anerkannt, denn dann … dann hätte er damit aufhören müssen.

Es war der geheime Teil von ihm in dieser Box, der sich nach Christie sehnte – der Teil von ihm, der sich nach der Stärke eines Mannes sehnte, seinem Körper, seiner Berührung, seinem Schwanz.

Er war dabei, sich in Christie Landon zu verlieben, wenn er es nicht schon getan hatte.

Sein Körper regte sich bei dem Gedanken. Er hatte vom ersten Moment an erkannt, dass Christie unglaublich attraktiv war. David hatte den Satz bloß nicht zu Ende gebracht: *Für mich. Ich finde ihn unglaublich attraktiv.* Es war nicht so, dass er von Anfang an geplant hatte, ihn ins Bett zu bekommen. Und dennoch kratzten Joes Worte an Davids Herzen und er musste zugeben, dass er sich wie ein liebeskranker Narr benommen hatte.

Kein Wunder, dass Joe so nervös geworden war. Er hatte wahrscheinlich nicht wegen der Art, wie Christie David ansah, so hässlich reagiert, sondern wegen der Art, wie *David Christie* ansah.

Oh Herr. Scham brannte in ihm und er schloss die Augen.

War es dermaßen offensichtlich? War er ein mitleiderregender, ungeouteter Homosexueller, der auf einem hübschen, jungen Mann fixiert war? Wenigstens war Christie ein junger, hübscher, *schwuler* Mann. Es war nicht so, dass David einem Jungen aus der Sonntagsschule hinterherhechelte. Aber schwul oder nicht, Christie konnte nicht ernsthaft an David interessiert sein. Warum sollte er auch? Christie war der Inbegriff von Leben und Selbstvertrauen, Talent und Charme. Er war jung und perfekt auf jedwede Art und Weise. David hatte seine besten Jahre hinter sich und führte ein langweiliges Leben als Farmer mit zwei erwachsenen Kindern. Es konnte nicht sein. David war ein Zeitvertreib, solange Christie im Haus seiner Tante lebte. Vielleicht flirtete und spielte Christie mit dem alten Mann. Für David andererseits war es todernst – und gefährlich.

Lange Minuten saß er da und fühlte den Schmerz. Seine Augen waren geschlossen und seine Muskeln schmerzten tatsächlich unter dem Druck des Stresses, des Gefühls des Versagens und der Demütigung.

Aber er erkannte schließlich, Narr oder nicht, dass er nichts getan hatte, was nicht rückgängig gemacht werden konnte, noch nicht. Er hatte nicht versucht, Christie zu berühren. Seine oberste Regel „Nur in meiner Vorstellung" war immer noch ungebrochen, auch wenn er in seinem Herzen die Sünde bereits begangen hatte, sich bereits in den Mann verliebt hatte.

Ihn begehrte. Erneut fiel ihm sein Traum ein. Wie er sich in diesem unmöglichen Iglu an Christie gerieben hatte, so unmöglich wie ein gemeinsames Leben in der Realität. Er würde sich nicht erniedrigen. Er würde nicht versuchen, Christie zu benutzen.

Es gab keine andere Möglichkeit. Er musste sich von Christie Landon distanzieren.

12

DAVIDS ENTSCHLUSS wankte, sobald er am Sonntagabend Christies Haus betrat und sah, was Christie getan hatte. Er nahm die Szenerie erschreckend gefasst auf. Der kleine Essensbereich in der Küche von Ruth Landon hatte sich in ein tropisches Paradies verwandelt.

Christie hatte um den gesamten Tisch vergrößerte Fotos von Strandbildern aufgestellt. Der Tisch stand in einer großen, mit weißem Sand gefüllten Wanne. Leise, exotische Musik war zu hören, etwas mit Trommeln und dem Klang des Ozeans. In Papierlaternen flackerte Licht und auf dem Tisch lag eine Tischdecke mit tropischem Aufdruck. Die Teller waren voller Reis, gegrillter Ananas und Fisch. Christie hatte sogar die Luft beeinflusst. Es war sehr warm, eine künstliche Brise wehte, wahrscheinlich von einem Ventilator, und es roch nach dem Meer, tropischen Blumen und köstlichem Essen.

David schloss überwältigt die Augen. Heilige Kuh! Niemand, *niemand*, hatte jemals etwas Derartiges für ihn getan. Niemand hatte sein Interesse an fernen Orten mit mehr als einem belustigten Gesichtsausdruck abgetan, schon gar nicht ihn ernst genommen, *zugehört* und sich eine solche Mühe gegeben, ihm etwas Besonderes zu schenken.

Bora Bora.

„David?"

David schluckte und öffnete die Augen. Christie sah nervös aus. „Zu viel?", fragte er mit einem selbstironischen Lachen. „Ich habe dir gesagt, dass ich manchmal übertreibe. Wenn ich eine kreative Vision habe: In Deckung."

„Es ist toll", brachte David mit rauer Stimme hervor.

„Toll. Also … ähm, wir sollten essen, bevor alles kalt wird. Du solltest die Schuhe und Socken ausziehen, bevor du in den Sand steigst."

Diese praktische Erwägung brachte David wieder auf den Boden der Tatsachen. Er bemerkte, dass Christies Füße nackt waren. Er hatte lange, schmale Füße. David zwang sich, den Blick abzuwenden. Er zog seine Arbeitsschuhe aus, einen nach dem anderen, und steckte seine Socken wortlos hinein. Dann rollte er den Saum seiner Jeans hoch. Irgendwie schaffte er es zu seinem Stuhl. Der feine Sand fühlte sich kühl zwischen seinen blanken Zehen an. Nachdem er sich hingesetzt hatte, vergrub er sie darin und prägte sich das Gefühl ein. Seine Narrheit wurde von der Tischdecke verborgen.

Christie setzte sich ebenfalls hin, seine Wangen waren immer noch gerötet. Er hatte noch nie schöner ausgesehen. Aber etwas an ihm war anders, in seinem Gesicht stand eine Reserviertheit. Er sah David nicht in die Augen. „Ich habe *Poisson cru* gemacht. Das ist Thunfisch, der mit Limettensaft und Kokosnuss mariniert wurde. Dazu gegrilltes Gemüse, einen tahitianischen Früchtepudding, Klebereis und als Dessert eine Vanille Panna Cotta."

„Du ... du hättest nicht ... das ist unglaublich." Davids Stimme klang unwirsch.

„Naja." Christie schaute ihn mit entschlossenem Blick an. „Das war die beste Alternative zu Flugtickets nach Polynesien."

David blickte auf den Tisch. Er sollte sich Essen auftun, aber er konnte sich nicht bewegen. In ihm brodelten Dinge – schmerzhafte Dinge, scharfe Dinge. Er kniff die Augen zusammen.

„David? Geht es dir gut?"

David öffnete die Augen und schaute Christie an. Er konnte die Worte nicht aussprechen, aber sie mussten ihm deutlich ins Gesicht geschrieben sein, denn Christie erschauerte und eine kalte Leere überkam ihn. Als er sprach, hatte seine Stimme einen schmerzvollen Unterton.

„Ist schon in Ordnung. Ich weiß, was du sagen willst. Ich wollte dieses Mahl für dich zubereiten, weil ich mich für deine Freundschaft bedanken wollte. Sie hat mir sehr viel bedeutet. Aber ich kann so nicht mehr weitermachen, verstehst du? Ich muss meinen Freund Kyle ein paar Wochen in New York besuchen und ich habe eine brandneue Kampagne, die mich sehr beschäftigen wird. Daher werde ich keine Zeit zum Kochen haben."

Nie wieder war das, was er nicht aussprach. Christie wollte nicht mehr mit ihm befreundet sein. Und auch wenn David dasselbe hatte sagen wollen, zog sich seine Brust bei diesen direkten Worten schmerzhaft zusammen. *Nein. Bitte nein.*

Er konnte nicht antworten, also nickte er nur ein Mal mit verkniffenem Mund.

„Es war Joe, nicht wahr?" Christies Gesichtsausdruck war angespannt. Er sprach sehr vorsichtig und sein Blick war auf seinen Teller gerichtet. „Er hat dir gesagt, dass ich eine Schwuchtel bin."

„Du hast nicht – du hast nie erwähnt ..."

Christie zuckte mit den Schultern, als wäre es ihm vollkommen egal. „Wo ich herkomme, *wissen* die Leute es einfach. Am Anfang habe ich einfach nicht daran gedacht, es dir zu *sagen*, oder dass ..." Seine Stimme brach, dann sprach er verbittert weiter. Er schaute David herausfordernd an. „Aber ganz ehrlich, es geht niemanden etwas an. Läufst du durch die Gegend und erzählst jedem, dass du auf Frauen stehst? Aber es tut mir leid, wenn du schockiert bist. Du musst nicht bleiben, ich verstehe das."

Ein Ausweg: Christie hielt ihm die Tür auf und wurde sogar wütend, damit David sich leicht und ohne schlechtes Gewissen verabschieden konnte.

Aber Christies Worte bewirkten das Gegenteil bei David. Warum hatte er auch nur eine Sekunde gedacht, es wäre eine gute Idee, sich von Christie zu distanzieren? Plötzlich war er sich so sicher, wie noch nie zuvor in seinem Leben – er konnte Christie nicht aufgeben. Wenn er zur Tür hinausging und Christie nie wiedersah, konnte er genauso gut sterben. Denn sein Leben war nicht viel wert gewesen, bevor Christie aufgetaucht war, und es wäre noch schlimmer, dies zu haben und es wieder zu verlieren. Allein der Gedanke riss ihm die Eingeweide heraus. *Du versuchst, mich zu verschrecken, weil Joe dir wehgetan hat. Aber das ist mir egal. Ich werde es nicht zulassen.*

Er löste seine Fäuste und nahm Messer und Gabel. „Das sieht toll aus. Ich mag Fisch." Dumme, banale Worte, aber sie waren alles, was er zustande brachte.

Er schnitt ein Stück von dem delikaten Weißfisch ab. Er brauchte nicht einmal ein Messer, er gab einfach unter dem Druck der Gabel nach. Er lächelte Christie schwach an, bevor er den Bissen in den Mund nahm. Er schmolz auf seiner Zunge und schmeckte nach Limette, Hitze und Orten, von denen er schon immer geträumt hatte.

Christies blaue Augen beobachteten ihm misstrauisch. „Du willst es also auf die Machotour, hm? Sollen wir nicht darüber reden?"

David blinzelte ihn an. Er wusste, dass Christie ihn bloß verletzen wollte, aber er hatte voll ins Schwarze getroffen. David *ignorierte* es nicht. Vielleicht ignorierte er manches, oder besser gesagt akzeptierte es im Stillen. Vielleicht war *das* seine Schwäche. Aber das war nicht das, was er jetzt tat. Er hatte … er hatte einfach nur beschlossen, dass es nicht zwischen ihnen stehen sollte.

„Dich zu verführen, war übrigens nicht mein ruchloser Plan, falls Joe sich deshalb Sorgen gemacht hat", fuhr Christie fort, sein Tonfall immer noch bitter. „Sicher, du bist ein sehr attraktiver Mann. Und ja, ich bin schwuler als ein Paket Regenbogenaufkleber. Aber ich weiß, dass du hetero bist, und glaub es oder nicht, ich habe keine Probleme damit, Männer zu finden. Ich muss mich nicht an einem Kerl aufgeilen, der nicht interessiert ist."

Davids Gabel fiel laut klappernd auf seinen Teller. Seine Emotionen kochten über, zu viel für ihn. Alles war zu viel – was Christie für ihn mit diesem Festmahl getan hatte, Joes angewiderte Beschuldigungen, seine eigene Angst, seine Schuldgefühle und sein Verlangen. Aber am wenigsten konnte er ertragen, welchen Schmerz Christie ausstrahlte. Er konnte es nicht ertragen, dass Christie sich zurückgewiesen fühlte.

Bevor David es sich anders überlegen konnte, gab er einen knurrenden Laut von sich, stürzte vor, packte Christies Gesicht mit beiden Händen und presste ihre Lippen aufeinander.

In ihm brauste ein Sturm. Es fühlte sich an wie ein Hurrikan der Kategorie Fünf, der brüllte und wütete und Mauern, die vor langer Zeit errichtet worden waren, zum Einsturz brachte. Es war weniger ein Kuss, sondern eine Demonstration, ein Moment der Rebellion, ein Akt der Verzweiflung oder vielleicht der Verbundenheit. Sein Mund war fest geschlossen, aber nachdem Christie sich unter ihm einen Moment angespannt hatte, entspannte er sich.

Davids Magen drehte sich und der Sturm in seinem Inneren legte sich. Christies Mund war warm und weich. Ein Friede überkam David und er seufzte. Er zog sich zurück und legte seine Stirn an Christies. Seine Augen schienen wie verschweißt, als könnte er sie nie wieder öffnen. Er konnte Christies Atem auf seinem Gesicht spüren.

„Oh mein Gott, David", sagte Christie schockiert. „Wie lange trägst du das schon mit dir herum?"

David erzitterte vor stillem Gelächter oder lautlosem Schluchzen. „Eine lange Zeit. Schon immer, schätze ich."

Er löste sich vorsichtig und setzte sich wieder auf seinen Stuhl. „Tut mir leid. Ich wollte nicht … du sollst bloß wissen, dass es mich nicht interessiert, was Joe sagt. Ich verurteile dich nicht, ich bin der letzte Mensch, der das tun würde. Ich will weiter mit dir befreundet sein. Okay?"

Christie schaute ihn traurig an. „Okay."

„Okay." David nahm Messer und Gabel wieder zur Hand.

Eine Weile aßen sie still weiter. David hatte in der Flut der Emotionen seinen Appetit verloren, aber er erwachte langsam wieder, als sein Blut abkühlte und die Aromen seine Zunge verführten. Der Klebereis war wunderbar, besonders zusammen mit etwas Weißfisch und Mangosalsa. Auf dem Reis waren sogar kleine, schwarze Samen verteilt.

Die schwarzen Samen waren eine schöne Ergänzung. Christie hatte ein gutes Auge für Details. Er hatte so viel Energie, ein so großes Herz und eine solche Freude daran, etwas zu schaffen. Er war das Gegenteil von faul. Bei ihm gäbe es zum Beispiel nie eine Schublade, die seit zwanzig Jahren nicht aufgeräumt worden war. Das bewunderte David sehr. Vielleicht lag das an Christies Alter. Er war noch nicht alt genug, damit sein Geist erdrückt werden konnte. Aber vielleicht würde Christie das auch nie passieren. Er stand für sich selbst ein. Er wusste, was er wollte. Er schämte sich nicht, weder dafür, schwul zu sein noch für etwas anderes. Was für unterschiedliche Leben sie doch lebten.

Er schaute Christie an. Christie beobachtete ihn mit nachdenklicher Neugier, als sähe er David in einem ganz neuen Licht. Und das war wirklich furchterregend. „Als du in New York gelebt hast, haben deine Freunde und Kollegen ..."

„Gewusst, dass ich schwul bin? Selbstverständlich. Die meisten meiner Freunde waren auch schwul. Das ist dort keine große Sache."

„Aber es gibt immer noch Hassverbrechen, nicht wahr? Das sieht man in den Nachrichten."

„Schon, aber die meisten Leute stört es nicht. Man kann sich nicht sein Leben lang davor fürchten, was ein paar Arschlöcher denken." Christie runzelte die Stirn. „Ich meine, ich weiß, dass es in Kleinstädten wie dieser hier nicht so einfach ist."

Davids Leben war nicht einfach gewesen, nicht im Geringsten. Fast jeder, den er kannte, war Mennonit, und es wurde in ihrer Lehre als Todsünde angesehen. Aber im Moment wollte er nicht an seine Realität denken. Er wollte etwas Neues hören. „Erzähl mir, wie es in New York ist."

Also erzählte Christie. Er erzählte David von seinem besten Freund Kyle, der im Rathaus einen anderen Mann geheiratet hatte. Er erzählte von seinen anderen Freunden und wie sie sich jedes Jahr für die Schwulenparade schick gemacht hatten. Er erzählte von den Clubs in New York und dem Tanzen. Er gab zu, dass er zu viel getrunken und deshalb eine Veränderung gebraucht hatte.

Es war das erste Mal, dass er so detailliert über sein Leben in der Stadt sprach, und jetzt wusste David auch, warum. Das klang alles so fremd für ihn – interessant und kultiviert, aber auch oberflächlich. Gab es denn niemand Besonderen für Christie? Jemanden, der mehr als ein Freund oder ein One Night Stand war? Seine Beschreibung des kleinen Appartements, in dem er gelebt hatte, klang widerwillig und wegwerfend, als hätte er dort nicht viel Zeit verbracht. David war viel zu sehr ein Stubenhocker, um ein solches Leben zu leben, selbst wenn ... selbst wenn er jünger und frei wäre und ... vieles andere, das er nie sein würde.

„Es war tapfer von dir, allein herzukommen", sagte er über Panna Cotta und Kaffee.

Christie zuckte mit den Schultern. „Wie ich sagte, ich brauchte eine Pause von der Stadt und ich musste mich um die Sachen von Tante Ruth kümmern ... Davon abgesehen war zu wenig Mut nie mein Problem, eher ein Mangel an Selbsterhaltungstrieb. Das hat mich schon mehrfach in Schwierigkeiten gebracht."

Stille entstand, und als David sein Dessert beendet hatte, lag wieder Spannung in der Luft. Christie rutschte auf seinem Stuhl herum und seine Beine näherten sich David. Sein Knie ruhte leicht an Davids Oberschenkel.

David wusste, dass er sich zurückziehen sollte, aber er schaffte es nicht. Der Druck von Christies Knie löste eine Spannung in ihm aus, die er seit langer

Zeit nicht mehr gespürt hatte. Es fühlte sich sogar mehr sexy an als ihr Kuss, vielleicht weil David dabei die ganze Zeit schockiert gewesen war.

Guter Gott, ich habe Christie Landon geküsst.

„Ich kann beim Aufräumen helfen", sagte David nervös. Er nahm seinen Teller hoch, aber Christie packte ihn am Handgelenk und hinderte ihn am Aufstehen.

„Du kannst mit mir reden, David", sagte Christie leise.

„Ich … ja."

Du bist einer der wenigen Menschen, mit denen ich überhaupt reden kann. Auch wenn David nicht sicher war, dass er übers Schwulsein reden konnte. Noch nicht. Er musste sich erst selbst darüber klar werden, aber er hatte das Gefühl, dass er etwas klarstellen musste. „Ich weiß …", sagte er stockend. „Ich erwarte nicht … ich weiß, dass ich viel zu alt für dich bin. Aber ich wäre wirklich gern mit dir befreundet."

Christie starrte ihn mit großen, schwarzen Pupillen an. Er löste seinen Griff und strich, nur ein Mal, mit dem Daumen über Davids Handgelenk. „Ich sage dir immer wieder, einundvierzig ist nicht alt. Und ich finde dich wahnsinnig heiß. Du hast ja keine Ahnung."

„Heiß?"

„Heiß." Christie nickte fest. „Du wärst überall anziehend, selbst in New York."

David zog seine Hand zurück und fuhr sich nervös durchs Haar. „Danke. Ich … hm." Er konnte es nicht glauben, aber er wäre dankbar, falls Christie wirklich so dachte.

Er stand auf und begann, den Tisch abzudecken.

Sie arbeiteten zusammen und stellten alles Geschirr in das Spülbecken. Dabei mussten sie immer wieder aus Christies Sandbecken hinein- und heraussteigen. Es fühlte sich an den Füßen seltsam an, der Wechsel zwischen Sand und Linoleum. Es fühlte sich eigentlich an wie Davids Leben. Mit Christie zusammen zu sein, war wie in den Sand zu treten – exotisch, interessant, fast wie eine Fantasie. Dann wieder das Linoleum, der Alltag, das Gewöhnliche, die unentrinnbare Realität seines Lebens, die unter allem lag.

Zwischen beiden hin- und herzugehen, machte ziemlich viel Unordnung.

„Ich spüle nachher ab", sagte Christie, als der Tisch abgeräumt war.

„Ich kann helfen."

„Nein, wirklich. Ich bin im Moment nicht in der Stimmung dazu."

Christies Stimme war warm und tief. Sie brachte die Wirbel in Davids Magen und seiner Lendengegend wieder in Wallung. „Okay."

Er stand in der Küche mit den Händen in den Vordertaschen seiner Jeans. „Danke, dass du dir diese Mühe gemacht hast. Das Essen war köstlich. Ich werde es nie vergessen."

„Es war mir ein Vergnügen."

Mit einem entschlossenen Blick hakte sich Christie bei David unter und brachte ihn zur Vordertür. Als sie dort ankamen, nahm Christie Davids Mantel vom Haken und hielt ihn hin, ähnlich wie David es vor so vielen Wochen für Christie getan hatte. David ließ sich hineinhelfen. Christie schien ihn loswerden zu wollen, was ein wenig wehtat. Aber das Essen war schließlich vorbei und sie konnten wahrscheinlich etwas Abstand zu dem gebrauchen, worüber sie gesprochen hatten.

Christie zog Davids Mantel zusammen, sein Mund war entschlossen verzogen. Er war so nah. „Da ist noch etwas, das ich sagen möchte."

David holte zittrig Luft. „Sag es."

Christie hob den Blick und schaute ihn an. Seine Augen waren ungewöhnlich dunkel und tief, fast so türkis wie das Meer in Bora Bora. „Ich mag dich, David. Sehr sogar. Ich will unsere Freundschaft nicht verlieren, egal, was kommt. Ich weiß, dass es für dich nicht einfach ist. Das verstehe ich. Aber wenn du mehr willst, würde mich das freuen. Es würde mich *wirklich sehr* freuen."

Er überwand den Abstand zwischen ihnen, schlang die Arme um Davids Hals und küsste ihn.

Davids Augen schlossen sich und seine Knie wurden weich. Er konnte sich nicht wehren. Seine Hände schlangen sich um Christie, als wüssten sie genau, was zu tun ist. Sein Verstand driftete weg und er ließ es zu. Nur dieses eine Mal wollte *er fühlen*, ohne Fragen und Schuldgefühle. Dieser Kuss war kein Schock und ihm war bewusst, dass er einen Mann küsste. Er schwelgte in dem Gefühl von Christies Lippen und war mehr als bereit, sich für Christies Zunge zu öffnen. David genoss den Geschmack von Kokosnuss, Gewürzen, Mann und Sünde. Er erwiderte den Kuss mit allem, was er hatte. Er saugte genüsslich an Christies Zunge und neigte den Kopf, um sie noch enger zu verbinden.

Gott, es fühlte sich so sexy an. Christie zu küssen, war so gut wie sein Essen, so überraschend wie die Gespräche mit ihm und so leuchtend wie seine Augen. Verlangen durchschoss David plötzlich mit der Stärke eines Herzinfarkts. Oh. Oh Herr. Er hätte nie gedacht, dass es sich so anfühlen würde, so mächtig und roh, verbunden mit Liebe und Bewunderung und Hoffnung. Hatte er sich in den Armen eines anderen Menschen je so gut gefühlt? Nein, niemals.

Wenn das hier falsch war, dann würde David mit Freuden zur Hölle fahren, denn nichts anderes hatte seine Seele jemals so ausgefüllt. Bei dem Gedanken, wie lange er sich dieses Vergnügen versagt hatte, musste er beinahe schluchzen.

Christie zog sich zurück, unterbrach den Kuss und starrte ihn an, dabei atmete er schwer. „Genau. Ich wusste, dass das ziemlich verlockend wird. Ich … wir sollten es langsam angehen lassen. Oder?" Er klang zweifelnd.

„Ja", stimmte David zu. Er wollte es nicht langsam angehen lassen. Er wollte alles von Christie, und zwar *jetzt*. Aber ein paar Atemzüge klärten seinen Kopf und brachten Nervosität und auch Schuldgefühle zurück. Christie hatte recht. Er wollte sich nicht kopfüber hineinstürzen und es am Morgen bereuen – oder dass Christie es bereute. Er musste immer noch damit zurechtkommen, dass er sein Verlangen auslebte, und die Vorstellung, dass er Christie ausnutzte – oder dieser ihn. David ließ zögernd los und ließ die Arme sinken.

Christie lächelte reumütig. „Schreib mir eine Nachricht, wenn du wieder zusammen essen möchtest, okay?"

„Ich könnte etwas zu essen holen. Italienisch?", schlug David vor. Er wollte nicht, dass Christie dachte, er wäre allein fürs Kochen zuständig, aber er wollte ihn auch weiterhin sehen.

Christie dachte kurz nach, dann nickte er. „Das klingt gut."

„Okay. Dann sehen wir uns morgen."

„Gute Nacht." Mit einem wehmütigen Blick öffnete Christie die Tür und David ging hinaus.

Während er auf dem dunklen Weg über die verkrusteten Reste des letzten Schnees zu seinem Haus lief, wollte David vor Freude schreien. Er wollte den Moment und dieses Gefühl bewahren. In einer Flasche, wie einen Wundertrank. Er wollte sich wie ein Kind im Kreis drehen und einen Gott preisen, der über diese Entwicklung wahrscheinlich überhaupt nicht begeistert war.

Dies. Irgendwie war *diese* unglaubliche Sache in sein Leben getreten, als er die Hoffnung aufgegeben hatte, dass je wieder etwas Aufregendes passieren würde. Und es tat ihm nicht im Geringsten leid.

13

CHRISTIE SCHWEBTE, während er das Geschirr spülte und die Bilder in die Garage brachte. Den Sandkasten abzubauen, konnte bis morgen warten, beschloss er. Diese Aufgaben waren viel zu alltäglich und er wollte seine Stimmung nicht ruinieren.

David ist schwul. Zwar ungeoutet, aber dennoch schwul. Und wir haben uns geküsst. Er war leidenschaftlich und hat gezittert. Oh großer Gott.

Verrückte Fantasien entstanden in Christies Vorstellung. Fantasien über eine Küche, die *ihnen* gehörte, kuscheln auf der Couch, Reisen zu weit entfernten Orten. Fantasien, die Worte wie „Ehe" und „für immer" beinhalteten. Es war verrückt. Bevor David vorbeigekommen war, war Christie fest entschlossen gewesen, es zu beenden. Und nun, lieber Gott im Himmel, war er vollkommen und rettungslos vernarrt.

Er liebte Davids solide, maskuline Präsenz, wie real er war, wie kompetent bei der Arbeit mit seinen Händen, wie reif und geerdet und verlässlich. Er liebte die Sanftheit und Ernsthaftigkeit dieser männlichen Gestalt. Da es nun nicht mehr unmöglich war, David auch auf romantische Art haben zu können, ihm zu gehören und ihn für sich allein zu haben, war es, als hätte man Christie ins tiefe Ende eines Pools gestoßen. Er wollte *alles*. Inklusive weißem Gartenzaun.

Scheiße, das war furchterregend.

Er goss sich ein Glas Rotwein ein und beschloss, ein Bad zu nehmen. Er brauchte etwas Unterstützung beim Träumen. Er fügte Badesalze hinzu, die seine Muskeln entspannten, stellte das heiße Wasser an und stieg hinein. Die Badewanne seiner Tante hatte einen Duschkopf darüber und eine Duschkabine aus Plastik statt eines Duschvorhangs. Er schloss die Türen, damit der Dampf sich sammelte, und ließ sich bis zum Kinn ins Wasser sinken, sodass seine langen Beine angewinkelt waren und seine Knie hervorstanden wie die Inseln auf den Bildern der polynesischen Strände, die er gemacht hatte.

Vielleicht möchtest du nach dem Essen spazieren gehen? Einen Berg besteigen?, dachte er absurderweise. Er konnte sich Davids große, raue Hände vorstellen, die auf seinen Knien lagen und langsam nach unten …

Nein, sich in der Badewanne einen runterzuholen, war schön und gut, aber es würde nichts nutzen. Er musste *nachdenken*.

Christie wusste, dass sie heute Abend im Bett gelandet wären, wenn er es darauf angelegt hätte. Aber er hatte instinktiv gewusst, dass es ein Fehler gewesen wäre. Vielleicht kein großer Fehler, aber dennoch ein Fehler. Wenn David in sein Bett kam, wollte Christie, dass er es nüchtern tat und viel Zeit hatte, darüber nachzudenken, sich dafür zu *entscheiden*, ohne dass ihn die Verführung durch einen harten Schwanz ablenkte. Denn letztendlich war es Davids Leben, das auseinanderbrechen würde und wieder zusammengesetzt werden musste. Wenn er sich für Christie entschied, würde es Konsequenzen haben. Er würde die Entscheidung allein treffen müssen.

Bei dem Gedanken musste Christie prusten. Wann war er so verantwortungsbewusst geworden? Aber es ging nicht nur um David, es ging auch um Selbsterhaltung. Wenn David zu ihm kam, aus freiem Willen und im Bewusstsein der Konsequenzen, dann wäre er auch stark genug, um zu bleiben. Dann würde er Christie nicht irgendwann aus Angst und Verleugnung wegschieben. Jedenfalls hoffte er das.

Wollte Christie das wirklich? Das tat er. Oh Gott, das tat er. Es würde nicht einfach werden. Es war nicht wie jemanden in der Stadt kennenzulernen, jemanden, der unbelastet und offen schwul war. Andererseits hätte Christie in der Stadt auch nie jemanden wie David getroffen.

War David schon jemals mit einem Mann zusammen gewesen? Christie war ziemlich sicher, dass das nicht der Fall war. Er hatte so jung geheiratet, dass er wahrscheinlich mit niemandem außer seiner Frau Sex gehabt hatte. Es war schwer, sich vorzustellen, schwul und an ein solches Leben gebunden zu sein. Oh Gott, die Dinge, die Christie ihm zeigen wollte! Die Dinge, die David durch ihn fühlen würde. Er erschauerte in dem warmen Wasser.

Aber selbst wenn David ihn wollte, eine Beziehung mit ihm wollte, gab es noch so viele Hindernisse. Zum einen *Joe*. Christie konnte sich nicht vorstellen, Joe Fishers Stiefvater zu sein. Gott helfe ihm. Da könnte er auch genauso gut gleich den Kopf in den Ofen stecken. Und Amy. Wie würde sie es verkraften, dass ihr Dad schwul und mit dem hübschen, jungen Nachbarn zusammen war? Wahrscheinlich nicht gut. Dann war da noch die Gegend, in der sie lebten. David konnte nicht einfach seine Farm verlassen. Wie würden die Leute es aufnehmen, wenn Christie bei David einzog, wenn sie ein Paar würden? Und wollte Christie wirklich in Lancaster County bleiben? Eine Auszeit von der Stadt war eine Sache, aber dauerhaft?

Diese Gedanken sollten ihn abschrecken – sehr deutlich sogar. Aber Christie musste nur an Davids Gesicht denken, seine Augen schließen und sich in Erinnerung rufen, wie leicht sie sich beim Essen unterhalten konnten, wie er Christie am Esstisch geküsst hatte, voller Trauer und Verlangen, wie er an der

Tür so willig und leidenschaftlich gewesen war, und die Zweifel schmolzen dahin wie die Salzkristalle in seinem Badewasser.

Die Dinge würden sich entwickeln, wie sie sollten. Es machte keinen Sinn, sich über den Ärger Gedanken zu machen, auch wenn es zweifellos welchen geben würde. Die wirkliche Frage war, ob Christie bereit war, um David zu kämpfen.

Ja. *Ja verdammt*, das war er. David verdiente es, glücklich zu sein, und Christie verdiente David. Ein klares „Fick dich" an jeden, der das anders sah.

AN DIESEM Abend lag David wach im Bett und konnte nicht einschlafen. Christie hatte ihn geküsst. *Ich mag dich, David. Sehr sogar.*

Es fiel ihm schwer, das zu glauben, aber anscheinend war es wahr. Es war wohl offensichtlich, denn wie Joe gesagt hatte, wieso sonst sollte Christie so viel Zeit mit ihm verbringen?

Aus dem gleichen Grund, weshalb ich meine *gesamte Zeit mit* ihm *verbringen will. Da ist etwas zwischen uns, etwas, das sich aller Logik widersetzt und dennoch stark ist.*

Plötzlich fiel ihm ein, dass er nichts auf Christies Geständnis erwidert hatte. Er hatte kaum Gute Nacht gesagt. Guter Gott. Es war so lange her, seit er jemandem den Hof gemacht hatte oder mit jemandem zusammen gewesen war, seit er an all diese Dinge denken musste. Da er sich wie ein Idiot fühlte, ging er nach unten, um sein Telefon zu holen und nahm es mit ins Schlafzimmer. Er lehnte sich an das Kopfende seines Bettes und schrieb eine Nachricht.

Ich mag dich auch.

Er schickte sie ab. Dann fügte er: *Sehr sogar* hinzu und schickte auch diese Nachricht ab.

Christies Antwort klingelte im Dunkeln. Er schickte einen Smiley und die Zeile: *Ich weiß, dass das neu für dich ist. Keine Sorge, wir lassen es so langsam angehen, wie du willst.*

David schnaubte. Er war ein erwachsener Mann. Er war zwanzig Jahre lang verheiratet gewesen und hatte zwei Kinder gezeugt. Er musste nicht in Watte gepackt werden. Dennoch erinnerte er sich an die Welle aus Nervosität und Schuld, die ihn erfasst hatte, als Christie ihn geküsst hatte. Das war Hitze, auf jeden Fall. Fantastische Hitze. Aber das andere auch, zum Ende hin. Er fragte sich, ob Christie es auch gespürt hatte. Hatte er sich deshalb zurückgezogen?

David dachte darüber nach. Christie hatte gesagt, dass David mit ihm reden konnte. Es war so seltsam, sich darüber mit jemandem unterhalten zu können. Schließlich schrieb er: *Das ist so neu. Ich hatte immer nur Fotografien. Von Männern.*

Das Telefon blieb eine ganze Weile lang still, so lang, dass David schon begann, zu zweifeln. Das hätte er nicht zugeben sollen. Es klang so peinlich. Und die Andeutung, dass er sich *berührt* hatte, während er diese Fotos angesehen hatte. Oh Gott. Fand Christie ihn jämmerlich?

Gerade als Panik ihn übermannen wollte, klingelte sein Telefon und eine Textnachricht erschien. *Fotos wie dieses?* Die Nachricht enthielt auch ein Bild. Davids Herz klopfte ihm bis zum Hals, als er das Foto öffnete.

Ein leiser Laut entkam ihm. *Lieber Gott im Himmel.*

Das Foto zeigte Christie, oder zumindest den Teil von ihm zwischen seiner Hüfte und seinen Oberschenkeln. Es sah aus, als läge er auf dem Bett. Er trug eine einfache, blaue Pyjamahose und *er war erregt.* Das Material seiner Hose versteckte die Form seines harten Gerätes nicht. Christies Handfläche lag an seiner Hüfte, als wäre sie ein Rahmen für das zentrale Stück des Fotos. Aber um Davids Aufmerksamkeit zu erregen, war kein Rahmen nötig. Er starrte und starrte. Christies Schwanz unter dem dünnen Stoff sah lang und schwer aus. Die Spitze verdünnte sich etwas, sie war schmaler als an der breitesten Stelle, als wäre sie zum *Einführen* gemacht.

Oh mein Gott.

Er konnte nicht glauben, dass Christie das geschickt hatte. Er hatte Christie für tapfer gehalten? Der Mann war *furchtlos.*

Das Foto löste eine urtümliche, körperliche Reaktion in David aus. Sie vertrieb jeden Gedanken an Schuld und Sünde und ließ nur Verlangen und schmerzhafte Erregung zurück. David schloss die Augen und holte Luft. Als er schließlich wieder tippen konnte, schickte er: *Du hast ja keine Ahnung, was du mit mir machst.*

Zeig's mir, antwortete Christie.

Davids Gesicht brannte vor Scham. Er wagte nicht, ein Foto wie dieses zu machen. Oder doch? Aber Christie hatte es zuerst getan. So war es viel einfacher, weil Christie nicht hier war. David fühlte sich nicht so verlegen wie in seiner Gegenwart.

Er dachte darüber nach, ein Foto wie Christie zu machen, das seine Erektion in seiner Pyjamahose zeigte, aber Davids Hose war dicker und aus Flanellstoff. Es wäre schwer, etwas anderes darzustellen als ein Zelt. Er zog sie aus und versuchte ein paar Positionen, dabei konnte er kaum glauben, was er da tat. Er wählte eines aus, in dem seine Hand seine Erektion größtenteils verdeckte, nur der Schaft war an der Seite zu sehen. Er machte eine Nahaufnahme, was schon ein wenig obszön war, aber er schickte es trotzdem mit trockener Kehle ab.

Christies Antwort kam einen Moment später. *Oh Gott, ich bin so hart. Das ist es, was ich mit dir tun will.*

David hielt den Atem an und tippte auf das Foto. Es war ein Bild von Christies Mund und seiner Kehle. Er hatte den Kopf nach hinten geneigt und zwei Finger in den Mund gesteckt, dabei streichelte sein hellblondes Haar seinen Nacken. Seine Lippen waren gespitzt und seine Wangen hohl. Er saugte an seinen Fingern.

David stöhnte und spreizte die Beine. Er hatte das noch nie ... nicht wirklich. Als sie frisch verheiratet waren, hatte er ein paar Mal versucht, Susans Kopf nach unten zu dirigieren, aber sie hatte es nicht gemocht und er konnte sich nicht erinnern, wie es sich in diesen wenigen Sekunden, in denen sie versucht hatte, ihn zu befriedigen, angefühlt hatte. Er hatte sich Bilder von diesem Akt in seinem Vorrat so oft angesehen und versucht, sich vorzustellen, wie es wohl war.

Christie will das *tun. Bei mir.*

Bei der Vorstellung und dem Anblick des Bildes von Christies Mund und seiner Kehle wurde er steinhart und pulsierte. Er musste sich einfach selbst streicheln. Jeder Zentimeter seines Körpers war empfindlich und bettelte nach einer Berührung, nach Christie. Jede Zelle sehnte sich danach. Es wäre einfach, nur beim Anblick dieser Bilder zum Orgasmus zu kommen. Aber er zwang sich, langsam zu machen und sich mit zwei Fingern zu massieren, während er eine Antwort tippte.

Ich hätte nie gedacht, dass ich das je erleben würde. Du bist so wunderschön. Zeig mir mehr.

Christies Antwort kam schnell. *OK. Zeig du mir auch mehr.*

Es entstand eine Pause, während Christie, so hoffte David jedenfalls, Fotos machte. David war so in seiner Lust gefangen, dass er nicht daran dachte, auch welche zu machen, bis sein Telefon piepste und ihm einfiel, dass er auch eines hätte machen sollen.

Aber als er öffnete, was Christie geschickt hatte, verschwand jeder Gedanke aus seinem Kopf.

Christie hatte seine Pyjamahose ausgezogen und war vollkommen nackt. Das Foto war zwischen seinen gespreizten, angezogenen Knien aufgenommen worden. Er lag immer noch auf dem Rücken und das Bild zeigte die Rundung seines Hintern, ein fester, haarloser Hodensack und den dicken Ansatz seiner Erektion. Dieser Winkel zeigte, was David sehen würde, wenn er zwischen Christies Beinen läge.

Er stöhnte. Ein köstliches, gefährliches Pulsieren begann in seinem Schwanz und durchfuhr ihn von Kopf bis Fuß. Christie rasierte sich dort unten. Das hatte David noch nie gesehen, aber es gefiel ihm. Ihm gefiel die Vorstellung, wie weich Christie sich anfühlen würde, unter seinen Fingern, unter seinem Mund. Er konnte sich seinen sauberen Geruch vorstellen. Und wenn er Christies Schenkel mit den Händen noch ein wenig weiter spreizte, ihn ein wenig neigte, würde jener geheime Teil offenbart, der verbotene Eingang. Er war tabu, doch nicht für Christie, denn Christie war mutig. Christie würde sich öffnen, sich vollkommen hingeben, alles wagen.

David drückte seinen Schwanz mit der Faust und versuchte, die Flut aufzuhalten, aber es war sinnlos. Der Druck fühlte sich zu gut an und das Bild vor ihm zeigte seine tiefsten sexuellen Wünsche zu genau. Er konnte nicht anders, als erneut zu drücken, rhythmisch, zwei, drei, vier Mal, und dann kam er. Er versuchte, die Augen offen zu halten, während sie ihn überspülte, intensiv, aber dennoch mit einer Leere, als hörte man eine Aufnahme eines geliebten Menschen, statt ihn bei sich zu haben. Er wollte es, oh, er wollte es.

Er wartete, bis sein rasender Herzschlag sich beruhigt hatte. Als er nach unten sah, begann sein Schwanz gerade zu erschlaffen und perlenartige Tropfen bedeckten seinen Bauch. *Christie.* Er wollte Christie etwas geben, das auch ihn über den Rand stoßen würde. Ohne dass er sich erlaubte nachzudenken, machte er ein Foto von seinem Bauch mit seinem gesättigten Schwanz und dem Beweis seines Höhepunkts. Dann schickte er es ab.

Er stand auf und ging ins Badezimmer, um sich zu reinigen. Als er zurückkam, erwartete ihn ein neues Foto. Es zeigte Christies Faust, die sich um die Spitze seines Schwanzes schloss, und weißen Samen, der über seinen Daumen und sein Handgelenk lief. David gab einen erfreuten Laut von sich und sein erschöpfter Schwanz gab ein schwaches Zucken von sich.

Doch Christie hatte es geschafft, den Großteil seines Schwanzes auf dem Foto zu verdecken, und als David durch die vorherigen Bilder blätterte, konnte er ihn auch nicht komplett sehen. Christie wollte ihn reizen. Er hielt zurück, was David wahrscheinlich nur persönlich zu sehen bekommen würde.

Er lächelte und tippte ein einzelnes Wort. *Bald.*

14

CHRISTIE WARTETE vier Tage. Er konnte sein eigenes Glück kaum fassen. Er war seit jeher ein Mensch, der sich zuerst aufs Dessert gestürzt hatte. Aber ... er behielt seine Hände bei sich und wartete.

Am Tag nach ihrem polynesischen Mahl – und dem anschließenden Telefonsex – hielt Christie es für eine gute Idee, David etwas Abstand zu geben und an diesem Abend nicht mit ihm zu essen. Wahrscheinlich war er aber einfach ein Feigling. Er machte sich Sorgen, dass David Schuldgefühle hatte, und das wollte er nicht miterleben.

Doch es war gut gewesen. Oh Gott! Christie hatte noch nie zuvor Telefonsex gehabt, aber zu wissen, dass David der Empfänger der Fotos und Textnachrichten war – David, der gut aussehende, schüchterne Mann, den er schon seit Monaten heimlich begehrte – hatte es zu einer der erotischsten Erfahrungen in Christies Leben gemacht.

Er konnte Davids Verlangen in jedem Wort spüren und es erregte ihn, wie David sich vollkommen darauf einließ, wie er Fotos von sich gemacht hatte, die sein Vertrauen zu Christie belegten, wie Christies eigene Bilder ihn so schnell zum Höhepunkt gebracht hatten ... Christie war in dieser Nacht aufgewacht, nachdem er davon geträumt hatte. Er hatte sich die Fotos angeschaut und war erneut gekommen und ein weiteres Mal am Morgen.

Aber wie sehr er es auch genossen hatte, er machte sich dennoch Sorgen, dass David wieder Schuldgefühle entwickelt hatte. Am Mittag schrieb er David eine Nachricht.

Brauchst du heute Abend etwas Zeit für dich? Ich kann auch morgen kochen.

Aber Davids Antwort kam schnell und war eindeutig.

Nein. Ich möchte dich sehen. Ich besorge Essen.

Also dann heute Abend.

Christie hatte einen erfolgreichen Arbeitstag. Die Milch-Klienten waren begeistert von seiner Kampagne und nun war er damit beschäftigt, die neuen Elemente ihrer Webseite hinzuzufügen. Sein Boss hatte ihn außerdem gebeten, die Arbeit eines jungen Designers zu überprüfen und Vorschläge zu machen. Als es dunkel wurde – was zu dieser Jahreszeit früh geschah – zog er seine Schneestiefel an und machte sich auf den Weg zu David.

Der Wind war kalt und auf dem Weg, der ihre beiden Grundstücke verband, gab es keinen Schutz. Außerdem war der Boden glatt. Es erinnerte Christie daran, dass der Dezember vor der Tür stand. Er fragte sich, ob David ihm wohl helfen würde, das kleine Haus von Tante Ruth zu dekorieren. Es war das erste Mal, dass Christie zur Weihnachtszeit ein eigenes Heim hatte.

Das erinnerte ihn daran, dass Amy und Joe wahrscheinlich zu Weihnachten wieder nach Hause kommen würden. Aber darüber wollte er einfach noch nicht nachdenken. Er hatte kalte Hände, wahrscheinlich eine rote Nase und war fürchterlich nervös, als er auf der Farm ankam.

„Es fühlt sich an, als würde es bald schneien", sagte er, als David ihn in das warme Haus ließ.

„Das wäre möglich, wenn zumindest ein wenig Feuchtigkeit in der Luft wäre, aber das ist erst nächste Woche der Fall."

„Du bist mein persönlicher Wetterfrosch", scherzte Christie, um die Stimmung zu heben.

David schaute ihn verlegen an. „Ich habe die Agrar Wetter-App auf dem Handy."

„Ah. Ein Geheimnis, das uns Stadtmenschen vorenthalten wird. Ich verstehe."

David lachte aufrichtig und die Spannung löste sich. Christies Bedenken, dass David sich komisch benehmen würde, waren unbegründet. Er war vielleicht etwas anders als sonst, aber nicht auf eine schlechte Art. Er hatte den Tisch bereits gedeckt, also packten sie einfach das Essen aus und füllten ihre Teller. Sie unterhielten sich über die üblichen Themen – Christies Arbeit, die Farm. Sie sprachen nicht übers Schwulsein oder über das, was sie am Vorabend getan hatten.

David machte während des Essens keine Anstalten, Christie zu berühren, aber dennoch hatte sich etwas an ihm verändert. Seine Augen waren sanfter und sein Blick verweilte länger. Nicht so sehr lüstern, eher *genießerisch*. Offen. Er schaute eine ganze Weile lächelnd auf Christies Hals, als beobachtete er einen besonders schönen Sonnenuntergang.

Erst jetzt erkannte Christie, wie oft David sich vorher verwehrt hatte, ihn anzusehen, und sein Blick nur kurz auf Christie verweilt hatte. Es war berauschend, von David so angesehen zu werden, als sei er begehrenswert und wunderschön. Es war ein dermaßen *liebevoller* Blick. Es fühlte sich an ... es fühlte sich an wie ein Date, selbst mit italienischem Essen zum Mitnehmen und ohne eine einzige Kerze auf dem Tisch.

Sie spülten gemeinsam ihre Teller ab. David wusch und Christie trocknete ab. Als sie fertig waren, zögerte David am leeren Spülbecken und schluckte schwer.

Dräng ihn nicht, Christie. Überlass ihm die Führung.

„Ich möchte, dass du ehrlich bist", sagte David. „Fühlst du dich wirklich zu mir hingezogen? Denn wenn es nur Mitleid oder Neugier ist oder weil du dich hier in der Pampa langweilst, wäre es mir lieber, wenn wir nur Freunde bleiben. Sex … das bedeutet mir etwas."

Das tat weh, als bedeute Christie Sex nichts. Aber in der Vergangenheit war es tatsächlich so gewesen. Er lehnte sich an die Anrichte und verschränkte die Arme. „David, ich habe mich *noch nie zuvor* zu jemandem so hingezogen gefühlt, wie zu dir – körperlich, emotional, sexuell …"

David schaute ihn ungläubig an. Er öffnete und schloss den Mund, bevor er hervorbrachte: „Geht mir auch so."

Christie lächelte. „Deine Geschwindigkeit, okay?"

David errötete und nickte. „Ja, ich – danke."

„Wie wäre es, wenn ich am Donnerstag Abendessen mache? Ich will immer noch diesen Toffeepudding probieren, deshalb dachte ich an britisches Essen."

„Das klingt toll."

„In Ordnung." Christie war schon zufrieden, weil sie ein festes Date ausgemacht hatten.

„Es sei denn, du brauchst etwas Abstand", fügte David hastig hinzu.

„Nö. Du?"

„Nein."

„Okay."

„Okay." David brachte Christie zur Tür, aber er machte keine Anstalten, ihn erneut zu küssen. Daher verabschiedete Christie sich und ging nach Hause. Er bemerkte dieses Mal nicht einmal den Wind auf der Straße.

Am Donnerstag machte er Shepherd's Pie, frische, gedämpfte Erbsen mit Minze und Toffeepudding. Am Freitag aßen sie einen leckeren Eintopf mit Bohnen und Würstchen, dazu Vollkorn-Maisbrot und Joghurt. Sie küssten sich nicht und berührten sich nicht einmal, aber sie schauten sich ständig an und lächelten so oft, dass Christies Gesicht wehtat.

Es fühlte sich für Christie wie ein langsamer Paarungstanz an und das raubte ihm den letzten Nerv. Die Fotos auf seinem Handy waren schön und gut, aber er sehnte sich nach dem Original. Wenn David nicht bald den nächsten Schritt machte, würde Christie ihn aus blanker sexueller Frustration bespringen.

AM SAMSTAGMORGEN war David erfreut, zu sehen, dass Christie vorbeikam, um ein paar Gewichte zu stemmen. David mistete die Ställe aus und versuchte, Christie eine leichtere Aufgabe zu geben, aber Christie bestand darauf, ihm zu helfen. Die Temperaturen waren in der Nacht unter den Gefrierpunkt gefallen und die eisige Masse aus Stroh und Dung lag schwer auf den Schaufeln und noch viel schwerer in der Schubkarre. Als sie fertig waren, waren sie schweißgebadet.

„Also … morgen ist Sonntag", meinte Christie, während sie frisches Stroh in dem gesäuberten Stall verteilten.

„Sonntag kommt hier in der Gegend immer nach Samstag. Vielleicht ist das in New York anders."

Christie verdrehte die Augen, aber er lächelte dabei. „Klugscheißer. Ich habe mich bloß gefragt, ob du morgen schon etwas vorhast. Gehst du in die Kirche? Oder kommen deine Kinder vom College nach Hause? Du hast erzählt, dass du manchmal in die Kirche gehst."

„Ich habe nichts vor." David fragte sich, was Christie vorschwebte. Was auch immer es war, er würde wahrscheinlich ja sagen. Er wollte es schon jetzt.

Christie wischte sich das Gesicht mit dem Sweatshirt ab. Dazu zog er den Saum hoch und entblößte seinen flachen Bauch mit feinen, goldenen Haaren um den Bauchnabel herum. Sehnsucht durchschoss Davids Blut. Es war eine wohldurchdachte Bewegung, da war David sich sicher, aber Christie fuhr unschuldig fort: „Also ich dachte, es wäre schön, einen Ausflug zu machen. Wie lange kannst du von der Farm weg? Sind sechs Stunden möglich?"

„Ich muss am Morgen melken, aber ich kann Earl fragen, ob er das zweite Melken übernehmen kann, auch wenn es Sonntag ist. Sechs Stunden sollten machbar sein. Was hast du vor?"

„Darf ich dich überraschen?" Christies Augen waren hoffnungsvoll und sein Lächeln unwiderstehlich.

„Das kommt darauf an. Was muss ich zu dieser „Überraschung" anziehen?"

Christie neigte den Kopf und dachte nach. „Etwas Sauberes und Bequemes. Jeans und ein langärmeliges Hemd oder ein Sweatshirt. Oder Khakihosen. Es muss nichts Schickes sein."

„Das lässt sich machen." David fragte sich, ob er es schaffen würde, ein Hemd zu bügeln, ohne es zu verbrennen. Es war Jahre her, seit er sich deswegen Gedanken hatte machen müssen. *Eine Überraschung.* Er lächelte in sich hinein. Er mochte Überraschungen.

Christies Augen waren warm. „Danke, dass du mir vertraust. Ich denke, es wird dir gefallen."

„Selbstverständlich vertraue ich dir." *Du hast mich nackt gesehen. Über das Telefon.*

Er wusste, Christie wartete darauf, dass er den ersten Schritt machte, dass er ihn *in Fleisch und Blut* berührte, statt sich hinter einem Telefon zu verstecken. Er wollte es, und wie, aber der Zeitpunkt hatte sich nie richtig angefühlt. Sie hatten auf der Farm zu Abend gegessen, und im Haus war es seltsam. Die Geister seiner Vergangenheit waren dort zu lebendig. Er schaffte es nicht, dort seine Gewohnheiten zu durchbrechen, um seinen männlichen Liebhaber zu berühren. Außerdem kämpfte er immer noch mit Schuldgefühlen und seinem Selbstverständnis, wenn auch nicht annähernd so sehr, um Christie nicht mehr zu treffen.

„Wir verlassen also die Stadt?", fragte er.

Christie sah ihn geheimnisvoll an. „Du wirst sehen. Aber der Ort ist für uns beide neu. Klingt das gut?"

„Es klingt nach einem Abenteuer."

AM SONNTAG wachte David früh auf, zu nervös, um zu schlafen. Gegen sechs Uhr war er mit seiner Arbeit fertig. Er duschte sorgfältiger als sonst und verbrachte viel zu viel Zeit damit, ein Hemd zu bügeln. Er hatte ein blaues Oxford-Hemd ausgewählt, das Susan ihm einmal zu Weihnachten geschenkt hatte. Es passte zu Christies Augen. Er bemerkte, dass es keinen Sinn machte, wenn das Hemd zu den Augen von *jemand anderem* passte, aber es zog ihn immer wieder dorthin und letztlich beschloss er, das verdammte Ding zu tragen. Er schlang hastig eine Schale Müsli herunter und klopfte um acht Uhr an Christies Tür, wie abgemacht.

„Guten Morgen." Christie trug seine schwarze Skijacke und einen blauen Pullover. Wie er dort im Türrahmen stand, sah er jung und einfach hinreißend aus, sodass David einen Kloß im Hals bekam.

„Sollen wir meinen Truck nehmen?", bot er an.

„Gern, aber wir müssen nur knapp zwei Kilometer fahren."

„Zwei Kilometer?" In diesem Radius gab es nicht viel und David war enttäuscht.

„Zum Bahnhof", erklärte Christie. „Wir sind um drei wieder zurück. Okay?"

„Okay." Davids Aufregung wuchs.

Der örtliche Bahnhof war nicht mehr als ein Bahnsteig. David hielt auf dem kleinen Parkplatz an. Er stieg aus und wartete ab, auf welche Seite Christie ging. Wenn er über die kleine Fußgängerbrücke auf die andere Seite der Schienen ging, würden sie Richtung Philly und New York fahren. Wenn er auf dieser Seite blieb, Richtung Harrisburg. Christie ging zur Brücke.

Im Zug suchten sie sich zwei Plätze und Christie bestand darauf, dass David den Fensterplatz nahm, dann fuhr der Zug los.

„Philadelphia?", riet David und sah Christies zufriedenes Lächeln. New York war zu weit, wenn man nur sechs Stunden Zeit hatte.

„Genau. Wann warst du zuletzt dort?"

Darüber musste David nachdenken. „Als Amy in der zehnten Klasse war, hat sie dort an einem Chorwettbewerb teilgenommen. Also vor ungefähr sechs Jahren."

Das war keine angenehme Erinnerung. Joe war zu Hause geblieben und Amy war mit dem Schulbus gefahren, also war er allein mit Susan in die Stadt gefahren. Das war vor ihrer Krebsdiagnose gewesen, aber schon da hatte sie sich nicht wohlgefühlt und sich die ganze Zeit beschwert. Der Verkehr machte sie nervös und sie mochte die Menschenmengen nicht. Es war ein stressiger Tag gewesen.

Christie schaute ihn überrascht an. „Das ist schade. Philly ist eine tolle Stadt."

„Naja, die Farm."

„Ich verstehe. Also … was weißt du über Neuseeland?"

Christies Augen strahlten und er sah so aufgeregt aus wie ein Kind an Weihnachten. Er musste das Stadtleben vermissen, dachte David.

„Ähm … Neuseeland. Es ist berühmt für seine Nationalparks und seine Wanderwege. Die Menschen reisen von überall auf der Welt dort hin. Es gibt den Milford Track und einen weiteren namens Te Araroa, der fast dreitausend Kilometer lang ist, wie unser Appalachian Trail." *Nat Geo* hatte einmal einen Artikel über den Te Araroa gebracht mit beeindruckenden Bildern von zerklüfteten Bergen und Küsten.

„Wirklich? Das wusste ich nicht. Was noch?"

„Es liegt in der Nähe von Australien."

Christie hob eine Augenbraue. „Das war alles?"

„Das einheimische Volk nennt man Maori. Sie sind, im Vergleich zu anderen Ländern, sehr gut in das Alltagsleben integriert."

Christie lächelte geheimnisvoll und schaute aus dem Fenster. „Klingt interessant."

EINE STUNDE später erreichten sie den Bahnhof in Philly. Christie führte sie durch die riesige Halle nach draußen, wo die Taxis standen.

„Zum Philadelphia Art Museum", sagte er zu dem Fahrer.

David war offen dafür, auch wenn er nicht besonders an alten Gemälden interessiert war. Aber um ehrlich zu sein, klang alles, was Christie und Philadelphia beinhaltete, nach Spaß. Er schaute aus dem Fenster, während das Taxi durch die Stadt fuhr. Es war anders als beim letzten Mal. Er fühlte sich wie auf der Fahrt nach Washington DC. Ein wenig einschüchternd mit all den Menschen und Autos und dem Labyrinth aus Gebäuden, aber auch aufregend und voller Möglichkeiten. Er schaute zu Christie und stellte fest, dass dieser ihn beobachtete. Christies Hand war zu einer losen Faust geschlossen. Sie lag auf dem Sitz neben ihm und David verspürte den Drang, sie zu halten. Er tat es nicht, aber er lächelte. „Das macht Spaß."

„Das ist doch noch gar nichts", versprach Christie.

Das Kunstmuseum öffnete um zehn und sie waren noch etwas zu früh, deshalb machten sie einen Spaziergang. Das Museum war umgeben von einem Park und lag auf einer Anhöhe über dem Fluss. Es war ein friedlicher Ort, selbst an diesem wolkigen Wintertag. Sie fanden einen Pavillon mit Blick auf den Schuylkill River und beobachteten ein Touristenboot, das vorbeituckerte.

David fühlte sich glücklich und lebendig, allein schon deshalb, weil er an einem neuen Ort war. Dass er mit Christie zusammen war, machte es ... vielversprechend, als wäre er ein anderer Mensch und alles wäre möglich. Das Gefühl verstärkte sich, als er ein schwules Paar Mitte zwanzig auf einem Weg in der Nähe bemerkte. Sie hielten sich an der Hand, als wäre es das Normalste der Welt. Er bemerkte, dass er starrte, und wandte den Blick ab.

„Danke, dass du mich hergebracht hast", sagte er zu Christie.

„Du darfst mir erst danken, wenn der Tag zu Ende ist. Vielleicht wird er ja noch blöd."

„Aber ich weiß jetzt schon, dass es mir gefällt. Allein schon wegen dem hier."

Christie schüttelte den Kopf. „Du machst es einem leicht. Na komm. Jetzt müsste geöffnet sein."

Es stellte sich heraus, dass es im Museum eine Ausstellung über die Kultur der Maori gab. Es war *fantastisch*. Es gab eine Abteilung über Kleidung mit gewebten Röcken in allen möglichen Mustern, die auf Stangen vor Fotos arrangiert waren, auf denen Maori abgebildet waren, die sie trugen. Da waren Körbe und Holzschnitzereien, Gemälde, Waffen und Boote. Es gab sogar einen lebensgroßen Schrein, eine dreieckige Konstruktion mit einem großen, spitzen Dach, das mit Schnitzereien bedeckt war. David hatte aus *Nat Geo* nicht allzu viel über die Maori erfahren und schaute sich die Ausstellung interessiert an. Christie schien auch sehr interessiert. Sie deuteten auf Dinge, die sie dem anderen zeigen wollten. Christie gefielen besonders die Schnitzereien und er sagte, dass er versuchen wollte, ein paar Tiere in diesem Stil zu skizzieren, wenn er nach Hause kam.

Während sie durch die Säle gingen, kam Christie ihm immer näher, bis sich ihre Schultern berührten. David sah das schwule Paar wieder, das durch die Ausstellung spazierte. Die beiden hielten sich immer noch an der Hand. Sie schienen so sorglos und niemand starrte oder schrie sie an.

Wie wäre es wohl, Christies Hand zu halten? *Das ist mein Freund, mein Geliebter, mein Ehemann. Ist er nicht wunderschön? Er ist so gut. Er ist schlau und fantasievoll und großzügig und so sexy.* Bei der Vorstellung fühlte er sowohl Stolz als auch Nervosität in seiner Brust. War er ein zu alter Hund, um neue Tricks zu lernen? Konnte er in dieser modernen Welt seinen Platz finden?

Es war nicht schwer, sich vorzustellen, *hier* ein anderer Mensch zu sein, in einem schicken Museum in Philadelphia, umgeben von exotischen Dingen. Aber er lebte nicht hier. Er war auf einer Farm geboren und aufgewachsen und hatte nur eins gelernt – ein rechtschaffener Farmer und Kirchgänger zu sein. Konnte er aus diesem Netz ausbrechen und trotzdem darin bleiben? War das überhaupt möglich? Hatte er den Mut dazu?

Traf „Mut" es überhaupt annähernd?

Er sah, dass Christie das Paar ebenfalls beobachtete, aber sobald er bemerkte, dass David ihn ansah, wandte er sich wieder zu der Ausstellung und machte Bemerkungen darüber.

Christie, erinnerte David sich, war in New York seit Jahren „out". Er hatte wahrscheinlich schon oft die Hand eines anderen Mannes in der Öffentlichkeit gehalten, wahrscheinlich auch mehr als das. Er musste Davids Zögern frustrierend, rückständig und provinziell finden, wenn nicht sogar persönlich beleidigend.

Der Gedanke, Christie zu enttäuschen, brannte heiß und sauer in David. Und er erkannte, hier inmitten der Maori-Ausstellung galt es jetzt oder nie. Er hatte seit *Tagen* mit dem Gedanken gespielt, mit Christie zusammen zu sein, in der relativen Isolierung seines eigenen Hauses, ohne sich vollkommen darauf einzulassen.

Tagträumereien haben noch nie etwas gelöst.

Wenn er auch im wirklichen Leben mit Christie zusammen sein wollte, es sich *verdienen* wollte, dann musste er es schaffen, zu seinen Gefühlen zu stehen. Das war nur fair.

Naja. Das Philadelphia Art Museum war ein ebenso guter Anfangspunkt wie jeder andere auch. Hier kannte ihn niemand und er konnte üben, mutig zu sein. Er holte tief Luft und straffte die Schultern. Er zog Christies Hand vorsichtig aus dessen Manteltasche und verschränkte ihre Finger.

Christie schaute ihn mit sanftem Blick an. „Du musst das nicht tun."

„Ich will es aber", antwortete David und meinte es auch so. „Komm schon." Er zog Christie weiter zum nächsten Ausstellungsstück.

SIE VERBRACHTEN über drei Stunden im Museum, dann gingen sie zurück zum Bahnhof. Unterwegs aßen sie Sushi. Der rohe Fisch beeindruckte David nicht besonders, aber das Teriyaki und die California Rolls waren gut. Am besten gefiel ihm aber, dass er Christie endlich zu einem anständigen Essen ausführen konnte.

„Du wolltest also nie in einer Stadt wie dieser leben?", fragte Christie, während sie aßen.

David schaute aus dem Fenster auf den belebten Gehweg und versuchte, eine ehrliche Antwort zu finden. „Ich denke nicht, dass es mir etwas ausmachen würde. Es wäre bestimmt aufregend, aber ich kann es mir nur schwer vorstellen. Ich habe immer nur auf der Farm gelebt."

„Du hast nie irgendwo anders gewohnt? Nicht einmal für ein paar Monate?"

David schüttelte den Kopf. „Ich hatte darüber nachgedacht, aufs College zu gehen, aber dann ist mein Dad gestorben. So war es wahrscheinlich am Besten. Ich war nie besonders gut in der Schule."

„Ist das dein Ernst? Du bist praktisch ein Lexikon! Du kennst bestimmt jede Ausgabe von *National Geographic* auswendig, die jemals gedruckt wurde."

David lächelte erfreut. „Ich kann mir Dinge merken, wenn sie mich wirklich interessieren, aber Tests habe ich schon immer gehasst und ich war in Mathe und Englisch wirklich schlecht."

„Oh Gott, Mathe!" Christie erschauerte. „Was glaubst du, warum ich Kunst studiert habe?"

„Weil du unglaublich talentiert bist."

Christies Augen glitzerten. „Hast du schon jemals über einen anderen Beruf nachgedacht? Vielleicht als du klein warst? Zum Beispiel … keine Ahnung, Pilot vielleicht? Oder Archäologe? Du wärst so gut bei allem, das mit Geschichte oder Geografie zu tun hat."

Das Lob klang ehrlich. David schob das Gemüse auf seinem Teller herum. Hatte er darüber nachgedacht? Millionen Male. Er hatte auch schon Millionen Male darüber nachgedacht, die Farm zu verkaufen. Aber darüber nachzudenken, war etwas anderes, als es auch wirklich zu tun. „Hattest du nie das Gefühl, dass du etwas tun musst, weil man das von dir erwartet? Nicht einmal, ich weiß auch nicht, Gott?"

Christie dachte darüber nach, sein Gesicht war ernst. „Ich schätze, das geht uns allen so. Ich meine, ich will anderen nicht wehtun. Ich will ein guter Mensch sein. Ich will gute Arbeit leisten. Ich mag Lügen und Stehlen und all das nicht. Aber es gibt einen Unterschied zwischen dem, was *du* für richtig hältst und dem, was andere meinen, dass du tun sollst, nur weil sie es sagen. Ich meine, willst du dein Leben von einem zweitausend Jahre alten Buch oder von den Meinungen anderer definieren lassen? Oder willst du auf dein eigenes Herz hören? Verstehst du, was ich meine?"

David schaute ihn einen Moment lang an. Er wünschte, er wäre so weise wie Christie gewesen, als er achtzehn war. Vielleicht wäre sein Leben dann anders verlaufen, auch wenn er es natürlich nie bereuen würde, Amy und Joe zu haben.

„Ich denke schon." Er aß ein paar Bissen Sushi. „Die Farm gab es schon immer. Es gibt immer Arbeit zu erledigen. Ich bin mein eigener Boss. Ich bin gut darin. Ich tue etwas Produktives für die Gesellschaft – ich erzeuge Lebensmittel. Ich war da, während meine Kinder aufgewachsen sind …" Er zuckte mit den Schultern. „Wenn ich etwas anderes hätte machen wollen, hätte ich für die Schule bezahlen müssen. Und was wäre, wenn ich keinen Job gefunden hätte? Und was wäre aus der Farm geworden?"

Christie sah nachdenklich aus. „Ich kann mir vorstellen, dass das Leben auf einer Farm gut ist, um Kinder großzuziehen. Tut mir leid, ich wollte dich nicht kritisieren. Ich weiß, dass dein Job wichtig ist. Ich habe mich nur gefragt, ob du jemals etwas anderes gewollt hast."

David schluckte. Er hatte im Laufe der Jahre vieles gewollt. Aber im Moment schien ihm nur eines wichtig zu sein. „Ich will dich", sagte er leise.

Christies Augen wurden dunkel und sein Gesichtsausdruck weich. Sein Adamsapfel hüpfte, während er schluckte. „Ich will dich auch."

Sie beendeten ihre Mahlzeit im Stillen.

15

CHRISTIE HATTE gehofft, dass es ihrer Beziehung ein wenig auf die Sprünge
helfen würde, wenn er David aus seinem gewohnten Umfeld brachte und ihm
half, zu überwinden, was auch immer ihn zurückhielt, ihre Gefühle füreinander
auszuleben. Aber dennoch war er überrascht, wie recht er gehabt hatte.

Nicht nur war David eine begeisterte Begleitung auf der Reise nach
Philly, er war auch aufmerksam. Aufmerksam wie ein *fester Freund*. Als er
sich überwunden hatte, Christies Hand zu nehmen, gab es für den Rest des
Tages kaum einen Moment, in dem er Christie nicht berührt hatte – mit der
Hand am Rücken, als sie durch eine Tür gegangen waren, am Arm oder er ging
dicht genug neben ihm, sodass sie sich berührten, wenn sie nicht tatsächlich
Händchen hielten. Im Restaurant presste er während des gesamten Essens den
Oberschenkel an Christies.

Christie hatte gedacht, dass der Ausflug in die Stadt David helfen würde,
den nächsten Schritt zu tun, aber er hatte nicht bedacht, dass es auch *ihm* helfen
würde, oder vielmehr dafür sorgte, dass er sich noch mehr in David verliebte.

Es war eine Sache, sich vorzustellen, auf der Farm mit David zusammen
zu sein, das schien pure Fantasie. Aber es war etwas anderes, mit David in einer
richtigen Stadt zu sein, wo David so wundervoll und interessiert war und ihn
wie etwas Wunderschönes und Faszinierendes behandelte. Wie sollte er damit
bloß umgehen? Es nicht *für immer* wollen?

Die Stimmung war bedächtig, als sie im Zug nach Hause saßen. In den
letzten Stunden war ihre Beziehung viel realer geworden. Sie waren länger
geblieben, als Christie geplant hatte, und es war bereits vier Uhr, als sie in den
Zug stiegen. Ihr Waggon war praktisch leer und kurz nach der Abfahrt ging die
Sonne unter. So waren sie in einem Abteil mit gedimmten Licht, in dem keine
Menschenseele von ihren Plätzen aus zu sehen war.

Sie saßen nebeneinander, ruhig und zufrieden. David hatte die Hände
in den Manteltaschen, aber als Christie sich an ihn lehnte, legte er den Arm
um Christie und zog ihn an sich. Im Sitzen waren sie fast gleich groß und
Christie legte den Kopf an Davids Schulter. Er konnte der Versuchung nicht
widerstehen, das Kinn ein wenig zu drehen und seine Nase an der rötlichen
Haut von Davids Hals zu reiben. Er roch die kalte Winterluft mit einem erdigen,
salzigen Unterton. Christie kostete mit einem offenen Kuss und strich mit der
Zunge über die feinen Stoppeln an Davids Hals.

Augenblicklich änderte sich die Stimmung. Waren sie eben noch entspannt und zufrieden, nachdenklich und auch ein wenig erschöpft gewesen, verwandelte es sich zwischen ihnen nun in flüssige Hitze. David spannte sich an und sein Atem stockte. Er neigte den Kopf zur Seite und lud Christie zu weiteren Erkundungen ein. Was konnte er also anderes tun?

Er ließ seine Lippen an den straffen Muskeln auf und ab wandern. Seine Wimpern strichen über Davids Kiefer und seine Zungenspitze hinterließ eine feuchte Spur, die bei David für Gänsehaut sorgte. Er schob den Kragen von Davids Hemd zur Seite und saugte direkt über dem Schlüsselbein rhythmisch.

David gab einen tiefen Laut von sich und zog Christie dichter an seinen Hals, indem er ihn enger an seine Schulter drückte. Seine Hüften bewegten sich ruhelos auf dem Sitz. Christie erlaubte sich einen Blick und sah unter dem Jeansstoff eine erstaunliche Beule.

Oh Gott. Christie wurde von einem brennenden Verlangen erfüllt. Hitze durchströmte ihn vom Kopf bis zu den Zehenspitzen.

Jetzt, verlangte sein Körper. *Ich will dich jetzt.*

Er legte die Hand an Davids Kiefer, um sein Kinn nach unten zu drängen, und traf Davids Lippen.

Der Kuss war nicht hart und fest, wie ihr erster Kuss am Tisch, oder vorsichtig und leidenschaftlich, wie ihr zweiter Kuss an der Tür. Nein, dies war üppige, sinnliche Gier, leckende Zungen und stockender Atem. Es war himmlisch. David zog ihn dichter an sich, sodass sie praktisch an der Brust zusammengepresst wurden. Seine Zunge war feucht und drängte sich in Christies Mund. Christie legte die Hand auf Davids Oberschenkel, drückte zu und ließ sie nach oben wandern. Er wollte David so sehr spüren, dass er meinte zu sterben.

Er hatte die warme, harte Beule gerade mit der Handfläche berührt, als David zischte und sich zurückzog. Er packte Christies Hand.

„Wir sitzen in einem *Zug*", flüsterte David mit gebrochener Stimme, als hätte Christie es vielleicht vergessen.

Christie kicherte: „Was du nicht sagst. Du weißt schon, dass es in diesen Fernzügen ziemlich große Toiletten gibt."

Er streckte seine Finger wieder nach dem Nirwana aus, aber David hielt sein Handgelenk fest und rückte zur anderen Seite des Sitzes. Sein Gesichtsausdruck war eisern. „Ich will dich in einem *Bett*, Christie Landon. Das ist mir wichtig."

Seine Entschlossenheit, das wusste Christie, beruhte zum Teil darauf, dass er um Gnade bettelte. Denn wenn Christie ihn drängte, ihn in Versuchung führte und ihn berührte, konnte er David haben, direkt hier im Zug. Und Gott, Christie wollte es. Aber das wäre auch unglaublich selbstsüchtig.

Es war nicht nur *ihr* erstes Mal, erinnerte er sich selbst, es war auch Davids erstes Mal mit einem Mann oder überhaupt mit jemand anderem als seiner verstorbenen Frau. Und er verdiente all die Zuwendung, Aufmerksamkeit für Details und Romantik, zu der Christie fähig war. Oder wenigstens ein verdammtes Bett.

Christie holte ein paar Mal tief Luft, um den Drang nach *hier, jetzt, mehr* zu unterdrücken, und zog seine Hände zurück. Er setzte sich wieder auf seinen Sitz und schaute zur Decke. „Du bringst mich um. Wortwörtlich. Ich habe kein Blut mehr in meinem Gehirn. Ich bekomme wahrscheinlich das Gegenteil von einem Schlaganfall. Ist das in Ohnmacht fallen? Genau, ich falle bestimmt in Ohnmacht.“

„Wir sind bald zu Hause. Du kannst das hier gar nicht mehr wollen als ich.“

Christie wandte den Kopf, um zu diskutieren, aber dann schaute er sich David genau an. Er starrte aus dem Fenster in die Dunkelheit, hatte die Arme eng über der Brust verschränkt und seine Augenbrauen waren feucht. Er war leuchtend rot, angespannt und sah aus, als würde er bei einem lauten Geräusch an die Decke springen.

Ja, er starb ebenfalls.

Christie stand auf. „Genau. Ich hole uns beiden einen Becher Kaffee vom Speisewagen, denn ich will, dass du nachher hellwach bist. Eventuell die ganze Nacht.“ Mit einem Grinsen ging er den Gang entlang. Sie konnten beide ein wenig Abstand gebrauchen.

WÄHREND DER restlichen Fahrt sagte David nur wenig und versuchte zu bewahren, was er fühlte. Die Konsequenzen waren ihm egal. Religion oder Philosophie oder was sein verstorbener Vater oder die Bibel sagten, waren ihm egal. Das Einzige, das ihm etwas bedeutete, war der Hunger, der in ihm war, ein wunderbares Sehnen, ein tiefes, ursprüngliches Verlangen. Mächtig und nicht zu verleugnen, stärker als alles, was er bisher in seinem Leben gefühlt hatte.

Dieses Verlangen war kostbar. Er wollte es nicht verlieren, bevor sie es ausleben konnten. Aber ab und zu drang tatsächlich ein Gedanke in sein Gehirn. Er würde mit *einem Mann* zusammen sein. Christie wollte ihn. Sie wollten einander. Christie war real, aus Fleisch und Blut, mit einem realen Schwanz, den David berühren, blasen, reiben konnte … Das war die harte, glitzernde Realität, die mit den letzten Resten seiner Nervosität rang.

Als sie schließlich den Bahnhof erreichten, eilten Christie und er aus dem Zug zu Davids Truck. Er fuhr die kurze Strecke zu Christies Haus, dabei packte er fest Christies Hand. Sie sprachen nicht darüber wo und wann, aber

David wollte, dass es in Christies Haus passierte, zumindest heute. Er wollte nicht die Tür zu den Erinnerungen aufstoßen und das würde in seinem eigenen Schlafzimmer zweifellos passieren.

Sie fuhren die Auffahrt hinauf und David schaltete den Motor aus. Er schaute zu Christie und betete um eine Einladung.

Christie biss sich auf die Unterlippe. „Musst du zurück zur Farm, um dich um die Tiere zu kümmern? Du könntest nachher zurückkommen, wenn du willst."

„Den Tieren geht es gut. Earl hat sie gefüttert und ihnen Wasser gegeben."

„Gott sei Dank! Dann komm rein." Sie stiegen aus dem Truck und Christie öffnete mit dem Schlüssel seine Vordertür. Die Tür hatte sich kaum hinter ihnen geschlossen, da drehte Christie sich um und lag in Davids Armen.

Sie küssten sich, während sie versuchten, sich aus ihren Mänteln zu schälen. David nahm entfernt wahr, dass Christies Schuhe auf dem Boden landeten, aber er konnte sich nur auf die Hitze des Kusses konzentrieren. Dann presste Christie ihn an die Tür und schlang sein Bein um Davids.

Davids Hände fanden Christies Rücken und schlüpften unter den Bund seiner Jeans. Sie saß locker, als hätte er sie bereits aufgeknöpft. Seine Handflächen wanderten unter den elastischen Bund der Boxershorts und strichen über die blanke Haut von Christies Flanken. Sein Hintern war klein und rund. Davids Finger glitten weiter nach unten, bis er die behaarten Muskeln von Christies Oberschenkeln spüren konnte, diese wunderbare Kurve, wo Beine und Hintern zusammentrafen. Er streichelte diese Kurve.

Mit Christies Zunge in seinem Mund, ihren Erektionen, die aneinanderrieben, und seinen Händen an Christies Hintern war es fast perfekt. Es war fast genug. Aber Davids Jeans engten ihn ein und sein hartes Fleisch presste sich schmerzhaft an den Reißverschluss, während Christie gegen ihn stieß.

Er drückte sich von der Tür ab. „Schlafzimmer", murmelte er an Christies Mund. Er drängte sie zurück, auch wenn seine Hände etwas anderes im Sinn hatten. Er schob Christies Hose und Unterhose herunter. Sie schafften es bis in den Flur, als er Christies nackte Oberschenkel und seine befreite Erektion spürte. Er konnte nicht widerstehen und legte die Hand darum, um zu *fühlen* und, lieber Gott, der Schaft war heiß und hart in seiner Hand. Seine Fingerspitzen trafen auf den weichen, glatten Hodensack darunter und *oh*.

Seine Knie drohten nachzugeben. Er wollte niedersinken, wo sie gerade waren und sehen, riechen, *schmecken*. Aber Christie hatte anderes im Sinn. Seine Hose hing an seinen Oberschenkeln, deshalb schlurfte er hinreißend. Es sah irgendwie lustig aus, aber wie der Saum von Christies Hemd seine Erektion immer wieder aufblitzen ließ, war ebenso sexy, als hätte er alles gezeigt.

Christies Schwanz war recht groß, genauso groß, wie er auf dem Foto mit der blauen Pyjamahose ausgesehen hatte. Vielleicht wirkte er aber auch nur so, weil Christies Hüften so schmal waren. Er war rot und voll erigiert. Der runde, purpurfarbene Kopf lugte unter dem Saum von Christies Hemd hervor und David konnte den Blick nicht davon abwenden.

Als sie das Bett erreichten, ließ Christie Davids Hände los, um seine Hose ganz abzustreifen, seine Socken auszuziehen und sein Hemd über den Kopf zu ziehen. David schaute der Enthüllung zu und hoffte, dass er nicht begann zu hyperventilieren.

Christie begehrte ihn tatsächlich. Seine Augen waren dunkelblau und seine Pupillen riesig. Seine helle Haut war an den Wangen und der Brust gerötet. Und er sah *so hart* aus. Seine Spitze war feucht und glitzerte vor Lusttropfen.

„Darf ich dich ausziehen?", fragte Christie mit tieferer Stimme als sonst.

Erst da erinnerte David sich, dass er sich auch ausziehen sollte. Leicht benommen griff er mit zitternden Fingern zu den Knöpfen seines Hemdes, aber Christie schob seine Hände vorsichtig weg. Er öffnete Davids blaues Hemd und widerstand, als David sich für einen Kuss zu ihm lehnte, als wollte er sagen: *Noch nicht. Ich will nicht noch einmal aufhören müssen.*

Christie schob ihm das Hemd von den Schultern und drückte die Muskeln dort, dann wanderten seine Hände zu Davids Taille, reizten die dunklen Haare unter seinem Nabel mit den Daumen, öffneten seinen Gürtel und glitten mit kalten Fingern unter den Bund, um den Knopf zu lösen.

Zum zweiten Mal spürte David, wie seine Knie weich wurden. Er schloss die Augen und versuchte, seine Fassung wieder zu gewinnen. Er fühlte sich, als würde er gleichzeitig brennen und vor Kälte zittern. Das war lächerlich. Er war kein Teenager, aber alles fühlte sich so anders an, so neu und überwältigend. Er hatte es schon so lange so sehr gewollt, viel länger, als er sich selbst eingestanden hatte. Er hätte nie erwartet, dass es jemals passieren würde, und sicherlich nicht mit einem Mann, der so wunderschön war wie Christie. Nicht mit einem Mann, den er liebte.

Er spürte, wie Christie den Reißverschluss seiner Hose öffnete und sie herunterzog, dabei strichen seine Künstlerhände über Davids Hüftknochen. Etwas Warmes und Feuchtes berührte seinen Schwanz. Seine Augen flogen auf und fanden Christie auf den Knien vor. Er küsste Davids Spitze und ließ sie feucht an seiner Wange entlang gleiten. Christie schaute zu ihm auf und in seinen blauen Augen glitzerte es gefährlich.

„Okay?", fragte Christie und leckte kurz an der Spitze von Davids Schwanz.

„Oh guter Gott." David beugte sich vor und langte nach dem Nachtschränkchen, bevor er vorn überkippte. „Ja. Ja. Ich – lass mich bitte hinsetzen."

Er entledigte sich rasend schnell seiner Hose und seiner Schuhe und ließ sich auf die Bettkante fallen. Denn, großer Gott, wenn Christie *das* tun wollte.

Er stützte seine Hände hinter sich ab, während Christie spielerisch auf den Knien zu ihm rutschte. Davids Oberschenkel fielen auseinander und Christie drängte sich dazwischen, mit blanker Brust und pink leuchtender Haut.

David atmete schwer durch die Nase und krallte sich mit den Fingern in die Bettdecke. „Du musst das nicht tun", flüsterte er, als Christie seinen Schwanz am Ansatz packte und zu seinem Mund richtete.

„Oh, es gibt *nichts*, was ich lieber tun möchte", sagte Christie frech. Dann bewies er, dass es ihm ernst war.

Das Wort „Anbeten" kam David in den Sinn, zusammen mit „perfekt", „unglaublich" und „Oh Himmel". Christie leckte aufreizend an Davids Schaft, dann rollte er dessen Eier in einer Hand und saugte daran. David hatte nicht einmal gewagt, sich *das* vorzustellen. Es kitzelte und sandte gleichzeitig einen elektrischen Impuls durch seinen Schwanz, der ihn noch härter machte, wie ein Kordelzug. Christie fuhr mit der Zungenspitze unter den Kopf und saugte an der Spitze wie an einem Lutscher. Dabei sah er die ganze Zeit aus, als genoss er ein köstliches Mahl und wäre ganz in seiner sinnlichen Kunst vertieft. Ab und zu schaute er auf in Davids Augen, dabei war sein Blick glasig, als wäre er in einer anderen Welt.

Aber als er David bis zum Anschlag aufnahm und begann, rhythmisch an ihm zu saugen, konnte David nicht mehr hinsehen und er ließ sich laut stöhnend zurückfallen. *Eine Minute. Ich lasse ihn noch eine Minute weitermachen.* Er wollte noch nicht kommen. *Jetzt? Jemals?* Aber es fühlte sich so verdammt gut an. Es war das Beste, was er je in seinem Leben gespürt hatte, das Reiben neckte ihn und reichte dennoch aus, um ihn schnell an den Rand zu bringen. Christies Saugen und Ziehen brachte ihn weiter und weiter, bis er glaubte, im Nichts gelandet zu sein. Sein Körper reagierte, als wäre er zwanzig, sein Schwanz zuckte und pulsierte. Er spürte, wie er einen Lusttropfen in Christies Mund ergoss.

Christie stöhnte, als gefiele ihm der Geschmack. Er rieb mit seiner breiten, flachen Zunge an der Unterseite von Davids Schwanz auf und ab. Die glatte und gleichzeitig raue Oberfläche brachte ihn innerhalb von Sekunden an den Rand einer Explosion.

„Stopp!" Er setzte sich auf und schob Christie weg.

Christie schaute mit einem Grinsen auf. „Zu viel?"

David nickte. „Noch nicht. Ich – komm her."

Er packte Christies Arme und zog ihn nach oben aufs Bett, dabei rutschte er selbst zurück, bis Christie ganz auf ihm lag. Sie küssten sich tief und er streichelte mit den Händen an Christies Körper auf und ab, von seinen Schulterblättern zu seinen Oberschenkeln und überall sonst, wohin er reichen konnte. Christie hielt sich nicht zurück und sanftes Stöhnen vibrierte in seiner Kehle. Bald rollte David sie beide herum, damit er oben war. Er bedeckte Christies Körper und verschränkte ihre Hände, dann zog er Christies Arme über seinen Kopf.

Er hielt inne, um in Christies Augen zu schauen.

Sein Geliebter. Er fühlte zu viel. Seine Brust war so eng, dass er fast befürchtete, einen Herzinfarkt zu bekommen.

Christie schaute zu ihm auf, legte seinen Unterschenkel auf Davids Bein und hob die Hüften ein wenig. „Willst du mich ficken?", fragte er und sah dabei fast schüchtern aus.

Ja. Nein. Oh Gott, und wie David das wollte. Er wollte alles. Er nickte, unfähig, es laut auszusprechen.

„Ich will es auch. Ich habe darüber nachgedacht. Fantasiert. Lass mich kurz hoch."

David rollte sich von Christie herunter, sodass dieser das Nachtschränkchen erreichen konnte. Er holte eine Flasche Gleitgel und ein Kondom hervor. David schluckte, dann nahm er das Kondom und zog es über, dabei zitterten seine Hände.

„Wir müssen mich zuerst weiten. Ich wette, das hat in deinen Pornos keiner gemacht."

David schüttelte den Kopf, der etwas klarer wurde, als ihr Körperkontakt unterbrochen wurde, auch wenn seine Erektion immer noch pulsierte und schmerzhaft hart war.

Christie öffnete das Gleitgel. „Gib mir deine Hand."

David hielt seine Handfläche hin und Christie tropfte etwas darauf und zusätzlich eine Linie auf seinen Mittelfinger. „Fang mit einem an. Es ist eine Weile her, dass ich passiv war." Er legte sich auf den Rücken und spreizte die Beine.

Dieser Anblick erinnerte David an das Foto, das Christie ihm geschickt hatte. Er musste einen Moment lang die Augen schließen, um die Lust, die ihn durchschoss, zu kontrollieren, damit er nicht kam, bevor er überhaupt eingedrungen war. Er atmete aus, öffnete die Augen und sah, dass Christie ein Bein hochgezogen und dabei eine pinkfarbene Öffnung entblößt hatte. David streckte die Hand aus, berührte sie leicht und ließ Gleitgel darüber tropfen.

Christie holte zischend Luft, dann zog er sein Bein höher und drehte die Hüften. Fühlte sich das wirklich gut an? Anscheinend schon. Während

David rieb und dann langsam eindrang, wurden Christies Atemzüge gepresster und seine Erektion noch röter. Eine klare Flüssigkeit drang aus der Spitze und sammelte sich auf seinem Bauch. Christies Blick war fest auf Davids Gesicht gerichtet, so offen und verletzlich. Wenn er so vertrauensvoll sein konnte, dann konnte David es auch. Er erwiderte den Blick und schaute nur lange genug weg, um einen zweiten Finger hinzuzunehmen und fasziniert zu beobachten, wie Christies enger Körper ihn akzeptierte und aufnahm. Er spürte, wie die Muskeln sich entspannten und jedes Mal ein wenig mehr nachgaben, während er mit den Fingern eindrang und sie wieder zurückzog. Es war genau, wie Christie gesagt hatte. David öffnete ihn. Aber in David wurde ebenfalls etwas geöffnet, direkt unter seinem Herzen, vielleicht dort, wo seine Tagträume lebten.

„Ich will dich jetzt", sagte Christie entschlossen. Er zog an Davids Arm, damit dieser seine Finger zurückzog.

Ja, verdammt. Er wollte in Christie sein. Es fühlte sich an, als wäre er schon immer in Christie gewesen und hätte es bloß nicht erkannt. Er beugte sich über Christie und stützte sich mit den Armen ab. Christie schlang die Beine um Davids Hüften und führte David mit der Hand an die richtige Stelle. Dann übernahm Davids Instinkt und er drang ein, er *brach durch.*

Es war eng und heiß, schlüpfrig und weich, alles zugleich. Es gab Reibung und Widerstand, während Christies Öffnung fest den Ansatz von Davids Schwanz drückte. Aber Christie drängte ihn mit den Fersen weiter und David drang vollkommen ein, bis es nicht mehr tiefer ging. Er änderte seine Position, um stabiler zu sein, und genoss das Gefühl von Christies glatten Eiern an seinen Beckenknochen. Er liebte es. Er musste einen Moment innehalten, damit es nicht zu schnell vorbei war. Er stürzte auf Christies Brust, vergrub das Gesicht an dessen Hals, holte tief Luft und saugte an der Haut dort.

Christie streichelte einen Moment lang seinen Rücken, aber schon bald wand er sich und drängte mit seinen Hüften nach oben. „Bitte David. Ich brauche dich."

„Ich bin hier." Er stemmte sich wieder hoch und begann, sich zu bewegen. Zuerst nur mit den Hüften, aber schon bald liebte er Christie mit seinem gesamten Körper. Er stützte sich auf einen Ellenbogen, um mit der anderen Hand über Christies Seite und seine Brust zu streicheln und einen Nippel zu bearbeiten. Er stieß so hart und tief zu, dass Christie sich mit einer Hand am Kopfteil abstützen musste.

Perfekt, sexy, wunderschön.

Wie war es möglich, dass David sich noch nie so männlich gefühlt hatte wie in diesem Moment, wo er mit einem anderen Mann schlief? Er liebte den festen Griff von Christies Körper, wie er dessen Hoden bei jedem Stoß spüren konnte, dessen harte Länge, die bei jeder Bewegung auf Christies Bauch hüpfte, die tiefen, maskulinen Schreie, die aus Christies Mund drangen.

Ich liebe Christie. Basta.

Er war dicht, so dicht davor. Er bewegte seine Hand zwischen sie und packte Christies Erektion. Der Winkel war ungünstig, aber seine Hüften machten die meiste Arbeit und bewegten Christie in seiner Faust auf und ab. Christie neigte die Hüften ein wenig mehr. „Da! Genau da! Oh Gott, hör nicht auf! Hör nicht auf!"

David hörte nicht auf. Er bewegte sich schneller und drückte Christies Schwanz ein wenig fester. Christie stöhnte mehrmals auf, dann erstarrte er, sein gesamter Körper versteifte sich und seine Augen rollten nach oben. Sein Samen schoss in dicken Strömen hervor, dabei traf er sein Kinn und sein Schlüsselbein. David stöhnte und kam ebenfalls, dabei suchte er Halt, als Christies Körper zupackte und ihn fast hinaus zwang.

Als er sich schließlich zur Seite rollte, lachte er, ein purer, erfreuter Laut. „Was ist so lustig?", fragte Christie benommen.

„Das war unglaublich." David entfernte das Kondom und legte es neben das Bett.

„Ja, nicht wahr?", kicherte Christie.

„Dein Körper ist umwerfend. Ich habe noch nie … Es war so eng, dass du mich gegen Ende fast rausgedrückt hättest."

„Kontraktionen. Oh Gott, ich bin so heftig gekommen." Christie drehte sich zu ihm und stützte das Kinn auf Davids Brust. „Okay?"

David wusste zuerst nicht, was er meinte, doch dann erkannte er, dass Christie vom Kuscheln sprach. David legte den Arm um ihn und zog ihn an sich. „Immer."

David hielt Christie fest, während dieser schlummerte. Er konnte nicht aufhören, ihn anzusehen – seine Wimpern, sein Kinn, an dem Stoppeln zu sehen waren, der maskuline Körper, sein Schwanz, der schlaff, aber dennoch verlockend auf seinem Oberschenkel lag. David bereute nichts. Es gab kein Hinterfragen, keine Schuldgefühle. Zum ersten Mal in seinem Leben hatte er sich etwas genommen, was er für sich allein wollte.

Eines Tages vielleicht, in den kommenden Wochen, Monaten oder Jahren, wenn Christie nicht mehr Teil seines Lebens war, wenn die Erinnerung an dieses Gefühl verblasste, würden die Selbstvorwürfe kommen. Aber hier und jetzt, mit Christie, war es wie im hellen Sonnenlicht. Und wenn man in der Sonne war, konnte man sich nur schwer vorstellen, dass die Dunkelheit existierte.

16

AN EINEM Mittwochmorgen Mitte Dezember kam Pastor Mitchell vorbei und brachte einen Gugelhupf mit, den seine Frau gebacken hatte. „Eine kleine Freude zu Weihnachten", sagte er, als er ihn überreichte.

David flickte gerade vor der Scheune ein Abflussrohr. Er legte die Werkzeuge hin und nahm den Kuchen an. „Danke, Herr Pastor." Er wollte sich nicht lange mit dem Mann aufhalten. Er wusste, dass ihn ein Tadel erwartete, weil er den Gottesdienst so oft verpasst hatte. Aber Pastor Mitchell hatte Susan oft besucht, als sie krank war, daher wollte David nicht unhöflich sein. „Möchten Sie eine Tasse Kaffee?"

„Das wäre sehr schön, vielen Dank."

Sie gingen ins Haus. In der Küche stand am Fenster ein kleiner Weihnachtsbaum. Christie hatte David vor ein paar Tagen geholfen, ihn aufzustellen. In der Küche der Farm verbrachten sie die meisten Abende und Christie freute sich darauf, dieses Jahr Weihnachten zu feiern. Er hatte über die Kisten mit altem Weihnachtsschmuck gestaunt, von dem vieles noch aus der Zeit stammte, als David ein Kind war.

David schaute den Baum kurz an, der ihn stark an Christie erinnerte, dann machte er Instantkaffee. Je schneller er fertig war, desto eher war der Pfarrer wieder verschwunden. Er brachte zwei Tassen zum Tisch.

„Du bist bereit, die Geburt des Herrn zu feiern, wie ich sehe", sagte Pastor Mitchell, als er die Tasse annahm. Er war seit mindestens zwanzig Jahren der Pfarrer der mennonitischen Kirche in der Gegend. Er war Mitte sechzig und hatte selbst eine große Familie. Er war gutherzig, aber auch engstirnig. David bewunderte ihn, aber er mochte ihn nicht besonders.

„Mehr oder weniger. Ich will keine große Sache daraus machen, da die Kinder aus dem Haus sind."

Pastor Mitchell nickte. „Also ich hoffe, dass du in den nächsten Wochen in die Kirche kommst. Die Gottesdienste in der Weihnachtszeit darf man nicht verpassen."

Er wartete auf eine Antwort. David musste sich entscheiden, ob er dem Thema einfach auswich oder ehrlich war. Aber Pastor Mitchell war den ganzen Weg hergefahren, er verdiente etwas Besseres, als angelogen zu werden. Und plötzlich stellte David fest, dass er darüber reden wollte. „Ich weiß nicht, wann ich wieder zurückkommen werde. Ich habe in letzter Zeit ein paar Probleme mit den Lehren der Kirche."

Pastor Mitchells Gesichtsausdruck wurde ernst. „Es tut mir leid, das zu hören, David. Willst du mit mir darüber sprechen?"

David fummelte an der Armlehne seines Stuhls. Vielleicht hätte er nachdenken sollen, wie er sich ausdrücken sollte, bevor er diese Diskussion begonnen hatte, aber nun war es zu spät. Er atmete seufzend aus. „Ich hatte schon immer Probleme mit bestimmten Themen, aber für die Kinder und Susan bin ich dennoch zur Kirche gegangen. Doch nun sind diese Zweifel in meinem Kopf vorherrschend."

„Woran zweifelst du, David? Glaubst du an Gott?"

„Ja, aber ich glaube nicht, dass Gott ganze Bevölkerungsgruppen ablehnt, weil sie ... weil sie Buddhisten oder Moslems sind oder ... oder homosexuell." Seine Ausgaben von *Nat Geo* hatten ihn in viele Länder entführt und ihm viele Religionen nähergebracht. Es hatte ihn immer gestört, dass die mennonitische Kirche einfach so Milliarden von Menschen ablehnte, weil sie keine wiedergeborenen Christen waren. Es fiel ihm schwer zu glauben, dass ein allwissender Gott in seiner Barmherzigkeit und Gefälligkeit so eingeschränkt sein sollte.

Pastor Mitchell blinzelte, als hätte ihn Davids Antwort überrascht, aber er nickte anerkennend. „Wie Gott ein Individuum beurteilt, liegt an Gott allein, sobald es vor ihn tritt. Das steht uns nicht zu."

„Das ist nicht das, was ich von der Kanzel zu hören bekomme."

Pastor Mitchell hob die Hand. „*Aber* das befreit uns nicht davon, so genau nach den Schriften zu leben, wie es uns möglich ist. Es ist meine Aufgabe, den Menschen dabei zu helfen zu verstehen, was in den Schriften steht. Und nach den Schriften können diejenigen, die Jesus Christus nicht annehmen, nicht in den Himmel kommen. Und Sodomie ... Sodomie ist eine Sünde, David."

David schloss die Augen und Ärger brannte in seiner Kehle. Ja, das würde ihn nur provozieren, und das konnte er heute nicht gebrauchen. Er sollte dem Pastor einfach für seinen Besuch danken und ihn zur Tür geleiten.

„Sag mir, was dich bedrückt, David", drängte Pastor Mitchell mit freundlicher Stimme.

Vielleicht lag es an seiner Wut, aber David fand die richtigen Worte. „Ich habe zwei Kinder und viele Tiere aufgezogen, und wenn ich eines dabei gelernt habe, dann ist es, dass jedes Geschöpf mit seiner eigenen Persönlichkeit geboren wird. Man kann ihnen eine Richtung vorgeben, sie durch Wiederholung, Belohnung oder Bestrafung erziehen, aber man kann ihr innerstes Wesen nicht ändern."

Pastor Mitchell lehnte sich vor, sein Blick war intensiv. „Die Sünde mag durch Evas Erbsünde ein Teil unseres innersten Wesens sein, aber wir haben einen freien Willen. Wir können Gott wählen."

David schüttelte den Kopf. „Wen wir begehren, ist ein Teil unseres innersten Wesens. Wieso sollte Gott erlauben, dass eine Person mit einem Wesen geboren wird, das sie ihr ganzes Leben lang bekämpfen oder verleugnen muss?"

Pastor Mitchell runzelte die Stirn. „Ich weiß nicht, ob Homosexualität von Geburt an in einem Mann vorhanden ist, aber selbst wenn dem so ist, kann ein aufrechter Mann sich entscheiden, sie nicht auszuleben. Ein Mensch mag mit einer Neigung zum Alkohol oder Glücksspiel geboren werden, aber es ist möglich, dagegen anzukämpfen, mit Gottes Hilfe."

„Es ist nicht dasselbe, wie Trinken und Spielen!" David wurde wütend. „Ich kann nicht glauben, dass Gott will, dass wir ohne Liebe durchs Leben gehen. Unsere Kirche erlaubt selbst Pfarrern, zu heiraten und eine Familie zu haben. Und *Sie* sollten ihm Ihr gesamtes Leben widmen." Davids Puls schlug in seinem Hals. Er hatte noch nie zuvor mit jemandem aus der Kirche gestritten, aber er konnte sich nicht zurückhalten. Er ballte die Hände auf seinen Oberschenkeln zu Fäusten.

Pastor Mitchell sah nachdenklich aus. Er schaute einen Moment aus dem Fenster und schien tief in Gedanken versunken zu sein. „David, ist es wegen deines Nachbarn? Dem, der homosexuell ist? Joe hat mir erzählt, dass du gemeinsam mit diesem Mann isst."

„Joe hat Ihnen das erzählt?" David war schockiert und mehr als ein wenig verärgert.

Pastor Mitchell hob beschwichtigend die Hände. „Er kam am letzten Sonntag zum Gottesdienst und ich habe nach dir gefragt. Ich habe mir Sorgen um dich gemacht, da du nicht mehr in die Kirche kommst. Joe hat mir anvertraut, dass er ebenfalls um dich besorgt ist. Er hat diesen Nachbarn erwähnt, das ist alles."

David schürzte die Lippen. Es stand Joe nicht zu, mit Pastor Mitchell über ihn zu sprechen. „Jesus hat sich mit Steuereintreibern und Prostituierten angefreundet. Er sagte: 'Der unter euch, der ohne Sünde ist, werfe den ersten Stein.' Mir war nicht bewusst, dass wir nur mit anderen Christen sprechen dürfen."

„Nicht im Geringsten! Wir müssen das Licht in der Welt sein. Aber er sagte auch zu Maria Magdalena: *Gehe hin und sündige hinfort nicht mehr.* David." Pastor Mitchell sah ihn mitleidig an. „Ich glaube nicht, dass wir Homosexuelle verdammen sollten, aber sie müssen ihren Sünden abschwören und Buße tun. Wenn sie ihren Lebensstil fortführen, dann ist ihre Gesellschaft problematisch."

„Mit 'sündige nicht mehr' meinen Sie, dass sie den Rest ihres Lebens im Zölibat leben oder sich dazu zwingen sollen, eine fleischliche Beziehung mit einer Frau einzugehen, die sie nicht begehren."

Pastor Mitchell seufzte. „Gott gibt jedem Einzelnen Hürden, die er überwinden muss. Wenn man es schafft, ist man gesegnet und findet Frieden. Ja, das ist es, was ich glaube."

Wie Pastor Mitchell es darstellte, machte es Sinn, aber David wusste aus vielen schmerzhaften Jahren, dass dem nicht so war. Er konnte die Wahrheit nun tief in sich spüren, so aufrecht wie sein Rückgrat. Er war in all diesen Jahren, in denen er ein sogenanntes rechtschaffenes Leben gelebt hatte, kaum lebendig gewesen. Er hatte keinen Frieden gefunden, sondern war selbstmordgefährdet gewesen.

„Gut. Danke, dass Sie vorbeigekommen sind", sagte David. Es war sinnlos, weiter zu diskutieren.

Aber Pastor Mitchell stand nicht auf. Er seufzte und schüttelte den Kopf. „Du wärst nicht der Erste, der sich wegen dieses Themas von uns abwendet, David. Homosexualität. Gleichgeschlechtliche Ehe. Manchmal habe ich das Gefühl, als zerreißt das unser Land und unsere Kirche." Er beäugte David tief besorgt. „Darf ich fragen, ob es ein rein theologisches Problem für dich ist, Sohn? Oder ein persönliches? Betest du mit mir gemeinsam darüber?"

David wusste, was der Pastor damit fragen wollte, aber er würde ihm keine Antwort geben. Stattdessen stand er auf. „Sie können für mich beten, Pastor, aber ich muss mich wieder an die Arbeit machen."

Pastor Mitchell verstand den Wink mit dem Zaunpfahl, aber als sie an der Tür waren, drehte er sich mit ernstem Gesichtsausdruck um. „David, ich kenne deine Familie seit vielen Jahren und ich weiß, dass die Fishers schon lange bevor ich hier herkam Grundpfeiler unserer Gemeinde waren. Du musst wissen, dass du ein Vorbild bist – für deine Kinder, auch wenn sie nun erwachsen sind, und für unsere Gemeinschaft. Womit du auch immer zu kämpfen hast, du brauchst die Kirche mehr denn je. Bitte komm zum Gottesdienst. Und denke darüber nach, dich von mir beraten zu lassen. Ich möchte helfen. Ich kann ein andermal wiederkommen, wenn es weniger ungelegen ist."

„Ich werde darüber nachdenken", lenkte David ein. Er streckte die Hand aus und der Pastor schüttelte sie.

„Gott sei mit dir, Bruder."

In den folgenden Wochen verbrachte Christie mehr und mehr Zeit mit David. Sie hatten sich schon vorher zueinander hingezogen gefühlt, aber das war nichts im Vergleich zu der magnetischen Anziehung zwischen ihnen, seit sie

Geliebte geworden waren. Das Wort „gierig" kam Christie in den Sinn. Der entschlossene Christie. Der *gierige* Christie. Er gierte nach jedem Moment, den er mit David verbringen konnte und wenn er nicht etwas Zeit abzwackte, damit sie zusammen sein konnten, dann war es David.

Sie liefen an drei Morgen pro Woche zusammen. An den anderen ging Christie gleich früh zur Farm und verbrachte eine Stunde mit Arbeit, bevor er sich an seinen Schreibtisch setzte. Im Laufe des Tages schrieben sie sich Nachrichten, aßen jeden Abend zusammen und David verbrachte die meisten Nächte bei Christie. Er ging zurück zur Farm, nachdem er Christie mit dem Abwasch geholfen hatte, erledigte seine allabendlichen Aufgaben, dann kam er zurück, um die Nacht bei Christie zu sein.

Christie hatte Tante Ruths kleines Schlafzimmer immer gemocht. Kurz nachdem er angekommen war, hatte er ein Vermögen für eine nachtblaue Tagesdecke mit cremefarbenen Säumen, cremefarbene Kissen und weiche, blaue Laken ausgegeben. Aber jetzt, da David die Nächte in seinem Bett verbrachte, fühlte es sich wie sein eigenes Zimmer an, wie eine kleine Oase, die er für sie beide geschaffen hatte.

Christie versuchte, die Freuden der jungen Liebe zu genießen, ohne sich über die Zukunft Gedanken zu machen, und er merkte, dass David es ebenso hielt. Sie sprachen nicht darüber. Alles war zu neu und zu zerbrechlich, wie eine wunderschöne Seifenblase. Vielleicht lag es daran, dass sie zuerst Freunde gewesen waren, die jetzt miteinander intim waren, und Christie David berühren durfte, ihn küssen und mit ihm ins Bett gehen durfte, dass seine Gefühle schon so groß waren.

David war anders als jeder andere, den Christie jemals getroffen hatte. Die meisten Männer in Christies Alter waren so ichbezogen. David war das genaue Gegenteil. Er war ehrbar, familienbezogen, heimbezogen. Er war bescheiden – fast schon zu bescheiden. Und er war neugierig und beeindruckt von der Welt. Aber das Beste von allem war, dass er jedes Mal, wenn er Christie berührte, erstaunt schien, dass er es konnte, als könne er nicht glauben, dass Christie real war. Er berührte Christie, als ob er ihn liebte.

Aber sie sprachen die Worte nicht aus. Sie waren erst eine Woche zusammen, als David die bevorstehenden Feiertage ansprach. Sie lagen zusammen in Christies Bett und beobachteten den fallenden Schnee durchs Fenster.

„Amy und Joe kommen zu Weihnachten nach Hause und meine Mom und Tante Gladys reisen aus Florida an." Sein Blick war fest auf den Schnee gerichtet, aber seine Augenbrauen waren zusammengezogen, als wäre er nicht sicher, wie Christie die Neuigkeiten aufnehmen würde.

Christie war nicht überrascht, aber es fühlte sich dennoch unschön an. Doch er musste es praktisch sehen. Er war nie und nimmer bereit, die Erfahrung von Thanksgiving zu wiederholen. „Das ist bestimmt schön für dich. Ich habe darüber nachgedacht, eine Woche nach New York zu fahren. Kyle und Billy haben mich eingeladen, bei ihnen zu wohnen."

„Du könntest all deine alten Freunde besuchen. Du vermisst die Stadt bestimmt sehr." David drehte sich zu Christie. Es lagen Zweifel in seiner Stimme, als machte er sich Sorgen, dass es Christie so gut gefiel, dass er nicht zurückkam.

„Ja, aber ich werde zurückkommen." Christie spielte mit Davids dichtem Haar. Er liebte es, mit dem Daumen über die grauen Schläfen zu reiben. Sie waren dicker und rauer, wie richtige Silberfäden.

Die Vorstellung, an Weihnachten von David getrennt zu sein, war beschissen, aber sie waren erst so kurze Zeit zusammen. Es war zu früh, um zu erwarten, dass David sich vor seiner gesamten Familie outete. Diese Schlacht würden sie später schlagen, eventuell, aber noch nicht jetzt. Wenn sie im neuen Jahr immer noch fest zusammen waren, konnten sie es seinen Kindern vielleicht im Frühling erzählen.

„Ich denke, das ist wohl das Beste", gab David zögernd zu. „Aber ich werde dich vermissen. Ohne dich macht Weihnachten keinen Spaß."

„Ich werde dich auch vermissen. Aber wir können uns Nachrichten schreiben."

David lächelte verschmitzt. „Genau. Darin bist du ziemlich gut. Aber warn mich vor, wenn du mir Nacktfotos schicken willst, damit ich sie nicht am Weihnachtstisch öffne."

Und damit waren ihre Pläne für Weihnachten beschlossen.

Eines Abends Mitte Dezember, sie aßen gerade Wels auf Cajun-Art mit Krautsalat und Hushpuppies, meinte David: „Ich habe mich gefragt, ob es dir etwas ausmachen würde, heute bei mir zu übernachten?"

Es war das erste Mal, dass er das vorgeschlagen hatte und Christie war überrascht. „Kein Problem. Was ist los?"

„Buella ist bald so weit. Ich denke, heute Nacht könnte es passieren, deshalb hätte ich gern ein Auge auf sie. Außerdem weiß ich, dass du es gern sehen wolltest. Es ist möglich, dass sie mitten in der Nacht kalbt."

„Auf jeden Fall. Das will ich nicht verpassen."

David lächelte ihn nachsichtig an. „Dann muss ich wohl dafür sorgen, dass das nicht passiert."

Nach dem Abendessen half er Christie, den Tisch abzuräumen, dann setzte er sich auf seinen Stuhl und zog Christie auf seinen Schoß, um zu kuscheln. Das tat er öfter ohne Grund, einfach nur, weil er es konnte.

Christie genoss den Kontakt und atmete in Davids Nacken. Wie üblich, wenn sie sich berührten, durchschossen ihn alle möglichen lächerlichen, warmen und kuscheligen Gefühle. Das machte süchtig. „Warst du mit Susan auch so liebevoll?" Er wusste, dass er das nicht fragen sollte, aber er musste es wissen.

David schüttelte den Kopf. „Nach Amys Geburt war unsere Beziehung eher zweckmäßig."

„War es am Anfang so mit ihr?"

David zögerte. „Nein, so war es nie." Er rieb sein Kinn an Christies Haar. „Wir haben uns in der Kirche kennengelernt. Ich habe dir doch erzählt, dass ich mit achtzehn die Farm meines Dads geerbt habe. Es war eine große Verantwortung. Meine Mom hat mich ermutigt, ein nettes Mädchen zu finden und zu heiraten. In diesem Alter wollte ich unbedingt erwachsen sein, ein Mann sein. Ich wollte alles richtig machen. Und sie war ein nettes Mädchen. Hübsch. Und ich … ich schätze, ich bin vor dem weggelaufen, was ich wirklich wollte."

„Hast du sie geliebt?"

„Ja. Nicht auf diese Art, es war anders. Sie war eine gute Frau. Sie hatte etwas Besseres verdient als mich. Aber ich denke, sie war zufrieden mit dem Haus und den Kindern, ihren Freunden in der Kirche, ihrer Frauengruppe und ihrer Handarbeit."

Christie konnte sich nicht vorstellen, mehr als zwanzig Jahre mit einer Ehefrau zu leben. „Denkst du, du bist bisexuell?", fragte er und streichelte Davids Nacken. „Ich meine, hat es dir gefallen, wenn du Sex mit ihr hattest?"

Davids Hand hielt auf Christies Rücken inne und er erstarrte. Christie wusste, dass es David schwerfiel, etwas Schlechtes über ein Familienmitglied zu sagen. Wahrscheinlich wollte er nicht respektlos seiner verstorbenen Frau gegenüber sein.

„Ist schon in Ordnung. Du musst nicht –"

„Ich bin nicht auf diese Art an Frauen interessiert. Wenn ich ehrlich bin, war es mehr eine Verpflichtung als alles andere. Der Sex. Ich musste währenddessen an andere Dinge denken."

„Schließ die Augen und denk an England?"

David lachte prustend und entspannte sich ein wenig. „Vielleicht an Engländer." Er schüttelte den Kopf. „Ich schäme mich, das zuzugeben. Es klingt so kaltherzig und unfair ihr gegenüber."

Aber das Thema hatte Davids gute Laune zerstört. Er schob Christie von sich und sie kümmerten sich um das Geschirr. Später packte Christie ein paar

Sachen zum Übernachten und sie gingen über die dunkle, winterliche Straße zu Davids Farm.

Christie putzte in Davids Bad seine Zähne und zog das übergroße T-Shirt an, in dem er in den Wintermonaten gern schlief. Es fühlte sich komisch an, als er Davids Schlafzimmer betrat. Es war ein großer Raum, der deutlich Susans Handschrift trug. Die Wände waren in einem hellen Mintgrün gestrichen, auf der Tagesdecke waren große Rosen abgebildet und die passenden Kissen hatten Spitzenränder. David stand am Fenster und fuhr mit den Händen durch sein Haar. Anscheinend war die Situation für ihn auch unangenehm.

Er deutete auf ein Funkgerät auf dem Nachttisch. „Ich habe ein Babyfon in der Scheune aufgestellt, aber wahrscheinlich macht sie sich nicht großartig bemerkbar. Ich stelle den Alarm auf meinem Telefon, damit ich in der Nacht alle paar Stunden nach ihr sehen kann. Tut mir leid, wenn dich das stört.“

„Nie im Leben, ich bin sehr aufgeregt! Ich hoffe nur, dass wir es nicht verpassen.“

Sie stiegen in Davids Bett. Christie wusste, dass die Laken viele Male gewaschen worden sein mussten, seit Susan gestorben war, aber dennoch spürte er ihre Gegenwart, und das ließ ihn in mehr als einer Hinsicht schrumpfen. David lehnte sich zu Christie und gab ihm mit geschlossenem Mund einen Kuss, dann zog er sich wieder zurück. Anscheinend empfand er ebenso. „Gute Nacht, Christie.“

Es wäre die erste Nacht, seit sie zusammengekommen waren, dass sie sich nicht liebten. Christie war ein wenig traurig darüber, auch wenn er den Grund verstehen konnte. „Gute Nacht, David.“

David legte die Hand an Christies Wange und schaute ihm entschuldigend in die Augen.

„Es ist in Ordnung“, sagte Christie. „Es wird leichter werden.“

David nickte. „Gute Nacht.“

CHRISTIE SCHLIEF gut, auch wenn das Bett weicher war, als er gewohnt war, und an einem fremden Ort. Er merkte nicht, wenn David aufstand und in die Scheune ging, um nach Buella zu sehen. Als er aufwachte, durchflutete Licht das Zimmer und sein Telefon sagte, dass es fast acht Uhr war.

Er stand auf, putzte sich die Zähne, wusch Gesicht und Hände, zog sich an und ging auf der Suche nach David nach unten. Als er die Küche betrat, kam David gerade durch die Hintertür herein. Er sah müde aus. Der arme Kerl war wahrscheinlich die ganze Nacht über immer wieder aufgestanden.

„Ich habe es verpasst, nicht wahr?“, fragte Christie.

„Nein, es hat gerade angefangen. Du hast noch etwas Zeit, wenn du zuerst einen Kaffee trinken willst."

Auf der Anrichte stand eine volle Kaffeekanne, also goss Christie sich eine Tasse ein. „Ich will es sehen. Das Warten gehört doch irgendwie dazu."

David lächelte sanft. „In Ordnung." Er goss sich selbst eine weitere Tasse ein, dann zogen sie ihre Mäntel an und nahmen ihre Tassen mit in die Scheune.

17

DAVID HATTE schon so viele Geburten auf der Farm erlebt, dass es für ihn eigentlich ein alter Hut sein sollte. Und dennoch war es immer etwas Besonderes, wenn ein neues Wesen aus der Gebärmutter erschien, oder auch aus einem Ei. Es erzeugte jedes Mal Neugier, Erstaunen und ein wenig Angst, dass etwas schief gehen könnte. Er hatte schon Totgeburten miterlebt und sie waren verstörend. Es schien nicht richtig, dass die Natur sich so viel Mühe machte, ein Wesen zu erschaffen, und ihm dennoch nicht diese letzte wichtige Zutat einhauchen konnte: Leben.

Dass Christie dabei war, als Buella kalbte, machte David nervöser als sonst. Er wollte, dass um Christies willen alles gut ging. Als sie Buellas Box erreichten ließ er sie herein. Sie stand stocksteif am Trog und keuchte. Aus ihrer Scheide kam Schleim, ein sicheres Zeichen, dass die Geburt unmittelbar bevorstand.

„Wow", sagte Christie leise. „Na dann los."

Die Überraschung in seiner Stimme brachte David zum Lächeln. „Du warst wirklich noch nie bei einer Geburt dabei?"

„Komisch, oder? Wie behütet sind wir heutzutage eigentlich? Aber nein. Wir hatten einen Hund, als ich ein Kind war, aber sie war kastriert, also keine Welpen für uns. Ich wüsste nicht, dass ich im Fernsehen einmal eine Geburt gesehen hätte."

„Na dann komm her und fühl mal an ihrer Seite."

David ließ Christie an Buellas Flanke tasten. Ihre Muskeln waren hart und der Körper des Kalbs war groß. Christies Augen weiteten sich, als das Kalb sich bewegte. „Wie lange wird es dauern?"

„Das ist unterschiedlich. Es kann schnell gehen oder auch lange dauern, aber das Kalb scheint mir in einer guten Position zu sein."

„Ist es für sie ebenso schmerzhaft wie für Frauen?"

„Für Kühe ist es nicht so schlimm. Jedenfalls wirkt das Muttertier nicht so gestresst und es dauert auch nicht mehrere Stunden wie bei Frauen." Es sein denn, es war eine schwierige Geburt, aber David wollte es nicht beschreien.

Christie übernahm es, Buella zu streicheln und sie zu beruhigen. Sie ließ seine Berührung zu, denn sie war zu sehr darauf konzentriert, was in ihrem Körper vor sich ging. Ihre Augen waren glasig und sie schien sich auf den

Rhythmus zu konzentrieren, den ein Trommler in ihrem Inneren schlug. Sie lief ein paar Schritte hin und her, dann blieb sie wieder keuchend stehen.

Es dauerte nicht mehr als eine Stunde, als etwas aus ihrem Geburtskanal herauslugte.

„Sieh mal." David deutete auf das braune Ding.

„Was ist das? Eine Nase?"

„Die Spitze eines Hufs. Wenn das Kalb in der richtigen Position liegt, kommt es mit den Vorderbeinen zuerst, der Kopf ruht auf den Knien. Wir sehen erst ein paar Zentimeter lang nur Beine, bevor der Kopf erscheint."

Als das Kalb erst einmal im Geburtskanal war, ging es ziemlich schnell. Buella spannte sich an und zwei ganze Hufe erschienen nebeneinander, dann noch mehr der Beine. Schließlich erschien ein perfektes, kleines Gesicht mit geschlossenen Augen hinter der schlüpfrigen Masse des Fruchtsacks.

„Oh wow!" Christie war begeistert. Er starrte das kleine Gesicht an. „Das ist ein Kalb!"

David kicherte. „Schon komisch, was?"

„Das ist *verrückt*!" Christie war wirklich aufgeregt und das brachte David zum Grinsen wie ein Idiot.

„Der Lauf der Natur."

„Was machen wir jetzt? Müssen wir es herausziehen oder …"

„Es ist am besten, wenn man es seiner eigenen Geschwindigkeit überlässt. Aber du kannst das Kalb auffangen, wenn du willst. Der Fall wird ihm nicht wehtun, aber du kannst es ihm leichter machen."

„Wahnsinn."

Christie nahm seine Aufgabe sehr ernst. Er blieb dicht bei dem Kalb, als mehr von ihm erschien, und hielt es sogar an den Vorderbeinen fest. Er zog nicht, sondern stützte sie nur ab. Der ganze Kopf erschien, dann die Schultern.

„Das Gesicht ist so perfekt, aber es sieht nicht lebendig aus", sagte er leise. „Es ist doch am Leben, oder?"

„Es wird aufwachen, sobald es ganz draußen ist." Aber David fühlte am Hals des Kalbs, nur um sicherzugehen. Sein Herzschlag war gleichmäßig.

„Dann werden wir auch sehen, ob es ein Junge oder ein Mädchen ist", meinte Christie fröhlich.

„Genau."

Er liebte Christies strahlendes Gesicht, das Leuchten in seinen Augen. Er liebte es, ihm diese Erfahrung ermöglichen zu können. Aber dieser Gedanke brachte David auf andere Geburten.

Er war dabei gewesen, als Amy und Joe geboren worden waren. Allein bei dem Gedanken zog sich sein Magen nervös zusammen und es erinnerte ihn an Susan und das Leben, das er mit ihr geführt hatte. Dieses Leben schien nun zu jemand anderem zu gehören. Christie würde diese Erfahrung niemals haben – zuzusehen, wie sein Kind geboren wurde. Und selbst wenn er eines Tages dank einer Leihmutter ein Kind haben sollte, wäre David dann wahrscheinlich nicht mehr Teil seines Lebens.

„Es kommt!", sagte Christie.

Der Rest des Kalbs glitt in einem Rutsch aus Buella heraus und Christie ließ es vorsichtig auf den Boden herab. Es war ziemlich groß für ein Neugeborenes, da Buella etwas über der Zeit gewesen war, aber er war perfekt proportioniert.

Buella drehte sich um und begann sofort, das Kalb abzulecken und es von der klebrigen Flüssigkeit zu befreien. Nach ein paar Minuten öffnete das Kalb die Augen und hob den Kopf.

„Es geht ihm gut!", rief Christie aus. „Oh mein Gott! Ich habe gerade gesehen, wie ein Kalb geboren wurde!"

David grinste. „Jep."

„Es ist ein Mädchen! Schau nur!"

David nahm eine Box Feuchttücher von der Fensterbank und reichte sie Christie. Er reinigte seine Hände, während Buella ihr Kalb ableckte. Das Neugeborene schaute sich um, als wäre es vollkommen überrascht, sich in einer Scheune wiederzufinden. Es schien zufrieden zu sein, in einem Haufen auf dem Boden zu liegen, aber Buella hatte anderes im Sinn. Sie stupste das Kalb auffordernd an. Mutter zu sein, schien eine herrische Seite in den meisten Tieren hervorzubringen.

Christie warf die schmutzigen Tücher zur Seite, dann legte er den Arm um David und lehnte den Kopf an dessen Schulter. Sie sahen zu, wie das Kalb versuchte, auf die Beine zu kommen, hinfiel und sich wieder aufraffte, bis es schließlich stand.

„Das ist unglaublich. Vielen Dank, dass du es mit mir geteilt hast", sagte Christie.

David küsste sein blondes Haar. „Es freut mich, dass es geklappt hat."

„Es ist wunderschön. Alles."

David wusste, was Christie meinte. Das Morgenlicht schien durch die Fenster der Stalltür. Das Stroh war sauber. Das Innere der Scheune hatte schon immer einen rustikalen Charme gehabt und dann war da noch die junge Mutter mit ihrem neugeborenen Kalb. Es war ein Moment, den man bewahren und nie vergessen wollte. Wenn das Leben es nicht gut mit einem meinte, waren dies die Momente, die alles wieder wettmachten.

„Das gehört zu den Dingen, die ich vermissen würde, wenn ich weggehen würde", entfuhr es David.

„Hast du darüber schon nachgedacht? Die Farm zu verlassen?", fragte Christie überrascht.

David nickte. Er zog Christie enger an sich und Christie verstärkte den Griff um seine Taille. „Ich habe darüber nachgedacht. Aber ich würde nicht genug bekommen, um davon leben zu können. Ich müsste mir einen anderen Beruf suchen."

„Aber wenn sie abbezahlt ist – du bekämst wahrscheinlich genug, um ein paar Jahre lang über die Runden zu kommen, falls du wieder zu Schule gehen willst. Aber das bräuchtest du nicht einmal. Du kannst alles reparieren. In einer Stadt wie New York ist ein Handwerker, der zuverlässig ist und Dinge reparieren kann, eine Art Heiliger Gral."

„Ich will kein Handwerker werden. Ich kann nicht gut mit Menschen umgehen, außerdem würde ich lieber mein Gehirn benutzen." *Zur Abwechslung.* Das sagte er nicht laut. Christie sah aus, als wollte er darüber diskutierten, aber er schluckte die Worte herunter.

Bisher hatte Christie ihn nie gedrängt und das wusste David sehr zu schätzen. Aber er wusste, dass Christie nicht ewig bei ihm bleiben würde, wenn er ungeoutet blieb. *Ungeoutet.* Meine Güte, es schien erst gestern gewesen zu sein, dass er nicht einmal vor sich selbst zugeben konnte, dass er schwul war. Und jetzt war er offiziell "ungeoutet". Das Gewicht von Christie in seinen Armen erinnerte ihn daran, warum er es so weit gebracht hatte. Wenn Christie die Belohnung war, würde er auch zugeben, dass er die verdammte Zahnfee war.

Christie drehte sich um, sodass er beide Arme um Davids Hals legen konnte. „Aber du könntest die Farm verkaufen, wenn du es wolltest? Ich meine, sie gehört dir allein, oder?"

„Auf dem Papier schon. Aber sie ist auch das Erbe von Amy und Joe."

„Will einer der beiden denn Farmer werden?"

„Nein, aber sie sind noch jung."

Christie runzelte die Stirn. „Hör mal, ich finde es toll, dass du ein so großartiger Dad bist, aber du musst auch an dich selbst denken."

'An sich selbst zu denken' war David den Großteil seines Lebens fremd gewesen. Diesen Luxus hatte er nie gehabt, wo es doch galt, Rechnungen zu bezahlen und hungrige Mäuler zu stopfen. Er hatte nicht mehr so viele Freiheiten wie zurzeit gehabt, seit er achtzehn gewesen war. Diese Sache mit Christie wäre nicht passiert, wenn dem nicht so wäre.

„Schon möglich, aber ich muss auch an dich denken", fügte David hinzu. Christie auf diese Weise zu halten, wurde ihm immer wichtiger. Der Riss, den er in Davids Welt verursacht hatte, wurde immer größer. Er konnte sich nicht vorstellen, dies aufzugeben und wieder in seine frühere, einsame Existenz zurückzukehren, in der er sich hatte verleugnen müssen. Aber trotzdem hatte er keine Ahnung, wie er diese … Liebesaffäre … mit dem Leben, das er so viele Jahre lang gelebt hatte, in Einklang bringen sollte.

„Aber ich verstehe, was du meinst." Christie zog sich ein wenig zurück, damit er in Davids Gesicht sehen konnte. „Es gibt auch Dinge, die ich hier vermissen werde, wenn ich wieder in die Stadt zurückkehre."

„Mich zum Beispiel, hoffe ich."

Christie starrte ihn an. „Das ist nicht das, was ich gemeint habe. Ich will dich nicht vermissen müssen. Es ist noch nicht in Stein gemeißelt, oder?"

Davids Herz schlug schwer. Christie war einfach immer direkt. Er berührte Christies Wange. „Nein, nicht für mich."

Christies Ausdruck wurde weich. „Du bist derjenige, der entscheidet. Denn ich bin voll dabei."

„Ich bin derjenige, der entscheidet? Du bist der, der jung und wunderschön ist." *Erfolgreich, großzügig, wundervoll.* „Du könntest etwas viel Besseres haben, als einen alten Mann mit grauen Haaren, wie mich."

Christie schüttelte den Kopf. „Einundvierzig ist nicht alt! Ich kenne mich aus. Ich habe es wahrscheinlich schon mehr krachen lassen also du auf der Farm." Er lachte traurig. „Ich erkenne etwas Gutes, wenn ich es sehe. Und du weißt, wie hartnäckig ich sein kann."

„Sei hartnäckig", drängte David. *Sei hartnäckig für mich, Christie. Sei hartnäckig für uns beide.*

Christie presste sich dichter an ihn und küsste seinen Nacken. David seufzte und ließ seinen Kopf zur Seite fallen. Er musste lächeln – bloß weil sie in der letzten Nacht keinen Sex gehabt hatten, war er schon total triebgesteuert. Früher hatten zwischen Orgasmen Monate gelegen. Aber alles an Christie erregte ihn. Er konnte nicht genug bekommen.

Er schaute zur Tür und dachte darüber nach, Christie in diese Richtung und wieder zurück zum Haus zu lenken, doch etwas im Fenster bewegte sich. Erschrocken stieß David Christie von sich.

„Was ist los?", fragte Christie.

„Ich glaube, ich habe jemanden gesehen." David zögerte und eine ungute Vorahnung überkam ihn. Er war sicher, dass er ein Gesicht im Fenster gesehen hatte.

„Willst du nachsehen?", schlug Christie nervös vor.

Richtig. Es machte keinen Sinn, wie ein Narr hier herumzustehen. David zwang sich, zur Tür hinaus zu gehen. Vor der Scheune sah er niemanden, aber er glaubte, dass er das Zuschlagen einer Autotür hörte.

Der Milchmann kam erst später am Morgen. Earl vielleicht? Aber Earl kam niemals vor drei Uhr. David ging zügig um die Scheune herum an dem alten Pumpenhaus vorbei. Als er den Hof ganz überblicken konnte, war es zu spät, um zu sehen, wer es war, aber er hörte ein Auto, das schnell die Auffahrt auf der anderen Seite des Hauses hinabfuhr.

Bitte Gott, lass es einen Boten von FedEx oder UPS gewesen sein. Vielleicht erwartete ihn ein Paket an der Hintertür. Vielleicht wartete der Mann auf eine Unterschrift.

David ging in Richtung Haus und Christie folgte ihm. Auf der Veranda lag ein großer Teller, der mit Folie umwickelt war. Definitiv nicht FedEx oder UPS.

Er hob die Folie an und sah, dass Weihnachtsplätzchen auf den Teller lagen. Es war ein hübscher Keramikteller in Form eines Tannenbaums, aber er war in der Mitte durchgebrochen und einige der Plätzchen waren ebenfalls zerbrochen. Wer auch immer ihn mitgebracht hatte, hatte ihn auf der Veranda fallen gelassen, entweder unabsichtlich oder aus Wut oder in großer Eile.

Mit klopfendem Herzen hob er ein Plätzchen auf und probierte es. Viel zu viel Mehl und zu wenig Zucker. *Evelyn Robeson?*

„Ist alles in Ordnung?" Christie erschien hinter ihm. „Was ist passiert?"

David schaute zu ihm auf. „Sie muss uns gesehen haben."

„Wer? Nicht Amy, oder?"

„Nein." David seufzte. „Eine Frau aus der Kirche."

„Es tut mir leid, David." Christie sah besorgt aus.

„Es ist nicht dein Fehler." *Ich hätte dich nicht am helllichten Tag in der Scheune umarmen und küssen sollen.*

„Kann ich etwas tun?"

Der Moment fühlte sich erbärmlich an, fast so schlimm wie der Zusammenstoß mit Joe. David hasste es, sich so zu fühlen – ängstlich, beschämt und schuldig. Und der Ausdruck auf Christies Gesicht gefiel ihm auch nicht – besorgt und unglücklich. Dies war nicht Christies Problem.

„Ist schon in Ordnung." Er stand auf und rieb seine Hände. „Vielleicht ist es so am besten. Sie hat schon oft vorgeschlagen, dass wir ein Paar werden sollten, aber ich war nicht interessiert."

Würde Evelyn den Mund halten? Das war das eigentliche Problem. Würde sie den Leuten in der Kirche erzählen, was sie gesehen hatte? Wenn sie es tat, dann würden Amy und Joe sehr wahrscheinlich auch davon erfahren. Aber vielleicht war es ihr zu peinlich, darüber zu reden. Und was hatte sie schon gesehen, abgesehen von einer Umarmung? Vielleicht würde sie es falsch interpretieren.

Aber der zerbrochene Teller sah nicht gut aus.

„Ich sollte nach Hause gehen und mich an die Arbeit machen. Es ist schon nach zehn Uhr", sagte Christie mit besorgter Stimme. „Danke, dass ich bei der Geburt dabei sein durfte, David. Es war toll. Und das tut mir leid." Er deutete auf den Plätzchenteller.

„Ist schon in Ordnung. Wir sehen uns heute Abend. Bei dir?"

Christie nickte und setzte ein Lächeln auf. „Okay. Einen schönen Tag."

Aber nichts fühlte sich richtig an, als Christie davonging.

TEIL III: DIE ERNTE

18

OH GOTT, Christie hasste es, Weihnachten in New York zu verbringen.

Nein, das war falsch. Er *liebte* es, Weihnachten in New York zu verbringen. Er hasste es, dass er ohne David in New York war. Er fühlte sich, als hätte man ihm eine Hälfte seiner Rippen chirurgisch entfernt, sodass er ohne innerliche Stütze war. Gleichzeitig hatte man auch seinen Sinn für Humor entfernt, wahrscheinlich mit einem Bastelmesser.

Kyle tat sein Bestes, blondes Bündel an Feiertagsenergie, das er war. Sie gingen bei Macy's, Tiffany's und all den anderen Läden shoppen, die für ihre Weihnachtsdeko bekannt waren. Sie gingen am Rockefeller Center und im Central Park spazieren. Sie schauten sich eine mitternächtliche Off-Broadway-Vorstellung von *Scrooge* an. Aber all die wundervollen Eindrücke, die fröhliche Zeit mit seinen Freunden … Das wollte er mit David teilen. Ohne ihn schien alles keinen Sinn zu ergeben, aber Christie versuchte, sich nichts anmerken zu lassen. Er wollte den anderen nicht den Spaß verderben.

Es freute ihn zu sehen, dass Kyle und Billy anscheinend glücklich waren. Sie stritten hin und wieder, denn Kyle war rechthaberisch und Billy ließ sich nicht herumschubsen, aber sie waren auch fast pausenlos zärtlich zueinander und schienen zu einem Hardcore-Pärchen geworden zu sein – sie beendeten die Sätze des anderen, teilten sich die Hausarbeit mit der Grazie einer gut geölten Maschine und hatten immer noch begeisterten Sex, wenn die nächtlichen Geräusche aus ihrem Schlafzimmer etwas zu bedeuten hatten.

Christie und David taten diese Dinge ebenfalls, der Unterschied war aber, dass Kyle und Billy permanent waren. Sie waren sicher. Sie befanden sich an einem Punkt, von dem Christie nur träumen konnte.

Es war ihm praktisch unmöglich, unter seinem Deckenberg auf der Couch zu liegen und nicht an David zu denken. Um ehrlich zu sein, er dachte den ganzen Tag an David, aber ganz besonders in der Nacht, wenn er hörte, wie Kyle und Billy sich im Zimmer nebenan liebten, ließ er seinen Gedanken freien Lauf.

Er fragte sich, ob David nächstes Weihnachten noch Teil seines Lebens sein würde. Und wenn ja, ob sie sich dann in einer schmerzhaften Fernbeziehung befinden würden, oder ob Christie dann immer noch im Haus seiner Tante lebte. Er konnte sich nicht vorstellen, Weihnachten als Familie auf der Farm zu verbringen. Er konnte sich genauso wenig vorstellen, jemals Teil der Familie zu sein, die aus David, Amy und Joe bestand. Das war einfach deprimierend und löste all seine tiefsten Unsicherheiten aus. Christie war mit der Vorstellung aufgewachsen, dass eine Familie aus Mama, Poppa und den Kindern bestand. In diesem Bild gab es keinen Platz für den Schwulen.

An Heiligabend gingen sie in den Boiler Room. Kyle freute sich darauf, ihre alten Freunde wiederzusehen. Doch es fühlte sich öde an wie ein alter Film, den man zu oft gesehen hat. Nichts am Boiler Room hatte sich geändert. Nicht die üblichen Gäste, die zu allem ihrem Kommentar abgaben, sich beschwerten oder versuchten, die Neuen zu einem Quickie zu überreden. Aber *Christie* hatte sich geändert. Er konnte nicht glauben, dass er so viel Zeit seines Lebens hier verbracht hatte, seine gesamten Zwanziger, um genau zu sein. Er würde viel lieber einen ruhigen Abend mit David verbringen, kochen, beim Lesen auf der Couch kuscheln, einen Film anschauen oder lange Stunden damit verbringen, den Körper des anderen zu erkunden.

Um es noch schlimmer zu machen, musste er einige Avancen abwehren. Jedes Mal, wenn er ablehnte, dachte er daran, wie viel von sich selbst er im Laufe der Jahre gegeben hatte. Dorthin wollte er auf keinen Fall zurückkehren. Aber wenn es mit David nicht funktionierte, konnte er sich gut vorstellen, dass er wieder in dieses Leben hineingesaugt wurde, denn … was hatte er schon, abgesehen davon?

Er *wusste*, dass David und er einander wichtig waren und dass sie eine einzigartige Verbindung hatten. Das hatten sie von Anfang an gehabt. Aber er wusste auch, dass David vor einigen sehr schweren Entscheidungen stand.

Er verbrachte den Großteil des Abends im Boiler Room damit, sich mit David Textnachrichten zu schicken. Das ärgerte Kyle und er zerrte ihn nach draußen „an die frische Luft".

„Meine Güte, Christie, ich habe dich noch nie so erlebt", beschwerte er sich. „Du bist schlimmer als eine Trauerweide."

Das brachte Christie zum Lachen. „Tut mir leid. Ich bin nicht mit Absicht so erbärmlich, glaub mir."

„Sieh mal, es freut mich, dass du jemanden gefunden hast, aber ich mache mir Sorgen um dich."

„Ich mache mir auch Sorgen. Was ist, wenn ich nicht daran festhalten kann, Kyle? Dieses eine Mal, wo ich es wirklich will. Wo ich es *muss*."

Kyle sah Christie mitfühlend an und umarmte ihn. „Wenn ihr beide füreinander bestimmt seid, wird es auch funktionieren. Er wird das Richtige tun. Und wenn nicht, dann hätte es sowieso nie funktioniert und er hätte dich nicht verdient. Was auch immer passiert, du kommst damit klar, Christie. Das war schon immer so und wird auch immer so bleiben."

Das gefiel Christie gar nicht. Sicher, er war ein Kämpfer, aber ohne David zu kämpfen, klang nicht nach Spaß.

„Ich will diesen Kerl wirklich kennenlernen", warf Kyle ein. Es klang ein wenig bedrohlich. „Ich will wissen, ob er den ganzen Ärger wert ist."

Christie lächelte. „Vielleicht können Billy und du mit dem Zug für ein Wochenende vorbeikommen."

„Das wäre toll. Und jetzt pack das verdammte Telefon weg, komm mit rein und tanz mit mir. Zeigen wir ihnen, dass wir es immer noch drauf haben, Christie."

Und das taten sie auch.

DAVIDS MUTTER war nicht zufrieden mit ihm. „Es ist Heiligabend, David! Selbst wenn du nicht regelmäßig in der Kirche warst, solltest du an diesem einen Abend gehen, um mit deiner Familie zusammen zu sein. Um Himmels willen. Du solltest die Geburt von Jesus feiern und Gott für ein gutes Jahr danken."

Seine Mutter, mittlerweile zweiundachtzig Jahre alt, würde den Gottesdienst am Sonntag nur verpassen, wenn sie eine ansteckende Krankheit oder über neununddreißig Grad Fieber hätte. Sie hatte auch nie zugelassen, dass er ihn verpasste, als er klein war.

„Ich gehe heute nicht", sagte David bestimmt, und das nicht zum ersten Mal. „Ich erwarte einen Anruf."

„Von wem?" Seine Mutter klang vollkommen verdutzt.

„Ja, Dad. Von wem?" Amy kam für den Weihnachtsgottesdienst angezogen in die Küche. Sie trug ihr bestes, grünes Kleid, ein leuchtend rotes Stirnband und einen Schal.

„Du siehst hübsch aus, Amy." Er gab ihr einen Kuss auf die Wange.

„Danke, Dad. Von wem erwartest du einen Anruf?" Ihre Augen blitzten schelmisch. „Ist es dieselbe mysteriöse Person, die dir die Nachrichten geschrieben hat? Und wegen der du schon die ganz Zeit lächelst und keinen Appetit hast? Wann lernen wir sie kennen?"

Sie neckte ihn bloß. Amy wusste gar nichts, aber sie lag näher an der Wahrheit, als sie ahnte.

„Ich habe dir im Moment nichts mitzuteilen", sagte David bestimmt.

„Heißt das, bald aber schon?"

„Amy, es gibt nichts mitzuteilen."

Amys Gesichtsausdruck wurde besorgt. „Ist alles in Ordnung? Gibt es Probleme mit der Farm? Oder bist du krank? Du warst nicht du selbst, Dad."

Es tat weh, zu hören, dass sie sich Sorgen machte, und es tat weh, zu wissen, dass er ihre Welt in naher Zukunft vollkommen auf den Kopf stellen würde.

„Du *solltest* wieder heiraten", warf seine Mutter ein. „Ein Farmer braucht eine hart arbeitende Frau."

„Das stimmt", fügte Tante Gladys hinzu. „Du bist immer noch ein junger Mann, David."

„Ja, vielen Dank. Ich behalte es im Hinterkopf."

Denselben Rat hatte seine Mutter ihm gegeben, als er achtzehn war. Er versuchte, locker zu klingen, um Amys Sorgen zu beruhigen, aber innerlich fühlte er sich alles andere als locker. Wenn Christie und er zusammenblieben, würde er es ihnen allen bald sagen müssen und bei dem Gedanken daran drehte sich ihm der Magen um. Er freute sich nicht gerade auf die Enttäuschung seiner Mutter, aber Amy … Amys Enttäuschung würde um einiges schwerer zu ertragen sein. Sie hatte immer zu ihm aufgesehen. Ein Vater sollte seiner kleinen Tochter ein Held sein.

„Also wo ist Joe?", fragte er, um das Thema zu wechseln.

„Hier." Joe betrat die Küche in einem grauen Nadelstreifenanzug mit weißem Hemd und roter Krawatte.

„Kommt Amanda auch zum Gottesdienst?", fragte David.

„Selbstverständlich. Mit ihrer Familie." Er beäugte David in seinem roten Flanellhemd und seiner Jeans von oben bis unten. „Du solltest dich besser umziehen, Dad, sonst kommen wir noch zu spät."

„Ich bleibe zu Hause. Ihr könnt mit meinem Auto fahren, das ist angenehmer für die Damen." Er reichte Joe den Schlüssel.

Joe runzelte die Stirn. „Es ist Heiligabend, Dad. Komm schon. Zieh nur bitte eine bessere Hose an."

„Ich komme nicht mit, Joe."

Meine Güte, wie oft musste er das noch wiederholen? Es wäre leichter, einfach nachzugeben und mitzukommen. Der Gottesdienst am Heiligabend bestand größtenteils aus Gesang und einer kurzen Predigt. Es würde ihn nicht umbringen, daran teilzunehmen. Aber er würde sich wie ein Heuchler fühlen, wenn er hinging. Außerdem war er nicht daran interessiert, Evelyn Robeson und Pastor Mitchell über den Weg zu laufen. *Darf ich fragen, ob es ein rein theologisches Problem für dich ist, Sohn? Betest du mit mir gemeinsam darüber?*

Er hatte ein ungutes Gefühl, eine beklemmende Anspannung, als hätte jemand eine Zellentür zugeschlagen. Es wurde bereits kompliziert, bevor er es überhaupt jemandem erzählt hatte. Allein eine freundliche Fassade aufrechtzuerhalten, war an diesen Feiertagen schwer – er vermisste Christie einfach zu sehr. Er konnte sich nicht vorstellen, wie manche Leute das schafften – ein Doppelleben zu führen. Er hatte jedenfalls kein Talent dafür. Er musste schon Glück haben, wenn er ein paar Monate überstand.

Er schluckte all das hinunter. „Ich werde noch wach sein, wenn ihr zurückkommt. Viel Spaß. Mom, ich helfe dir zum Auto."

Er öffnete die Hintertür und hielt sie am Ellenbogen fest. In letzter Zeit war sie häufig gestürzt, deshalb half er ihr zur Garage. Und endlich, endlich saßen alle im Auto. Er winkte, als Joe losfuhr.

Sobald sie weg waren, ging David in sein Schlafzimmer und schaute auf sein Telefon. Nichts Neues von Christie und auf eine kurze Nachricht erhielt er keine Antwort.

Christie war in einem Club namens The Boiler Room, hatte er vorhin geschrieben. Dass er jetzt nicht antwortete, macht David fürchterlich nervös. Es war nicht so, dass er Christie nicht vertraute. Er vertraute der Situation nicht. Er hatte kein Anrecht auf Christie Landon.

Er wusste aus Christies Erzählungen, dass er oft im Boiler Room „gefeiert" hatte, dass man dort tanzte, trank und zwanglosen Sex hatte. Wieso sollte Christie sich nicht ebenfalls darauf einlassen, wenn er alte Freunde besuchte?

Die Vorstellung, dass Christie mit einem Fremden Sex in einer Toilette hatte, vielleicht in genau diesem Moment, war schrecklich und David wollte sich am liebsten übergeben. Christie verdiente es, verehrt und geliebt zu werden, nicht beiläufig benutzt. Aber was David noch mehr beunruhigte, war die Vorstellung, dass Christie jemanden kennenlernen könnte, der nett, ungebunden und *out* war, und deshalb nicht zurückkam. Oder dass er zurückkam und David anders ansah, als *bedeute* er ihm nichts mehr. Es musste in New York viele Männer geben, die jünger waren, gut aussahen und nicht so viel Ballast mit sich herumtrugen wie David.

Uff. Er hasste es, so unsicher und eifersüchtig zu sein.

Als die anderen aus der Kirche zurückkamen, hatte er immer noch nichts von Christie gehört. Deshalb war er nicht in bester Laune, als er seiner Mutter aus dem Wagen half. Es war nach ein Uhr morgens und seine Mom und Tante Gladys gingen direkt ins Bett. Joe folgte ihnen mit einem besorgten Blick zu David und einem Gute Nacht. Er würde auf das Thema Kirchenbesuch definitiv später noch zu sprechen kommen, das wusste David.

Er machte sich eine weitere Tasse Kräutertee, und da Amy bei ihm zurückgeblieben war, machte er ihr auch einen. Sie setzten sich an die Anrichte und tranken von der heißen, minzigen Flüssigkeit.

„Dad, was hast du Mrs. Robeson getan?", fragte sie mit besorgter Stimme.

„Ich? Überhaupt nichts."

„In der Kirche war sie sehr ... seltsam. Ich habe ihr nach dem Gottesdienst Hallo gesagt und sie hat mir fast den Kopf abgerissen. Sie fing an, über Sünden zu schimpfen und Männer, die zu Schlechtigkeiten verführt werden – über teuflischen Alkohol und die Sünden des Fleisches. Sie hat sich über irgendetwas fürchterlich aufgeregt."

David erstarrte, als seine schlimmsten Ängste sich bewahrheiteten. Evelyn wusste es. Und sie hatte das, was sie in der Scheune gesehen hatte, auch nicht als Freundschaft missverstanden.

„Sie hatte kein Recht, so mit dir zu reden. Wenn sie ein Problem hat, sollte sie stattdessen zu mir kommen."

„Aber wieso war sie wütend? Ist zwischen euch etwas vorgefallen?"

„Rein gar nichts ist zwischen Evelyn und mir passiert, nicht dass sie es nicht versucht hätte. Ich nehme an, sie hatte einen schlechten Tag. Jetzt geh ins Bett, mein Schatz. Morgen ist Weihnachten und Joe wird uns früh aus dem Bett werfen."

„Es ist nicht richtig, dass sie so rachsüchtig reagiert, weil du nicht an ihr interessiert bist", beschwerte Amy sich, aber dann gab sie ihm einen Kuss auf die Wange, wünschte ihm besorgt eine gute Nacht und ging zu Bett.

David blieb auf, denn er wartete immer noch auf eine Nachricht von Christie. Aber das Problem mit Evelyn Robeson beschäftigte ihn weiter. Mit dem „teuflischen Alkohol" war offensichtlich ihr verstorbener Mann Luther gemeint. Aber die „Sünden des Fleisches"? Damit hatte sie ihn gemeint.

Er schämte sich nicht für das, was er mit Christie tat. Aber es war ihm peinlich, dass gerade Evelyn davon wusste. Sie tat ihm leid, da sie sich so ernsthaft um ihn bemüht hatte. Aber sie würde jemand anderen finden, einen Mann aus der Kirche, der wahrhaft „aufrecht" war. Das wäre dann das Beste für alle. Die Frage war nun: Wem würde sie es in der Zwischenzeit erzählen? Und wie viel Ärger würde sie verursachen?

Es war eine weitere Erinnerung daran, dass er viele Menschen belog und wenn er erwischt würde, wäre es seine eigene Schuld. Nach Neujahr, sagte er sich. Wenn Christies Gefühle sich nicht geändert hatten, nachdem er aus New York zurückkam – *bitte Gott, seine Gefühle sollen sich nicht geändert haben* – wenn er immer noch eine Beziehung wollte, dann würde David einen Plan schmieden. Er würde sich überlegen müssen, wie all das funktionieren konnte. Er musste beichten.

Oh Gott, wie er Christie vermisste. Im Moment wollte er einfach nur mit ihm allein sein, ihn an sich drücken und die Sorgen eine Weile vergessen. Er wollte, dass die Feiertage vorbei waren.

Als um zwei Uhr nachts sein Handy piepste, lag er noch wach im Bett.

Bin aus dem Boiler Room zurück. Ich vermisse dich. Hoffentlich hattest du einen schönen Heiligabend.

David nahm sein Handy und wählte.

„Hey", sagte er leise, als Christie antwortete.

„Hey! Warum bist du noch wach?"

„Meine Mum und die Kinder waren in der Christmette, also bin ich aufgeblieben und habe gewartet, bis sie wieder nach Hause gekommen sind."

„Du bist nicht mitgegangen?"

„Nein. Wie war dein Abend?" Oh Gott, es fühlte sich so gut an, die Wärme in Christies Stimme zu hören.

Christie seufzte. „Es war schön. Kyle, Billy und ich haben viel getanzt. Er hat mich dazu gezwungen, mein Handy wegzustecken. Deswegen habe ich dir eine Weile nicht geschrieben. Aber ich vermisse dich. Ich habe die ganze Zeit überlegt, was du wohl vom Boiler Room halten würdest."

David schloss die Augen und schluckte den golfballgroßen Kloß der Erleichterung in seiner Kehle herunter. „Hier war es ziemlich langweilig." 'Langweilig' war nicht das richtige Wort dafür, aber Christie musste von dem ganzen Drama nichts erfahren.

Sie unterhielten sich eine Weile darüber, wie sie den Weihnachtstag verbringen würden. Kyle und Billy hatten ihre Familie in ihr Appartement zum Essen eingeladen, also würde Christie beim Kochen helfen. Davids Familie würde das Festmahl genießen, das Amy und seine Mutter zubereiteten, und danach wahrscheinlich Filme auf DVD schauen. Aber dann wurde das Gespräch recht schnell wieder intim.

„Es sind noch ganze acht Tage, bis ich wieder nach Hause komme", sagte Christie. „Ich weiß nicht, ob ich das schaffe."

David erging es ebenso. „Kannst du früher zurückkommen? Es ist nicht allzu teuer, das Zugticket zu ändern, oder?"

„Nein, aber Amy und Joe reisen erst am Zweiten wieder ab, oder?"

Das war so verdammt schwer. „Stimmt. Aber sie gehen an Silvester zu einem Abendessen der Kirche. Dann bin ich allein zu Hause."

„Wirklich?" Christie klang hoffnungsvoll.

„Ich weiß aber, dass du in New York mehr Spaß hättest. Wolltest du zum Times Square? Das sehe ich immer im Fernsehen. Scheint lustig zu sein."

„Kyle und Billy wollen hingehen, ja. Aber, mein Gott, das ist wie im Irrenhaus! Die Menschenmenge ist verrückt und die U-Bahn ist ein Albtraum. Vielleicht sollte ich einfach nach Hause kommen."

Davids Brust wurde so eng, dass er kaum atmen konnte. „Das liegt an dir. Ich bin mir sicher, dass du Spaß hättest, wenn du bleiben würdest. Ich kann dir nicht mehr anbieten, als einen ruhigen Silvesterabend in deinem Haus."

„Ich finde, das klingt perfekt."

Christies Stimme wurde tief und sinnlich, wodurch Davids Kehle eng wurde und sich Hitze in seinem Bauch sammelte. „Wirklich?"

„Ich könnte den Fernseher ins Schlafzimmer stellen, dann können wir den Countdown sehen, während wir unter der Decke kuscheln. Nackt."

Die Enge in Davids Oberkörper hatte wahrscheinlich damit zu tun, dass sein gesamtes Blut nach unten rauschte. Die schwere Decke auf seinem Bett wölbte sich auf obszöne Weise. Er stand auf und verriegelte seine Schlafzimmertür, dabei behielt er das Telefon am Ohr. Dann kroch er wieder ins Bett und schob eine Hand in seine Boxershorts.

„Ich kann mir keine bessere Art vorstellen, den Beginn des neuen Jahres zu feiern", sagte er mit rauer Stimme.

„Oh Gott! Allein der Gedanke daran macht mich so hart."

„Mich auch."

„Bist du allein? Kannst du dich für mich berühren?"

„In meinem Schlafzimmer eingeschlossen. Du?"

„Auf der Couch, aber Kyle und Billy kommen nie raus, wenn sie einmal im Bett sind. Ich halte mich jetzt in der Hand und stelle mir vor, dass es deine Hand ist."

David stöhnte. „*Christie.*"

„Halt ihn einfach fest und drück ihn für mich. Oh Gott, ich liebe deinen Schwanz. Ich will so sehr bei dir sein."

Christie atmete schwer. Er sprach nicht viel beim Sex – David ebenso wenig. Deshalb war es unglaublich heiß, diese schmutzigen Worte von ihm zu hören. David drückte zu, wie Christie ihm gesagt hatte, und es fühlte sich großartig an. Er war bereits so erregt. Sein Körper hatte sich daran gewöhnt, oft Sex zu haben, und es fühlte sich an, als wäre Christie schon länger weg, als nur vier Tage. Die Erleichterung, dass Christie heute Nacht übers Telefon Sex mit *ihm* hatte, statt mit jemand anderem im Club, erregte ihn noch mehr.

„Ich vermisse dich. Ich vermisse deine Hände, deinen Mund, deinen Arsch." David konnte kaum glauben, dass er diese Worte aussprach.

„Ich vermisse, wie du auf mir liegst, deine Arme um mich und deinen Geschmack auf meiner Zunge. Gott, ich streichele mich jetzt so schnell. Ich kann nicht anders. Pump für mich. Tu so, als ob du mich fickst."

Das tat David auch. Dabei lauschte er auf die leisen Geräusche von Haut auf Haut und Christies leisem Stöhnen durch das Telefon. Es dauerte nur Sekunden, bis er leise aufschrie, als ein Orgasmus sich in seinen Eiern bildete und er sich auf seinen Bauch ergoss. Es fühlte sich wundervoll an, besonders, als er hörte, wie Christie am anderen Ende der Leitung ebenfalls kam. Aber danach fühlte er sich allein. Da war kein Christie, den er festhalten konnte, nur er in einem leeren Zimmer, einem Zimmer, das er sich über zwanzig Jahre lang mit Susan geteilt hatte. Es fühlte sich schmutzig an.

Vergiss den Gedanken. Du bist jetzt mit ihm *zusammen.*

„Das war gut, aber persönlich ist es viel besser", sagte er.

Christie lachte. „Das hoffe ich doch. Sonst könntest du ja einfach bei einer Telefonsex-Hotline anrufen."

David lächelte. „Die Gefahr besteht nicht."

„Also … soll ich zu Silvester nach Hause kommen? Ich könnte an diesem Tag den Zug nehmen."

David zögerte. „Ich würde dich sehr gern sehen, aber wenn du bleiben möchtest, ist das auch in Ordnung."

„Nein, ich komme nach Hause. Und du meinst, du kannst dich bis Mitternacht davonschleichen?"

Wenn Christie nach Hause kam, würde David einen Weg finden, mit ihm zusammen zu sein, aber das sollte kein Problem sein. Der Silvestergottesdienst in der Kirche dauerte lang. Es gab immer ein Buffet, zu dem jeder etwas beisteuerte, Fußwaschungen und einen Gottesdienst, der bis Mitternacht dauerte und damit endete, dass man sich brüderlich umarmte und um den Segen für das neue Jahr betete. Wenn nicht einer von ihnen krank wurde, würden Amy und Joe daran teilnehmen.

„Ich kann mich wegschleichen."

„Perfekt." Christie klang warm, befriedigt und zufrieden. „Ich schreibe dir morgen, okay?"

„Gute Nacht … Christie." David hätte fast „Liebster" gesagt. Aber dafür war es zu früh.

„Hey, schau mal auf die Uhr. Es ist Weihnachten. Frohe Weihnachten, David Fisher."

„Frohe Weihnachten, Mr. Landon."

David beendete das Gespräch und stellte fest, dass seine vorherige Anspannung und seine Besorgnis ganz aus seinem Körper verschwunden waren. Er schlief praktisch sofort ein.

19

ALS ES endlich Silvester war, war David so ungeduldig, Christie endlich wiederzusehen, dass der Morgen so langsam verging wie ein tropfender Wasserhahn. Er beschloss, dass er sich ablenken musste, deshalb verpflichtete er Joe, ihm dabei zu helfen, einige Fensterscheiben in der Scheune zu ersetzen. Es war ein kalter, grauer Tag und es sah aus, als würde es noch mehr Schnee geben. David betete, dass das Wetter nicht so schlecht wurde, dass der Zug Verspätung hatte oder Amy und Joe nicht zur Kirche gehen konnten.

„Also du willst wirklich nicht zum Silvestergottesdienst gehen?", fragte Joe, während David mit einem Schraubenzieher den Holzrahmen eines Fensters löste.

„Nein, Joe. Heute nicht."

Joes Blick verfinsterte sich und er schien sich zum Reden zu sammeln. David wusste, dass er der Strafpredigt nicht aus dem Weg gehen konnte, also biss er die Zähne zusammen.

„Wir alle machen uns Sorgen um dich, auch Gran. Wieso gehst du nicht mehr in die Kirche? Hast du den Glauben an Gott verloren? Ist es wegen Moms Tod? Du weißt, dass sie das nicht gewollt hätte."

„Es hat nichts mit dem Tod deiner Mutter zu tun."

„Was ist es dann?"

Der Rahmen löste sich mit einem unguten Splittern. David entfernte ihn vorsichtig und stellte ihn auf den Boden. „Sieh mal, Joe. Mein ganzes Leben bin ich zur Kirche gegangen, weil meine Familie es so wollte, erst meine Eltern, dann deine Mutter und weil es das Richtige für euch Kinder war. Ich … brauche bloß etwas Zeit, um herauszufinden, was das Richtige für mich ist. Kannst du das verstehen?"

Joe runzelte die Stirn. „Aber der Glaube an Gott ist nichts, das man einfach ablegen kann. Was auch immer dich bedrückt, Beten und Zeit mit anderen Christen zu verbringen wird dir helfen."

„Ich werde darüber nicht diskutieren, Joe", sagte David bestimmt.

Joe nahm eine neue Scheibe und David ließ sie von ihm hochhalten, damit er den Rahmen wieder zusammensetzen konnte. Er sollte das Fenster komplett ersetzen. Das Holz war alt und begann zu verrotten. Ein weiterer Punkt auf seiner Liste mit Aufgaben, die er „eines Tages" erledigen würde.

„Wenn du nicht mit mir darüber reden willst, dann mit Pastor Mitchell."

„Joe, ich respektiere deinen Glauben und unterstütze deine Entscheidung, Pfarrer zu werden. Bitte versuch, auch meinen Glauben zu respektieren."

„Welchen Glauben?" Joe sah verwirrt aus.

David lachte auf. „Das sage ich dir, wenn ich mir darüber im Klaren bin."

Eine Weile arbeiteten sie still weiter. Dann sagte Joe mit bewusst neutraler Stimme: „Verbringst du immer noch Zeit mit diesem Nachbarn, Christie Landon?"

David schlug ein paar Nägel ein und das Holz des Rahmens knackte, aber es hielt. Er seufzte. „Ja. Und auch darüber möchte ich nicht diskutieren. Du hast deine Meinung dazu schon deutlich ausgedrückt."

Joe knurrte etwas, das man als vage Zustimmung interpretieren konnte, aber er sah nicht weniger besorgt aus.

Um sechs Uhr abends machten sich Amy und Joe auf den Weg zur Kirche. Christie hatte bereits eine Nachricht geschickt, dass er im Zug war, und David fuhr vor lauter Vorfreude fast aus der Haut. Er hatte gerade noch Zeit zu duschen, dann eilte er mit seinem Truck zum Bahnhof, um Christie abzuholen.

Als er den Blondschopf aus dem Zug steigen sah, dessen große, schlanke Gestalt in einem schwarzen Parka und einer engen Jeans, konnte David sich nur schwer davon abhalten, ihn direkt am Bahnsteig an sich zu reißen und zu küssen. Stattdessen nahm er Christie den Koffer aus der Hand, damit seine Hände etwas zu tun hatten, und ging voraus zum Truck. Keiner von ihnen sagte ein Wort, während sie die kurze Strecke zu Christies Haus fuhren. Ihre Blicke sagten alles.

Als sie im Haus waren, standen sie einander gegenüber und schauten sich lange an, ohne sich zu berühren.

„Es ist *peinlich*, wie sehr ich dich vermisst habe", sagte Christie schließlich.

„Ich weiß. Ich hatte das Gefühl, als würden mir die Eingeweide herausgerissen."

Christie holte tief Luft, als hätten Davids Worte ihn schwer getroffen. „Das ist verrückt."

David wusste, was er meinte: *Es ist verrückt, wie intensiv es ist, wie viel wir nach einer so kurzen Zeit füreinander empfinden.*

„Ja, aber ich würde es nicht anders haben wollen."

„Ich auch nicht."

Ihre Mäntel flogen durch die Luft. David und Christie landeten auf der Couch, eng umschlungen und komplett angezogen. Es war keine Lust, nicht sofort jedenfalls. Da war dieser Durst, der nur gestillt werden konnte, indem man den anderen festhielt, ihn küsste und sich wortlos mit ihm verständigte. *Ich bin jetzt hier. Nichts hat sich geändert. Wir sind okay.*

Aber nach einer Weile arbeiteten Davids Hände sich in Christies Jeans vor und die blanke Rundung von dessen Hintern erregte ihn sofort. *Ich will dich jetzt.* Er küsste Christie härter und wollte sich auf ihn rollen, aber Christie schob ihn weg. „Warte. Ich will dir erst noch etwas zeigen."

Er stand auf und holte eine schwarze Tüte, die er aus dem Zug mitgebracht hatte. Er öffnete sie und begann, sie auszupacken. Es waren ein halbes Dutzend Container und braune Päckchen. „Das ist von meinem Lieblingsladen. Ich habe eines ihrer weltberühmten Reubens-Sandwiches und ein Sandwich mit Eiersalat mitgebracht, alles in Einzelteilen, damit das Brot nicht durchweicht. Und einen ihrer besten Salate. Ich dachte, wir könnten im Bett ein Picknick machen."

„Das war eine gute Idee."

„Naja, ich habe mir überlegt, da ich dich nicht nach New York bringen kann, bringe ich New York zu dir."

„Du musst mich für all das bezahlen lassen."

„Nein, das ist mein Weihnachtsgeschenk für dich", beharrte Christie. „Jedenfalls die Hälfte davon." Er zwinkerte und holte eine Flasche aus dem Beutel. „Ich hab uns auch Champagner mitgebracht. Ich weiß, dass du normalerweise nicht trinkst, aber vielleicht könntest du ein wenig probieren? Immerhin haben wir Silvester."

„Ich werde ihn versuchen." Warum auch nicht? Es war ja nicht so, dass er in letzter Zeit sehr tugendhaft gelebt hatte.

„Ich habe auch ein paar neue Filme auf meinen Laptop geladen. Vielleicht können wir in mein Bett gehen, den Laptop aufstellen und dort zu Abend essen. Wenn es auf Mitternacht zugeht, können wir den Fernseher anschalten."

Christie sah so aufgeregt aus, dass er etwas so Einfaches mit David tun konnte, wo er doch den Abend am Times Square hätte verbringen können.

Liebe flammte so intensiv in David auf, dass er sich kaum davon abhalten konnte, die Worte auszusprechen. Christie plante immer lustige Dinge und war stolz darauf, David interessante Erfahrungen zu verschaffen, von purer Freude gar nicht erst zu reden. Er behandelte David, als bedeutete er ihm etwas, als wäre er jemand Besonderes, dem Christie den Hof machen konnte. Niemals zuvor in seinem Leben war David so behandelt worden. Er könnte sich allein wegen seiner Freundlichkeit und Großzügigkeit in Christie verlieben, aber seine Verpackung war auch nicht zu verachten.

„Kann ich helfen, alles aufzubauen?", fragte David.

„Gern. Ich möchte kurz duschen. Kannst du alles ins Schlafzimmer bringen?"

„Schon unterwegs."

Während sie ihr Abendessen im New Yorker Stil genossen, schauten sie den ersten Film. Christie hatte *Taxi Driver* gewählt, weil er in Manhattan spielte. Natürlich hatte David ihn noch nie gesehen. Die Gewalt war abschreckend, aber es gefiel ihm, dass die Charaktere so typisch New York waren, und die vielen Bilder von New York.

Nach dem Film machten sie eine Pause und verstauten das Essen. Als sie wieder im Schlafzimmer waren, zog David vielsagend sein Hemd und seine Hose aus. Er trug nur ein Paar von Christies Boxershorts, die irgendwie in Davids Wäsche gelandet waren. Er hatte sie zu Hause anprobiert und fand, dass er darin für einen alten Mann nicht allzu peinlich aussah.

Christie empfand es anscheinend ebenso. Er starrte David einen Moment lang an, dann zog er sein eigenes Shirt und seine Pyjamahose aus. Sie stiegen beide wieder ins Bett und trafen sich in der Mitte mit heißen Absichten unter kalten Laken. Sie küssten sich innig. David spürte Christie an seinem Körper und die Berührung seiner Nippel war elektrisierend.

David musste etwas Besonderes für Christie tun. Er wollte ihm zeigen, wie froh er war, dass Christie vorzeitig nach Hause gekommen war, wie sehr er ihn vermisst hatte, wie dankbar für Christies Aufmerksamkeit war, als er ihm eine Kostprobe der Stadt mitgebracht hatte. *Wie sehr ich ihn liebe.*

Er drehte Christie auf den Rücken und schob die Laken zur Seite, dann bewegte er sich an seinem Körper mit heißen, saugenden Küssen hinunter. Er genoss den frisch geduschten Geschmack von Christies Haut. Christie zog seine Knie an und keuchte, als David mit der Nase über seinen Bauch strich. Dort war er ein bisschen kitzelig. David schob seine Knie mit der Hand auseinander und glitt dazwischen. Er küsste die Innenseiten seiner Oberschenkel, die warme, feuchte Stelle, wo die Beine auf die Lenden trafen und die weiche, faltige Haut seiner Hoden. Er liebte es, dass Christie sich dort rasierte und dadurch so weich und empfänglich für seine Zunge war. Er neckte Christies Damm und Arschspalte, bis Christie sich vor Verlangen wand. Er zerrte Davids Kopf mit beiden Händen dorthin, wo er ihn haben wollte. Lächelnd nahm David Christies Schaft tief in den Mund.

Er genoss es, Oralsex mit Christie zu haben. Das war seine Lieblingssache, aber es machte auch ziemlichen Spaß, ihn zu ficken. Christie in seinem Mund zu haben, fühlte sich immer noch neu und schmutzig an, außerdem brachte es ihn selbst in kürzester Zeit an den Rand eines Orgasmus. Es ließ sich nicht abstreiten, dass Christie ein Mann war, wenn sein dicker Schwanz auf Davids Zunge lag – langjährige Fantasien, die zur Realität geworden waren.

David saugte begeistert und unterbrach sich immer wieder, um Christies Eier zu lecken und seinen Schaft zu streicheln. Es dauerte nicht lange, bis Christies muskulöse Oberschenkel begannen, zu zittern und seine Hände rastlos durch Davids Haar fuhren. „Oh Gott, das ist so gut", keuchte Christie. „Aber ich will noch nicht kommen."

„Hmm." David zögerte, den Schatz in seinem Mund loszulassen, aber er tat es. Er ließ sich von Christie in einen feuchten, intensiven Kuss ziehen. Er war so erregt, dass seine Haut unerträglich sensibel war, während er sich an Christie presste.

David zitterte und zog sich zurück, um zu sagen: „Ich habe mich gefragt ... ob du heute Nacht oben sein willst?"

Darüber hatten sie schon gesprochen. David wollte es versuchen, aber bisher hatten sie es noch nicht getan. Auf die andere Art funktionierte es einfach zu gut.

David starrte hinab in Christies Gesicht auf dem Kissen, während sich dessen Augen vor Verlangen verdunkelten. „Willst du das?" Sein Tonfall war tief, kehlig und sexy. Er rieb sein Gerät an Davids Bauch, als wollte er es David anbieten.

„Ja", brachte David krächzend hervor.

„Dann, Baby, werde ich dir das Gehirn rausficken."

Diese Worte, lüstern und sündhaft, sandten Erregung durch Davids Körper. Plötzlich fühlte er sich schwach und schwindelig vor Verlangen. Er ließ sich von Christie auf den Bauch befördern. Christie packte Gleitgel und ein Kondom vom Nachtschränkchen und drückte Davids Beine mit den Knien auseinander. Er war ein wenig grob, was sehr aufregend war. *Ja, genau so.*

David hatte dort nie selbst mit sich gespielt, er hatte es nie gewagt. Und Christie hatte ihn bisher nur ein wenig mit der Fingerspitze oder der Zunge gereizt. Deshalb erschreckte David ein wenig, als Christie Gleitgel um Davids Rand verteilte und dann mit einem Finger langsam eindrang.

David packte ein Kissen und biss hinein.

„Okay?", fragte Christie.

David nickte nur, denn er vertraute seiner Stimme nicht. Es fühlte sich fremd, ungewohnt und unanständig an.

Christie zögerte nicht. Er streichelte Davids Inneres und fand einen empfindlichen Punkt, bei dem in Davids Magen Schmetterlinge explodierten und sein Schwanz schmerzte wie steifgefrorene Finger. Er biss fester in das Kissen und konnte nicht verhindern, dass seine Hüften nach oben stießen. Es war ein seltsames Gefühl, als in ihn eingedrungen wurde, nicht nur angenehm, aber dennoch reagierte sein Körper, als hätte Christie eine Lunte angezündet.

Der Druck in seinem Arsch erhöhte sich. Vielleicht mehr Finger. Christie rieb kreisend etwas in ihm. „Wie fühlt sich das an?"

Als würde mein Kopf explodieren. Er fühlte den erhöhten Druck mehr als alles andere, wie seine Eier sich zusammenzogen und er sich unverständlicherweise auf Messers Schneide befand. Es war nicht wirklich ein herannahender Orgasmus, aber es fühlte sich ähnlich an. „Gut", brachte er hervor.

Christie summte zufrieden und zog die Finger heraus. So seltsam es sich auch angefühlt hatte, es fühlte sich falsch an, nun wieder leer zu sein.

„Christie ..."

„Ganz ruhig. Ich bin hier." Einen Moment später war er wieder da. Eine Hand lag auf Davids Hüfte und beruhigte ihn. „Komm hoch."

Diese Position sollte sich demütigend anfühlen, aber David interessierte sich für nichts mehr. Er hob die Hüften, kam auf die Knie und öffnete sich Christie. Er spürte eine runde Spitze an seinem Eingang, dann drang Christie ein.

David spürte das Kondom und das Gleitgel. Er fühlte, wie seine Haut brannte und sich dehnte. Aber am meisten fühlte er Christie. Christies Schwanz, hart und warm und lebendig, der ihn nahm, als wäre David ein Tier. Gefickt zu werden, war eine seiner dunkelsten Fantasien in der hintersten Ecke seiner Gedanken, an die er dachte, wenn er sich in der Scheune selbst befriedigt hatte, aber auch dann nur selten. Und nun passierte es wirklich.

Er schrie auf und vergrub das Gesicht im Kissen. Seine Hände wanderten nach hinten, um Christies Oberschenkel zu packen und sich daran festzuhalten.

„Okay?", fragte Christie erneut. Diesmal klang es gepresst aus seiner Kehle.

„Nicht aufhören", brachte David hervor. „Mach es hart."

Christie packte Davids Rippen. Er zog sich heraus und stieß wieder hinein, so schnell es die Enge von Davids Körper zuließ, wieder und wieder. Er spürte mehr tröpfelndes Gleitgel, mehr Zug und Drang, und schon bald war er locker genug, damit Christie mit voller Kraft in ihn rammen konnte. Seine großen Hände packten Davids Nacken, sodass er über Davids Rücken gebeugt war. Er hielt David mit den Händen fest, während seine Hüften immer wieder in ihn stießen und etwas tief in ihm trafen.

Niemals hätte David erwartet, dass es so sein würde, aber dann konnte er überhaupt nicht mehr denken. Er wurde ruiniert, niedergebrannt, von einer fremden Armee, einer stärkeren Kraft. Es gab Spannung, ein wenig Schmerz und eine sachte Leidenschaft, die wuchs und seine Lenden übernahm. Er gab sich ihr hin, die Wange in das Kissen gepresst und die Augen nach oben verdreht, benutzt und genommen. Er brauchte sich nicht um Amy oder Joe zu sorgen oder wie Christie sich fühlte oder um seine Aufgaben auf der Farm. Er war nicht einmal mehr David Fisher.

Christie wurde langsamer, bewegte sich kreisend, dann wurde er wieder schneller. Sein Atmen wurde rauer, schneller, schmerzhafter. „Oh Gott, ich bin gleich so weit."

David wusste, dass er sich selbst berühren sollte, dass es das war, was Christie meinte. Aber er konnte nicht. Seine Hände hatten sich in das Kissen gekrallt und er konnte sie nicht bewegen, also kümmerte Christie sich auch darum. Er legte eine Hand an Davids hinteren Nacken und hielt ihn fest, die andere glitt unter seinen Bauch und packte seine Erektion. David war erschrocken, wie hart er war, als Christies Hand sich um ihn legte. Was auch immer Christie an diesem Punkt in ihm tat, es befeuerte ihn auf eine Art, wie er es noch nie erlebt hatte.

Durch die Reibung von Christies Hand stieg sofort Hitze in ihm auf, wie eine brennende Blüte in seinen Lenden. Lust schoss in seinen Rücken und seine Beine und er kam, er kam so *hart*. Es war so mächtig, dass seine Gedanken sich abschalteten.

Als David wieder bei Sinnen war, lag er auf der Seite und Christie neben ihm. Er öffnete die Augen und starrte in blaue Augen. Christie grinste. „Du wirst morgen so was von wund sein. Tut mir leid."

„Mir egal", erwiderte David. Er hatte schon aus weitaus weniger angenehmen Gründen Schmerzen gehabt und war wund gewesen.

Christies Grinsen schwand. „Oh Gott, das war –"

Vor dem Haus hämmerte jemand an die Vordertür.

20

CHRISTIE ZOG sich eine Jogginghose an und ging zur Tür. David hatte ein ungutes Gefühl, aber er klammerte sich an Hoffnung, bis er hörte, wie die Vordertür sich öffnete und er den ätzenden Biss einer vertrauten Stimme hörte.

„Wo ist mein Vater?" Es war Joe. Er rief laut: „Dad?"

Er hörte, wie Christie etwas wie: „Er ist nicht hier", murmelte.

Aber Joes Stimme wurde lauter, als er rief: „Dad! Ich weiß, dass du hier bist. Dein Truck steht vor dem Haus. Komm her und rede mit uns!" Wütend. Joe war so wütend.

David wurde übel. Eine dumpfe Resignation legte sich über ihn, als hätte ihm jemand eisiges Novocain injiziert. Er hatte nicht gewollt, dass es auf diese Art passierte, dass er erwischt wurde wie ein unartiger Schuljunge. Aber der Moment war gekommen und er würde nicht zulassen, dass Christie sich allein darum kümmern und für ihn lügen musste.

David stand vom Bett auf. „Joe, ich bin gleich da." Er benutzte seine „sofort"-Stimme. Er nahm seine Jeans und stieg hinein, dabei achtete er auf die Schlafzimmertür. Wenn der Junge es wagen würde, hier hereinzukommen … Aber Joe kam nicht ins Schlafzimmer. David knöpfte sein Hemd zu und steckte es in die Hose. Seine Füße waren nackt, aber dagegen konnte er nichts tun, denn seine Schuhe standen an der Eingangstür. Und so ging er ins Wohnzimmer, um sich der Realität zu stellen.

Christie stand in der Mitte des Raums, die Arme vor der nackten Brust verschränkt und sein Gesicht war verschlossen. Er fand Davids Blick. Seine Augen waren dunkel und entschuldigend. Joe und Amy standen bei der geöffneten Vordertür.

Amy sah verwirrt und ängstlich aus, ihre Augen waren groß und rund. Aber Joe – Joe wusste genau, in was er gerade hineingeplatzt war. Seine Hände waren zu Fäusten geballt und in seinen Augen standen Tränen der Wut.

„Ich kann es nicht glauben, Dad. Wie konntest du nur?"

„Joe, Amy – ihr beide geht nach Hause. Ich komme gleich nach", sagte David mit einer Ruhe, die er nicht spürte.

Amy sagte: „Wir haben beschlossen, früher nach Hause zu kommen, damit wir um Mitternacht zusammen sind, aber du warst nicht da. Joe hat deinen Truck hier gesehen. Ich verstehe nicht, Dad. Was geht hier vor?"

„Ich sagte, geht sofort nach Hause!"

Joe drehte sich zu Christie. „Du warst das! Das ist deine Schuld. Mein Dad ist kein Homo!"

Jetzt fiel bei Amy der Groschen und sie schlug die Hand vor den Mund. Ihr Blick wanderte schockiert zwischen David und Christie hin und her. Langsam wich Davids Scham der Wut. Christie sollte sich nicht mit so etwas auseinandersetzen müssen.

„Joe, das reicht jetzt! Ihr beide dreht euch um und geht zu dieser Tür hinaus. Ich bin in fünf Minuten auf der Farm, dann reden wir darüber. Geht jetzt."

„Darauf kannst du dich verdammt noch mal verlassen!", spukte Joe aus. Schimpfwörter waren selten bei ihm. „Ich will nicht in diesem Haus sein. Hier fühle ich mich schmutzig."

„Joe, ich sagte sofort!"

„*Daddy*", sagte Amy flehend mit Tränen in den Augen.

Davids Stimme wurde weicher. „Geh, Amy. Ich komme gleich nach."

„David, du musst das nicht allein tun", beharrte Christie. Er stand stockstelf da und sein Gesicht war vor Wut gerötet. „Das geht mich genauso an. Ihr könnt hier darüber sprechen."

„Nein, es geht dich nichts an!", brüllte Joe. „Du gehörst nicht zu dieser Familie!"

David schloss die Augen, denn er hatte das Gefühl, als träfe es ihn von allen Seiten zugleich. Jetzt war auch Christie wütend. Nicht, dass er dazu kein Recht hätte.

„Daddy?"

David öffnete die Augen und zwang sich, ruhig zu sprechen. „Christie, ich muss das zuerst mit Amy und Joe besprechen, okay? Ich rufe dich nachher an."

Christie sah nicht überzeugt aus, aber er diskutierte auch nicht. Sein Gesichtsausdruck war immer noch dunkel vor Sorge und Trotz. Seine Augen schossen Blitze in Joes Richtung. Gott helfe ihnen allen, wenn Christie und Joe jemals allein in einem Raum sein sollten.

Das war ein Desaster.

ZURÜCK AUF der Farm warteten Amy und Joe an der Tür auf David. Sie betraten wortlos das Haus. Jede Bewegung von Joe sprach von unterdrückter Frustration. Er schloss die Hintertür zu fest und ließ sich auf einen Stuhl am Küchentisch fallen, währenddessen schrieb er auf seinem verdammten Telefon. Amy sah verletzt aus. Ihr Gesicht war blass und verzerrt. Sie setzte sich zu Joe an den Küchentisch und starrte ins Leere.

Lieber Gott, es ist so weit. Das ist der Moment, in dem ich meine Kinder für immer verliere.

Das war es, wovor er sich sein ganzes Leben lang gefürchtet hatte. Aber jetzt, wo es so weit war, konnte er nicht bereuen, was er getan hatte. Konnte Christie nicht bereuen. Die schweren Ketten, die ihn zurückgehalten hatten, waren abgefallen und er würde sie nicht wieder anlegen, egal, wie die Konsequenzen waren.

Er hängte seinen Mantel über den Stuhl und ging zum Kühlschrank. Er goss drei Gläser Apfelsaft ein und brachte sie zum Tisch, dabei versuchte er, eine ruhigere Fassade zu zeigen, als er fühlte. Er betete still um Weisheit und Führung in diesem Gespräch, aber er vertraute nicht darauf, dass Gott zuhörte.

Sobald er sich hingesetzt hatte, steckte Joe sein Telefon weg und setzte an: „Wie konntest du das zulassen? *Wieso?* Wieso solltest du … ich meine … ein *Mann*, Dad. Er ist ein Mann!"

„Sei still, Joe."

„Nein, das glaube ich nicht! Nicht dieses Mal!"

David spürte einen sauren Stich der Wut. „*Doch.* Halt den Mund. Ich habe etwas zu sagen und ich wüsste es zu schätzen, wenn du still wärst, damit ich in meinem eigenen verdammten Haus etwas sagen kann."

„Bitte sprich, Daddy." Amy richtete sich auf und schaute ihn mit aufgewühltem Blick an. „Ich will hören, was du zu sagen hast. Joe, lass Dad reden."

Joe schüttelte den Kopf und sank tiefer in seinen Stuhl, aber er diskutierte nicht weiter. Er sah nicht aus, als wäre er in einer zugänglichen Stimmung, aber das war sein Pech.

David schaute auf seine Hände. Die Worte waren so schwer. So, so schwer. Er hatte das Gefühl, als würden Schlangen seine Kehle hinaufkriechen. „Ich schätze … ich schätze, ich wurde damit geboren, dass ich mich zu Männern hingezogen fühle. Ich habe mich mein ganzes Leben lang dagegen gewehrt."

„Was?", brach es aus Joe hervor. „Das ist doch Unsinn! Das ist nur wegen diesem Christie. Nur weil er jung ist und –"

„Joseph Fisher, jetzt rede ich!"

„Sei einfach still Joe. Daddy, rede weiter."

David knirschte still mit den Zähnen. „Ich habe versucht, das Richtige zu tun. Euer Granddad war kein einfacher Mann. Und die Kirche sagt, dass es eine Sünde ist."

„Es *ist* eine Sünde", warf Joe ein.

David ignorierte ihn. „Ich habe eure Mutter geliebt, auf meine Weise. Wir waren jung, als wir geheiratet haben, das wisst ihr. Ich habe für sie das Beste getan, was ich konnte."

„Wenn du dir all die Jahre so viel Mühe gegeben hast, warum dann jetzt?", wollte Joe wissen.

David schaute Joe entgeistert an. „Weil, *Joe*, ich zu jung bin, um auf dieser Farm herumzusitzen und zu warten, bis ich sterbe. Und weil …" Er schluckte. „Weil ich in Christie Landon verliebt bin."

Am Tisch herrschte absolute Stille. Joes Mund klappte auf und sein Gesicht wurde gräulich-rot. Amy sah ebenso schockiert aus, aber nach einem Moment blinzelte sie und schüttelte den Kopf, als wollte sie es nicht glauben. „Ist das … ich meine, bist du *sicher*? Er ist so jung und … wie lange bist du schon mit ihm zusammen?" Sie klang so skeptisch.

David nickte knapp, auch wenn in seinem Inneren alles wirbelte. „Er ist dreißig Jahre alt. Und ja, ich bin sicher."

Sie runzelte die Stirn. „Aber er ist … ich meine, empfindet er genauso? Bist du sicher, dass er nicht nur mit dir spielt?"

„Natürlich spielt er mit ihm!", brüllte Joe. „Er wird wieder in die Stadt ziehen, dann war es das. Und du musst mit den Folgen leben, Dad. Mit der Kirche. Mit … mit der Familie. Was wird Gran sagen, hm? Oder Amanda und ihre Familie? Wird irgendjemand noch Geschäfte mit der Farm machen wollen? Hast du daran überhaupt einmal gedacht? Es geht hier nicht nur um dich, Dad. Du wirst auch Amy und mir alles ruinieren! Und was ist mit dem Andenken an Mom?"

David hatte genug. Es war zu viel. Nach dem Hoch, das er heute Nacht erlebt hatte, Christie wiederzusehen, ihn zu halten, was sie im Bett getan hatten, und nun *das*, diese Beschuldigungen, diese aufgezwungene Scham und … und *pure Selbstsucht*.

Etwas in ihm zerbrach. Auf dem Küchentisch stand eine alte Teekanne aus Porzellan mit passenden Salz- und Pfefferstreuern. Susan hatte sie jahrelang aufgehoben, aber jetzt waren sie bloß Geschosse in greifbarer Nähe. David stand abrupt auf, dabei fiel sein Stuhl um. Er nahm die Teekanne und schleuderte sie an die gegenüberliegende Wand, wo sie in tausend Stücke zerschellte.

„Daddy!", rief Amy entrüstet. „Die gehört Mom!"

Das war David vollkommen egal. Er schaute sich um und packte das Nächstbeste, was ihm in die Hände fiel, ein Bild mit einer Farmszenerie an der Wand. Er riss es vom Haken und warf es auch gegen die Wand. Es zerbrach und fiel zu Boden.

„Dad!"

Es war nicht genug, nicht einmal annähernd. Er ging zum Schrank und öffnete eine beliebige Tür. Dahinter standen Einmachgläser, die Susan für Vorräte verwendet hatte. Dutzende davon. Er packte mit beiden Händen ein

166

paar davon und begann, sie mit aller Kraft, wie ein Baseball-Pitcher, gegen die Wand zu schleudern. *Krach. Krach. Krach.*

Er hatte keine Ahnung, was er da tat, er wusste nur, dass er voller Wut, Traurigkeit und Verbitterung war. In ihm war *so viel* Wut und sie musste heraus. Besser die Gläser als Joe oder, Gott helfe ihm, die Schrotflinte in seinem Schlafzimmer, von der er sich manchmal vorgestellt hatte, dass er sie auf seinen eigenen Kopf richtete. *Krach.*

Er hörte sich selbst schreien, aber die Worte bemerkte er kaum. „Das Andenken eurer Mutter? Ernsthaft? Ich soll auf ewig in diesem Haus festsitzen wegen *des Andenkens eurer Mutter?* Bist du schon einmal auf die Idee gekommen, dass ich auch ein Leben haben will?" *Krach.*

Amy und Joe zogen sich in den Türrahmen der Küche zurück, so weit weg von ihm, wie sie konnten. *Krach.*

„Tu dies, David, tu das! Geh zum Laden! Füttere die Kühe! Melke sie! Heirate! Verdien Geld! Hör auf zu träumen! Geh zur Kirche! Heirate Evelyn Robeson! Ich bin es leid!" *Krach.*

„Was ist mit mir? Ihr könnt aufs College gehen! Ihr habt ein Leben! Ihr habt jemanden, der für euch alles bezahlt!" *Krach.* „Und ich soll mich hinsetzen, den Mund halten und tun, was alle anderen wollen? *Mein ganzes Leben lang?*" *Krach.* „Ich wollte etwas für mich. Ich wollte etwas *nur für mich*, dieses eine Mal in meinem Leben!" *Krach.*

Amys Weinen durchdrang den Nebel in seinem Kopf. Er drehte sich um und sah, dass sie weinend im Türrahmen stand, die Hände vor den Mund geschlagen. Lautes Schluchzen entkam ihrer Kehle. Joe stand neben ihr. Er war blass und erschüttert, als hätte er Angst vor seinem eigenen Vater. Und plötzlich, als hätte man ihn geschlagen, verschwand seine gesamte Wut. Er fühlte sich wie ein Tyrann und war vollkommen erschöpft. Er hatte seinen Kindern Angst gemacht.

„Es tut mir leid", flüsterte David. „Ich hätte nicht …" Er merkte, dass er immer noch ein Glas in der Hand hatte. Er stellte es auf die Anrichte, hob seinen Mantel vom Boden auf und ging zur Hintertür hinaus.

21

NACHDEM DAVID mit seinen Kindern gegangen war, ließ Christie sich gegen die Vordertür sinken und lehnte die Stirn an das Holz. Er hörte das wütende Zuschlagen von Autotüren, hörte, wie Joe mit quietschenden Reifen losfuhr und wie David rückwärts aus der Auffahrt setzte. Dann waren sie weg und es war still.

Christie holte tief Luft und versuchte, sein rasendes Herz zu beruhigen. *Das* war nicht gut verlaufen, überhaupt nicht gut. Ihm war übel.

Du wusstest, dass dieser Tag kommen würde. Es war unmöglich gewesen, ihn zu vermeiden.

Ja, aber warum, um Himmels willen, hatte es auf diese Art geschehen müssen? Und noch dazu an Silvester? Mit Joe und Amy, die wie ein Güterzug in sein Haus gekracht waren und ihre gemeinsame Nacht unterbrochen hatten? Er hatte erwartet, dass David es seinen Kindern früher oder später erzählen würde, sich vielleicht in aller Ruhe in seinem Haus mit ihnen zusammensetzen würde. Und vielleicht, nachdem das Geschrei vorbei war, würde Christie vorsichtig einbezogen. Aber nicht so. Das war *das Schlimmste.*

Genau, einer der schlimmsten Momente seines Lebens, wenn nicht sogar *der* Schlimmste.

Etwas Heißes brannte auf seinen Wangen. Tränen. Gottverdammt. Er boxte gegen die Tür. Es ging ihm nicht um sich selbst. Die Beiden konnten so von ihm angewidert sein, wie sie wollten. Es war ihm egal, was sie dachten, aber David war es nicht egal. Es waren seine *Kinder*. Er verdiente es nicht, angeschrien und wie eine Schlampe behandelt zu werden.

Käme David damit zurecht? Was, wenn es ihm zu viel war? Was, wenn die Wurzeln seiner Erziehung doch zu tief reichten? *Ich denke, es ist das Beste, wenn wir uns nicht mehr sehen.* David würde seinem Blick ausweichen, wenn er das sagte. Vielleicht würde er aufgeben und den Rest seines Lebens allein verbringen oder irgendeine Frau aus seiner Kirche heiraten.

„Nein!", sagte Christie laut und stieß sich von der Tür ab. „Nein, verdammt!"

David gehörte *ihm*. Er machte David glücklich und David machte ihn glücklich. Alle anderen konnten ihn gern haben. Aber … es war nicht sein Kampf. Es war Davids. Alles, was Christie tun konnte, war zu hoffen, dass

David stark genug und für ihn da war, um ihn zu trösten und zu unterstützen, so gut er konnte.

Er ging im Wohnzimmer auf und ab, dabei schaute er auf die Uhr. Es war Viertel nach zwölf. Sie hatten Mitternacht verpasst. Großartig.

Er packte sein Telefon, aber er zögerte. Kyle wäre auf der Party am Times Square. Aber es war nach der großen Stunde, also war er vielleicht auf dem Weg nach Hause … Er schickte eine Textnachricht. Es dauerte nur Minuten, bis sein Telefon klingelte. Auf dem Display stand *Kyle*.

„Was ist los?" Kyle klang besorgt und seine Stimme drang über die Hintergrundgeräusche.

„Oh Gott, Kyle! Es tut mir so leid, dass ich dich störe, aber es ist etwas Schreckliches passiert."

Christie erzählte, was passiert war, dabei wechselte seine Stimme zwischen hart, wütend und zittrig.

„Oh Babe, das tut mir so leid!", sagte Kyle. „Das ist *Scheiße*. Und dann auch noch an Silvester!"

„Ich … ich habe solche Angst", gab Christie zu. Er ließ sich auf die Couch fallen und zog die Wolldecke um sich. Seine Hände und Füße waren eiskalt und er zitterte, aber das hatte wenig mit den Temperaturen im Haus zu tun oder der Tatsache, dass er immer noch nichts außer einer Jogginghose trug.

„Oh Süßer!"

„Was, wenn er mit mir Schluss macht, Kyle? Ich glaube nicht, dass ich das überlebe."

„Wenn das passiert, hätte er es sowieso früher oder später getan. Das weißt du, Babe. Niemand kann sich wegen eines anderen outen. Das muss er für sich selbst tun."

„Ich weiß", flüsterte Christie.

„Davon abgesehen ist er ein riesengroßer Idiot, wenn er dich gehen lässt."

„Nein, er ist ein guter Mann. Das ist es ja, weswegen ich mir Sorgen mache. Er ist so ein guter Mann. Was ist, wenn er sein eigenes Glück für seine Kinder opfert? Oder wenn sie ihn überzeugen, dass es eine Sünde ist und er es bereut?"

„Christie, hör mir zu. Wenn er dich wirklich liebt und kein totaler Feigling ist, wird er zu dir stehen und seinen Kindern sagen, dass sie sich um ihren eigenen Kram kümmern sollen. Wenn er das nicht tut, dann war er es nicht wert."

Tief in seinem Herzen wusste Christie, dass Kyle recht hatte. Er wusste auch, dass David kein Schwächling war und sie eine unglaublich starke

Verbindung hatten. Der heutige Abend war so wunderbar gewesen, bevor sie unterbrochen worden waren. Er musste an seinen Freund glauben.

„Es ist gut", sagte Christie und holte tief Luft. „Ich drehe nur gerade etwas durch. Ich bin mir sicher, dass David seine Meinung nicht ändern wird. Er tut mir nur so leid. Das ist nicht fair."

„Ich weiß, dass das nicht fair ist", stimmte Kyle traurig zu. „Aber für sie muss es auch komisch sein, denkst du nicht? Plötzlich ist ihr Dad schwul. Sie müssen sich betrogen fühlen, auch wegen ihrer Mom. Vielleicht müssen sie sich nur an den Gedanken gewöhnen. In den Nachrichten hört man immer, dass die jüngere Generation aufgeschlossener ist, auch in den Kirchen."

„Das stimmt." Christie erinnerte sich an Joes Gesicht. Er glaubte nicht, dass Joe sich daran gewöhnen würde. Amy? Vielleicht. Wenigstens schien sie ein netter Mensch zu sein.

Und sie hatte sich ein wenig in dich verknallt. Nein, das war nicht hilfreich.

Es klopfte laut an der Tür. Christies Herz machte einen Satz und er setzte sich auf. „Ich glaube, David ist zurück. Ich muss auflegen."

„Oh gut! Schreib mir nachher, damit ich weiß, dass es dir gut geht."

„Das werde ich. Danke für das Gespräch. Ich hab dich so lieb!"

„Ich hab dich auch lieb, Babe! Schmatz!"

Christie legte auf und warf das Telefon auf die Couch neben sich. Er ging mit einem Lächeln zur Tür, als etwas durch ein Fenster schlug. Glas flog umher, etwas stach in Christies Wange und die Welt kippte.

Christie stand wie angewurzelt im Wohnzimmer und starrte auf den großen Stein und die Glassplitter auf seinem Teppich. Dann wurde die Vordertür eingetreten.

DREI FREMDE drangen in Christies Haus ein. Er erkannte keinen von ihnen, aber er wusste, warum sie gekommen waren. Sie waren jung, rau und auf ihren Gesichtern brannte der Hass. Sie waren Schläger und sie waren hier, weil er schwul war.

Er schoss herum und langte nach seinem Telefon. Er musste die 911 anrufen. Aber das Telefon wurde ihm mit einem Stahlkappen-Stiefel aus der Hand getreten. Seine Finger schrien vor Schmerz und das Telefon flog gegen die Wand. Er hörte, wie es knackte.

Das ist mein neues iPhone, ihr Arschlöcher.

Er überlegte kurz, zur Hintertür zu rennen, aber er konnte wahrscheinlich nicht allen drei entkommen, nicht ohne Vorsprung. Stattdessen richtete er sich auf, verschränkte die Arme vor der Brust, ignorierte den Schmerz in seinen Fingern und funkelte die Fremden an.

Sie waren betrunken. Er konnte es riechen und in ihren Gesichtern sehen. Christie hatte weiß Gott genug Betrunkene in Bars gesehen. Der Linke, der Größte, war dünn, aber gemein aussehend mit einem roten Bart, Akne und einem Stones-Sweatshirt. Seine Hände waren zu Fäusten geballt. Der Rechte war übergewichtig, mit einer platten Nase und einem höhnischen Gesichtsausdruck. Unter seinem braunen Mantel trug er einen orangefarbenen Pullover mit Geweihen darauf. Er hatte einen Baseballschläger. Der Kerl in der Mitte hatte lange, lockige, dunkle Haare, schlaffe Lippen und schiefe Zähne. Er trug einen dunkelblauen Parka über einem schwarzen Kapuzenpullover. Er hatte ein Messer in der rechten Hand.

Angst prickelte über Christies Rücken. *Scheiße.*

„Was wollt ihr?" Seine Stimme war ruhig.

„Du bist der Schwulibert", sagte der mit dem Messer. „Du ziehst einfach hierher, wackelst mit deinem Tunten-Hintern und verdirbst die Leute."

„Verdammte Schwuchteln", sagte der Rothaarige.

Der Typ mit dem Baseballschläger hob ihn drohend hoch. „Wir hassen Schwuchteln. Ihr verdient es alle, in der Hölle zu brennen."

„Verschwindet aus meinem Haus", sagte Christie kühl. „Oder vielleicht gefällt euch die Vorstellung, den Rest eurer erbärmlichen Hinterwäldler-Leben im Knast zu verbringen?" Er wusste, dass er in Schwierigkeiten steckte. In großen Schwierigkeiten. Aber er konnte den Mund nicht halten.

„Der Einzige, der hier irgendwo hingeht, bist *du*", sagte der mit dem Messer. „Du wirst dahin verschwinden, wo du hergekommen bist, und zwar *morgen*. David Fisher will dich hier nicht haben. Niemand will deinen schwulen Arsch hier haben. Verschwinde aus dieser Stadt, solange du dich noch bewegen kannst, oder es wird dir leidtun."

„*Falls* du dich noch bewegen kannst, wenn wir mit dir fertig sind", sagte der mit dem Baseballschläger.

Es ging also um David. Waren das Freunde von Joe? Vielleicht wollten sie ihm nur einen Schreck einjagen. Bitte, Gott, hoffentlich wollten sie ihm nur einen Schreck einjagen. *Sag „Gut". Sag „Sicher, ich verschwinde". Dann ruf die Polizei, sobald sie weg sind. Beschwichtige sie, Christie. Komm schon.*

Aber plötzlich hatte Christie keine Angst mehr, er war wütend. Tiefe, dunkle Wut kochte in ihm hoch. Er hatte heute Abend zu viel durchgemacht und diese Arschlöcher waren *in seinem Haus*.

„Ich treffe mich, mit wem ich will", spuckte er aus. „Also fickt euch!"

„Falsche Antwort", sagte der Typ mit dem Messer, dabei zitterte seine Stimme vor Wut.

„Wollen wir mal sehen, wie dir das gefällt", sagte der mit dem orangefarbenen Sweatshirt.

Der erste Schlag kam von dem Baseballschläger. Christie sah ihn kommen und versuchte, ihm nach links um die Couch herum auszuweichen, aber der Schlag kam zu schnell und zu fest und traf seinen Ellenbogen. Der Schmerz kam schnell und war entsetzlich. Er war sicher, dass sein Ellenbogen gebrochen war, oder zumindest angebrochen.

Er fiel auf die Couch und hielt seinen Ellenbogen. Trotz der Schmerzen rutschte er über die Sitzkissen. Er musste es zur Küchentür schaffen. Er war ein guter Läufer. Wenn er nur nach draußen ins Freie gelangen und etwas Raum zwischen sie bringen konnte.

Er schaffte es ein paar Schritte in die Küche, bevor sich jemand von hinten auf ihn stürzte, die Arme um seine Hüften schlang und ihn von den Füßen riss. Er landete auf dem Linoleumboden und schlug seinen verletzten Ellenbogen erneut an. Er schrie auf. Gebrochen – etwas in seinem Arm war definitiv gebrochen. Er strampelte wütend mit den Beinen und versuchte, zur Tür zu kriechen.

„Runter von mir! Ich bringe euch um! Runter!"

Hände zerrten ihn zurück und das Linoleum quietschte unter den ausgestreckten Fingern seiner unverletzten Hand. Eine Faust schlug ihm fest in den Rücken. Jemand trat gegen sein Bein. Er spürte die Treffer, aber sie waren Nichts im Vergleich zu dem glühenden Feuer in seinem Ellenbogen.

„Du wirst die Stadt verlassen, du kleine Schwuchtel! Dafür werden wir sorgen! Sag es! Sag, dass du verschwinden wirst!"

Er wurde auf den Rücken gedreht. Die vielen Hände auf ihm fühlten sich schmutzig und obszön an. Der Kerl mit dem Messer schlug ihm ins Gesicht. Es tat weh, aber der Winkel war ungünstig. Christie holte mit seiner guten Hand aus und schlug nach allem, was er erreichen konnte. Er schrie anscheinend immer noch. Eine Hand legte sich auf seinen Mund und er biss fest hinein.

„Ich werde euch umbringen!", schrie jemand. Es klang nach seiner eigenen Stimme.

Er wurde wieder ins Gesicht geschlagen. Und wieder. Und wieder. Schmerz brannte in seinen Rippen, als ein Stiefel dort landete, und das Atmen wurde schwer.

Ich werde euch umbringen. Ich werde ... Er wehrte sich weiter, so heftig er konnte, gegen diese schwanzlosen Bastarde, diese verdammten impotenten Hinterwäldler, auch wenn Teile seines Gehirns sich vor Schmerz und Schock abschalteten, sich aus der Szenerie ausklinkten, wie ein Pantomime, der eine Tür schloss.

Er könnte heute Nacht sterben und wie diese Märtyrer von Hassverbrechen gegen Schwule enden. Ein Gesicht auf einem Poster.

Oh Gott, das würde David umbringen.

Nicht durch diese drei Verlierer. Die sind nicht schlau genug, um mich zu erledigen.

Es war still im Raum. Er öffnete die Augen. Am Rand seines Blickfeldes tanzten dunkle Punkte, wie schattige Tänzer aus *Der Nussknacker*. Er war allein im Haus. Und er war am Leben.

Er versuchte zu sprechen und Blasen formten sich. Er musste sie nicht abwischen, um zu wissen, dass sie blutig waren. Er konnte kaum atmen.

Sie wollten mir Angst machen, nicht mich umbringen. Ihr seid zu weit gegangen, ihr verdammten Idioten.

Er war schwer verletzt. Wirklich schwer verletzt. Er hatte Schmerzen. Ein gebrochener Arm. Wahrscheinlich gebrochene Rippen, vielleicht eine punktierte Lunge. Er konnte wegen des stechenden Schmerzes kaum Luft holen. Seine Nase war wahrscheinlich auch gebrochen, denn sie war geschwollen und klopfte. Luft war im Moment der wertvollste Rohstoff auf Erden.

Telefon. Ruf die 911 an. Tu es. Beweg dich, verdammt noch mal.

Er schaffte es, ins Wohnzimmer zu kriechen, dabei zischte er vor Schmerz. Telefon. Wo war sein Telefon? Ach ja, es war an die Wand geflogen.

Er fand das Telefon. Es dauerte lange und er wurde wahrscheinlich ein paar Mal ohnmächtig, während er danach suchte.

Das Telefon war tot. Seine blutigen, verkrümmten Finger tippten wieder und wieder auf den Einschalt-Knopf, aber der Bildschirm war gerissen und blieb dunkel. Er hatte das Festnetz nicht angemeldet, deshalb war das Handy alles, was er hatte.

Gott, hilf mir bitte. Ich will nicht sterben, dachte er.

David, dachte er.

Dann konnte er nicht mehr denken.

22

DAVID GING zur Scheune. Es war dunkel und kalt – es musste nach Mitternacht sein, verdammt. *Frohes neues Jahr.* Er schaltete die Lichter an und ging in seine Werkstatt. Er schloss die Tür, aber verriegelte sie nicht. Wenn Amy und Joe ihn brauchten …

Er konnte die Tür nicht vor ihnen verriegeln. Ein Vater hörte nie auf, für seine Kinder da sein zu wollen, selbst wenn sie ihn gerade so wütend gemacht hatten, wie noch nie zuvor in seinem Leben.

Aber nun fühlte er sich am Boden zerstört. Er setzte sich auf den Hocker an seiner Werkbank, sackte in sich zusammen und vergrub das Gesicht in den Händen. Was zum Teufel sollte er bloß tun?

Doch er wusste es bereits – es war ein schreckliches, widerliches, kriechendes Gefühl in seinem Bauch, als entkäme Satan aus seiner Grube. Seine Augen stachen und er blinzelte schnell.

Vielleicht sollte er mit Christie Schluss machen. Das Leben gönnte ihm einfach nichts. Wenn er so weitermachte, würde sich alles gegen ihn wenden. So wütend Joe ihn auch gemacht hatte, er hatte doch recht. Zwar konnte ihm niemand die Farm wegnehmen, aber wenn er hier offen mit Christie zusammenlebte, wären seine Nachbarn wahrscheinlich geschockt und viele würden ihm aus dem Weg gehen. Es war eine konservative Gegend. Er würde die gesamte Unterstützung der mennonitischen Gemeinschaft und seiner Kirche verlieren. Amy, Joe und seine Mutter würden sich von ihm entfremden. Mit der Molkerei oder dem Großhandel, dem er seine Ernte verkaufte, bekäme er vielleicht keine Probleme, aber verlassen konnte er sich darauf nicht. Und selbst wenn er mit der ganzen Feindseligkeit zurechtkäme, wäre es fair, wenn Christie – der lebenslustige, selbstsichere Christie – dem ausgesetzt würde? Andererseits was würde aus ihm werden, wenn er die Farm verkaufte? Er wäre ein Niemand, ohne Job, ohne Freunde, ohne Familie. Würde Christie ihn dann noch wollen?

Es war alles zu viel, *zu viel.* Er fühlte sich hohl und verlassen, wie ein Eisenbahntunnel. Er musste einen Brief schreiben, er musste einfach. Er schaute sich in der Werkstatt um und fand einen Stift, aber kein Papier.

Er musste einen Brief schreiben, aber … an wen? An Christie, um ihm Lebewohl zu sagen? An Joe, um ihm die Meinung zu geigen? An Gott, um zu fragen: „Warum ich?" Einen Leserbrief an das Lokalblatt, um sich über die

Ungerechtigkeit zu beschweren? David war sich nicht sicher, was er aufschreiben wollte, nur dass er es musste. Warum konnte er kein gottverdammtes Blatt Papier finden?

Er suchte im Arbeitsraum, dann im Fütterungsgang und im Melkstand. Wieso bewahrte er hier keinen Notizblock auf? Was war bloß los mit ihm? Selbst die Rückseite einer Quittung würde es tun.

Er ging zurück in die Werkstatt und wühlte in der obersten Schublade der Werkbank, dann in der mittleren und schließlich rüttelte er an der unteren, falls sie sich auf mysteriöse Weise geöffnet hätte. Aber sie rührte sich nicht. Ein weiteres Problem, um das er sich nie hatte kümmern können.

„Oh, um Himmels willen!", brüllte er.

Wütend holte er die Axt vom Holzstapel und schlug damit mit all seiner Kraft auf den Griff der unteren Schublade. Der Griff aus Stahl flog mit einem Knallen davon und es entstand ein Riss. Die Schublade öffnete sich ein wenig. David warf die Axt zur Seite und öffnete die Schublade vollständig. Ein dickes Magazin lag oben auf, das verknickt und verdreht war. Es hatte sich in der Schiene verklemmt, deshalb hatte die Schublade festgesessen. David zog es heraus.

Er wollte es schon auf die Werkbank werfen, da schaute er es richtig an.

Auf dem zerrissenen Cover war ein nackter Mann. David hielt inne und blinzelte das Magazin an. Er blätterte durch die Seiten. Es war ein Porno-Magazin mit Männern, aber er hatte es noch nie in seinem Leben gesehen. Er schaute es sich genauer an. Es war alt, älter als sein eigener Vorrat. Den Frisuren und der Aufmachung nach zu urteilen, stammte es vielleicht aus den Sechzigern. Darin waren viele Aufnahmen in schwarz-weiß und in knalligen Farben von muskulösen Männern mit Erektionen und ein paar Doppelseiten von Männern mit anderen Männern.

Das Magazin fiel ihm aus der Hand und landete auf dem Boden, als ihm ein Licht aufging.

Oh Gott. Oh guter Gott! Diese Schublade hatte geklemmt seit … seit …

Es war das Magazin seines Vaters, das wusste er ohne den geringsten Zweifel. Sein Vater war auch homosexuell gewesen oder hatte zumindest hin und wieder von Männern fantasiert. Hatte er es jemals ausgelebt? Vielleicht, vielleicht auch nicht. Aber er hatte auf der Farm so hart gearbeitet und sie kaum verlassen, deshalb konnte er neben seiner Ehe kaum ein Leben gehabt haben. Und dann war er ohne Vorwarnung auf dem Feld tot zusammengebrochen. Er hatte keine Möglichkeit gehabt, das Magazin loszuwerden. Es hatte all die Jahre in dieser Schublade festgeklemmt.

Tagträume erledigen nicht deine Aufgaben für dich oder bringen dir irgendetwas außer Elend.

Sein Vater. Kein Wunder, dass er ein so freudloser Mensch gewesen war, so stoisch und bedrückt. Er war mit achtundfünfzig tot umgefallen, sein Herz hatte einfach aufgegeben. So viel Arbeit. So viel Elend.

Zum ersten Mal an diesem langen, schrecklichen Abend fühlte David Hitze in seinen Augen prickeln. Er hatte weder wegen der Freude, die er mit Christie erlebt hatte, noch wegen der Wut, die er wegen Joe empfunden hatte, geweint, aber der Gedanke an seinen Vater, der so unglücklich gewesen war, ließ ihn verzagen. Wenn sein Vater nur mit ihm geredet hätte. Wenn sie nur in der Lage gewesen wären, miteinander zu reden.

Er holte tief Luft und wehrte sich gegen die Enge in seiner Brust. Als sie sich löste und sein Kopf etwas klarer wurde, stellte er fest, dass er nicht mehr verwirrt oder wütend war. Er wusste, was das Richtige war. Und er war zufrieden damit. Ja. Ja.

Danke, Gott.

Er warf das Magazin in den Müll und verließ die Scheune.

DAVID LIEF die Straße zu Christies Haus. Es hatte begonnen, zu schneien und war eisig kalt, aber das war ihm egal. Auf dem Weg ging er im Kopf immer wieder durch, was er sagen wollte.

Mir ist egal, was andere sagen. Ich will, dass wir zusammen sind.

Sag, dass du es auch willst.

Ich werde die Farm verkaufen. Wir können gehen, wohin du willst.

Sag, dass du mich immer noch willst, wenn ich es auch will.

Ich liebe dich, Christie. Ich liebe dich so sehr, dass es sich anfühlt, als wäre jede Zelle meines Körpers damit infiziert.

Sag, dass du mich auch liebst.

Die Lichter in Christies Haus waren an, also war er noch wach. Das letzte Stück rannte David, aber als er die Vordertür erreichte, stellte er fest, dass sie offen stand. Das war seltsam. Niemand ließ bei diesen Temperaturen die Tür länger offenstehen als nötig. Sein erster Gedanke war, dass Christie weggehen wollte. Er packte sein Auto. Nervosität zuckte in seiner Brust.

Dann stieß David die Tür auf und sah ihn.

Christie lag bewusstlos auf dem Boden und hielt sein Telefon in der Hand. Er war nur durch seine blonden Haare, seine Jogginghose und seine großen, schmalen Füße zu identifizieren. Sein Gesicht war so geschwollen, dass er nicht zu erkennen war, und sein Körper war mit Blut und Wunden überzogen. Ein Ellenbogen war lila verfärbt und geschwollen.

„Christie!" David fiel neben ihm auf die Knie. Er wollte Christies Kopf in seinen Schoß legen, aber dann fiel ihm ein, dass er ihn nicht bewegen sollte.

Er konnte Verletzungen an der Wirbelsäule haben. Christie atmete, aber die Luft, die aus seinem Mund strömte, war zittrig und pfiff leicht. Oh Herr. Seine Lungen. Etwas stimmte mit seinen Lungen nicht.

„Baby, kannst du mich hören?"

Christie bewegte sich nicht. David nahm ihm das Telefon aus der Hand und schluckte seine Panik hinunter, aber das Telefon war tot. Frustriert warf er es weg und stellte erleichtert fest, dass er sein eigenes Telefon in der Manteltasche hatte. *Danke Gott.*

David hatte die Nummer der örtlichen Ambulanz auf der Kurzwahl, seit Susan krank geworden war. Er rief sofort an, nannte die Adresse und beschrieb die Situation mit panischer Stimme. Die Frau versicherte ihm, dass so bald wie möglich jemand da sein würde. Er legte auf und rief Amy an. Ein weiterer Segen – sie nahm ab.

„Dad?" Sie klang verschlafen.

„Amy, ich bin bei Christie. Er ist schwer verletzt! Beeil dich und bring unseren Verbandskasten mit!"

„Was –?"

„*Beeil dich!*"

Er ließ das Telefon fallen und beugte sich über die Liebe seines Lebens, um zu sehen, ob er etwas tun konnte. „Ich bin hier, Christie. Ich habe einen Krankenwagen gerufen, also halt durch. Kannst du mich hören? Ich liebe dich so sehr. Bitte verlass mich nicht."

Christie öffnete die Augen nicht. Eines schien zugeschwollen zu sein, aber das andere blasse Augenlid blieb ebenfalls geschlossen. Sein Atem klang so schwer und nach Tod. „Oh Gott, was kann ich tun?"

Christies Hände waren blutig. Es sah aus, als hätte er hart gekämpft. An einer Hand schienen die Finger gebrochen zu sein. David nahm die weniger mitgenommene Hand in seine. „Christie, ich bin hier." David küsste die blutigen Knöchel. „Ich liebe dich so sehr. Bitte halt durch. Bitte verlass mich nicht."

Draußen war der Klang von bremsenden Reifen zu hören, aber als die Tür aufflog, standen Amy und Joe dort, immer noch in Pyjamas.

„Oh nein!", keuchte Amy entsetzt.

„Dad, was ist passiert?", wollte Joe wissen.

David kniete immer noch an Christies Seite und hielt seine Hand. Er funkelte seinen Sohn an. „Du weißt es nicht? Das warst nicht du?"

„Was, ich? Natürlich nicht!" Joe sah schockiert aus.

„Wer war es dann?"

Amy kniete sich an Christies andere Seite und öffnete den roten Erste-Hilfe-Kasten. „Dad! Wir müssen uns jetzt auf Christie konzentrieren."

Natürlich. Natürlich mussten sie das. Aber er wollte verdammt sein, wenn er nicht denjenigen, der dafür verantwortlich war, umbringen wollte.

„Er atmet nicht richtig", sagte David mit zittriger Stimme.

„Ich weiß." Amys Augen wanderten über Christies nackte Brust und Rippen, wo sich lilafarbene Muster um die dunkelroten, geschwollenen Blutergüsse bildeten. „Wahrscheinlich eine kollabierte Lunge. Es sieht aus, als hätte man ihm hart in die Rippen getreten."

„Oh mein Gott."

„Das ist okay, Dad. Eine kollabierte Lunge muss nicht tödlich sein. Die Ärzte können das reparieren. Ich –" Sie brach ab, als wollte sie nicht mehr sagen.

„Was?"

„Äh, ich mache mir mehr Sorgen über innere Verletzungen, dass eins seiner Organe verletzt sein könnte."

David konnte den verzweifelten Laut, der aus seinem Mund entkam, nicht unterdrücken.

„Was kann ich tun?", fragte Joe mit angespannter Stimme. „Hast du einen Notarzt gerufen?"

„Ja. Bevor ich Amy angerufen habe." Davids Hände zitterten nun, während er zuckend Christies Unterarm streichelte und seine Hand hielt.

„Dad, keine Sorge, er wird wieder gesund", versicherte Amy leise. David fühlte sich besser, auch wenn er wusste, dass sie nicht sicher sein konnte. Sie tastete Christies Schädel ab und suchte nach Gott weiß was.

Was, wenn sie ihm an den Kopf getreten haben oder Schlimmeres? Wieso ist er nicht bei Bewusstsein? Was, wenn er eine Hirnblutung hat? Oder Hirnschäden?

Angst überwältigte David erneut und er vergaß, dass Amy und Joe da waren. Er beugte sich vor, um Christies Nacken zu streicheln, denn sein Gesicht sah zu schlimm aus. Er versuchte, ihn zu beruhigen. „Ich bin hier, Christie. Der Krankenwagen ist unterwegs und Amy hilft auch. Ich liebe dich so sehr. Also kämpf für mich, okay? Kämpf." Etwas Nasses tropfte auf Christies Brust. Tränen. „Wir können zusammen in die Stadt ziehen, wenn du das willst. Deshalb bin ich hergekommen. Um dir das zu sagen. Ich werde dich nicht gehen lassen. Ich gebe dich nicht auf."

In der Ferne erklangen Sirenen.

„Dad." Das war Joes Stimme. Er hatte sich neben David gekauert. Sein Gesichtsausdruck war schuldbewusst und voller Schmerz. „Ich – ich habe Jessie getextet, Jessie Robeson. Ich habe ihm erzählt, dass ich dich mit Christie erwischt habe. Ich … Oh Mann. Es tut mir so leid, Dad. Ich hatte keine Ahnung, dass er so etwas tun würde. Ich war wütend, aber … ich würde nie … ich würde nie wollen, dass jemand so verletzt wird."

David wusste, dass Joe die Wahrheit sagte. Er war kein gewalttätiger Mensch. Aber bei Gott, Jessie Robeson würde dafür bezahlen. „Ich glaube dir, Joe."

Amy verband einen tiefen Schnitt an Christies Arm. Sie schaute David mit weichem Blick an. „Ich kann keine Kopfverletzung erkennen. Er wird wieder gesund. Bitte beruhige dich."

„Aber er ist nicht bei Bewusstsein." David wischte sich mit dem Unterarm die Tränen und den Rotz vom Gesicht. „Bitte Gott."

„Er hat etwas Blut verloren, aber nicht so viel, dass es lebensbedrohlich wäre. Sein Puls ist langsam, aber gleichmäßig. Er wird wieder gesund, Dad. Joe, kannst du die Wolldecke holen?"

Joe holte sie und David half Amy, Christie darin einzupacken.

„Es tut mir leid, Dad", sagte Joe. Er klang immer noch schuldbewusst, auch wenn David nicht wusste, wofür genau er sich entschuldigte. Vielleicht wusste Joe es auch nicht.

David nickte, aber sein Blick blieb auf Christie fixiert.

„Mir auch, Dad", sagte Amy mit belegter Stimme. „Ich wusste nicht, dass du so unglücklich bist. Ich liebe dich so sehr. Du weißt, dass ich auf deiner Seite bin, egal, was passiert."

„Okay", sagte David. „Okay."

Hörst du, mein Liebster, es ist nicht so schlimm. Jetzt musst du bei mir bleiben. Schließlich haben wir noch unser ganzes Leben vor uns, du und ich. Ein neues Leben, gemeinsam. Eine zweite Chance für uns beide.

Als hätte er Davids stummes Flehen gehört, bewegte sich Christies Hand in Davids und drückte sie.

TEIL IV: FESTMAHL

EPILOG

Ein Jahr später

„SEINE HÄNDE sind so winzig!", rief ein Mädchen von etwa sieben Jahren aus. „Der T-Rex brauchte keine großen Hände, denn seine Zähne sind *riesig*!", sagte Jeremy. „Ihm reichten normal große Hände, wie unsere." Er machte grapschende Bewegungen mit seinen Fingern.

„Das stimmt genau, Jeremy." David lächelte den kleinen Jungen an. Der Fünfjährige war ein Pfiffikus, das konnte man nicht bestreiten.

Er gab einer großen Familie eine private Tour durch das Museum. Es war klar, dass dieser Ausflug für die Kinder bestimmt war, aber alle schienen Spaß zu haben, selbst die Teenager, die pausenlos texteten.

„Man findet ähnliche Züge bei einigen der heutigen Reptilien – ein großes Maul mit Zähnen, starke Hinterbeine und relativ kleine und nutzlose Vorderbeine", erklärte David. „Wenn wir zu dem Bereich mit den Reptilien und Amphibien kommen, zeige ich es euch."

„Ich will noch mehr Dinosaurier sehen", verlangte Jeremy.

„Oh, davon bekommen wir noch viele zu sehen. Welche sind die erschreckendsten Dinosaurier, was meinst du?"

Jeremy dachte übertrieben genau nach und tippte mit dem Finger an das Grübchen an seinem Kinn. „Raptoren?"

„Das finde ich auch. Sehen wir sie uns an."

Es war Silvester und David, der ganz unten in der Hackordnung des Museums stand, musste den ganzen Tag arbeiten, aber das machte ihm nichts aus. Er liebte es, im New Yorker Museum of Natural History zu sein, und noch mehr, dort zu arbeiten. Für gewöhnlich arbeitete er in den Archiven und sortierte Akten. Für die Führungen waren Dozenten zuständig, die viel qualifizierter waren als er, aber die hatten alle Urlaub. Er fühlte sich ein wenig wie die Zweitbesetzung einer großen Show. Er war erleichtert, dass niemand Fragen stellte, die er nicht beantworten konnte, oder ihn nach seinen Qualifikationen fragte. Tatsächlich schwebte er auf Wolke Sieben, als das Museum um fünf Uhr dreißig schloss. Es würde Jahre dauern, bis er dank der Kurse in Naturkunde, die er an der NYU belegt hatte, einen Abschluss erhalten würde, aber zumindest bekam er einen Vorgeschmack davon, wie es war, ein „Experte" zu sein.

Ein Museumswächter namens Frank winkte David zu, als er sich auf den Weg machte. „Ein schönes Silvester! Und grüß Christie von mir!"

„Dir auch, Frank. Ein frohes neues Jahr für deine Familie."

Er nahm die U-Bahn unter dem Fluss hindurch zu der Doppelhaushälfte, die er mit Christie in Brooklyn gemietet hatte. Im Haus roch es warm nach Curry und Naan, sodass ihm der Magen knurrte.

Er fand Christie in der Küche vor. „Hey, Babe."

„Hey!" Christie drehte sich mit einem breiten Lächeln vom Herd weg. Sie trafen sich in der Mitte des Raums zu einem Kuss. „Wie war dein großes Debüt?"

„Es lief gut. Außerordentlich gut." David konnte den Stolz in seiner Stimme nicht verbergen.

„Ich habe es dir doch gesagt! Du weißt mehr über das Museum als jeder andere."

„Naja, das stimmt nicht ganz, aber anscheinend weiß ich genug. Es hat Spaß gemacht."

„Das freut mich sehr." Christie drückte ihn fest, bevor er ihn losließ. „Oh mein Gott, Joe und Amy können jede Minute hier sein. Ich bin so nervös."

„Alles wird gut."

David hatte sich den ganzen Tag lang keine Sorgen wegen Amy und Joe gemacht, aber nun wurde er auch ein wenig nervös. Seit dem letzten Silvester hatte sich vieles geändert. Die Beziehung zwischen Christie und ihm war so fest wie Granit, aber bei seinen Kindern war er weniger sicher. Es war das erste Mal, dass sie sein neues Zuhause besuchten. Er wollte nur, dass alle miteinander auskamen.

Er erinnerte sich an die schreckliche Nacht vor einem Jahr. Sein Blick wanderte über Christies Gesicht, während dieser etwas auf dem Herd umrührte. Er hatte eine Narbe am Ellenbogen und eine an der Lippe, wo sie aufgesprungen war. Seine Nase war gebrochen gewesen und man konnte immer noch eine Beule erkennen. Er hatte den Arm wochenlang in einer Schlinge getragen, aber zum Glück war kein bleibender Schaden zurückgeblieben. Sie liefen fast jeden Morgen zusammen und Christie war so fit wie eh und je. Oh Gott, wie David ihn liebte.

Evelyn Robeson war von jeder Beteiligung an dem Angriff freigesprochen worden, aber Jessie Robeson und seine beiden Freunde waren wegen eines Hassverbrechens zu jeweils zehn Jahren Gefängnis verurteilt worden. David konnte kein Mitleid mit ihnen empfinden.

Er räusperte sich. „Ich hoffe, du hast dir nicht zu viel Mühe gemacht." Er ging zum Herd und probierte mit dem Finger etwas von der Tikka Masala Soße. Lecker.

„Wer, ich?", fragte Christie schelmisch.

„Hm-mh. Das sieht toll aus."

„Mögen Amy und Joe überhaupt indisches Essen? Ich habe vollkommen vergessen, zu fragen."

„Ich habe keine Ahnung, aber das hier werden sie mögen. Es ist unübertroffen."

„Oh Gott. Sie werden es hassen, oder? Ich brauche ein Glas Wein."

„Ich hole es dir."

David goss Christie ein Glas Merlot ein und reichte es ihm, gerade als es an der Tür klingelte.

„Sie sind da!" Christie riss sich die Schürze herunter und stopfte sie in eine Schublade. Er war viel zu nervös. David nahm seine Hände und zog ihn an sich.

„Atmen." David strich mit der Nase über Christies. „Sprich mir nach: Ich bin schön, ich bin sexy, und, verdammt noch mal, die Leute mögen mich."

Christie lachte zittrig. „Blödmann."

„Ernsthaft." David hielt Christies Gesicht zwischen beiden Händen. „Ich liebe dich. Okay?"

Christie blinzelte mit seinen blauen Augen und starrte David an. Er entspannte sich sichtlich. „Okay."

„Dann bleib ruhig, Stiefpapa."

Christie rollte mit den Augen. „Sei still! Das bin ich nicht."

„Noch nicht."

Christie hob fragend die Augenbrauen. David ignorierte ihn und ging zur Tür. Ja, er wollte Christie heiraten. Aber das würde er ihm noch nicht verraten.

„Hey Dad!"

Amy und Joe sahen verfroren und nervös aus, wie sie dort auf der Türschwelle standen. David schaute zu dem Taxi. „Kann ich den Fahrer bezahlen?"

„Das habe ich schon getan", sagte Joe.

„Oh. Naja dann … kommt rein."

David nahm ihnen die Mäntel ab und hängte sie an die Garderobe neben der Tür. Ihre Koffer wurden abgestellt und er umarmte sie beide. Es war nicht die Art seiner Familie, sich zu umarmen, aber er hatte sie seit Monaten nicht gesehen. Außerdem fand er, dass nicht alles richtig war, nur weil es „schon immer so gewesen war". Er zeigte ihnen gerade das Wohnzimmer, als Christie aus der Küche kam.

„Hey, ihr Beiden! Ich freue mich, dass ihr gut angekommen seid", sagte er.

„Hi Christie", antwortete Amy schüchtern. „Danke für die Einladung."

„Ja, danke", sagte Joe.

Es gab einen unangenehmen Moment. David wusste, dass Christie die Kinder umarmen wollte, weil das seine Art war, andere zu begrüßen, aber er tat es nicht, wahrscheinlich, weil er nicht sicher war, ob es eine willkommene Geste wäre.

„Es ist wirklich schön hier, Dad", sagte Amy und schaute sich um.

„Danke. Uns gefällt es. Christie hat beim Dekorieren ganze Arbeit geleistet. Ihr kennt mich doch. Ich brauche bloß einen Stuhl und eine Tasse."

David führte sie herum. Als er die Farm im vergangenen Frühling zum Verkauf angeboten hatte, hatte er Glück gehabt, dass er sie schnell an eine große Amish-Familie verkaufen konnte. Er hatte gutes Geld dafür bekommen. Ein Teil davon war an Joe und Amy gegangen, der Rest wanderte auf die Bank. Christie und er waren sich einig gewesen, dass sie nicht sofort ein Haus kaufen wollten. Sie wollten die Freiheit haben, umzuziehen und zu reisen, wenn sie es wollten. Aber auch wenn ihm die Doppelhaushälfte nicht gehörte, war er doch sehr stolz darauf.

Das Äußere bestand aus gediegenem Backstein, aber das eiserne Geländer, die Veranda und die Fenster waren frisch gestrichen. Das Innere war viel besser. Der frühere Besitzer hatte es umgebaut und eine neue Küche und Holzböden eingebaut. Christie hatte bei einem Discounter modern aussehende, graue Möbel ausgesucht und sie mit bunten Teppichen, Bildern und Kissen in Lila, Moosgrün und Grau akzentuiert. David gefiel, dass es sich modern und schlicht anfühlte. Es war klassisch und pflegeleicht.

„Wirklich schön", meinte Amy, als er sie herumführte. „Du hast einen guten Geschmack, Christie. Ich fürchte, ich bin so hoffnungslos wie mein Dad, was das anbelangt."

„Ich bin mir sicher, dass das nicht wahr ist. Wie gefällt dir denn *deine* neue Wohnung?"

Amy hatte den Abschluss gemacht und im Sommer einen Job als Krankenschwester im Lancaster General Hospital bekommen. Sie war zusammen mit einer Kollegin in ein Appartement gezogen, aber David hatte es noch nicht gesehen.

Sie strahlte. „Ich liebe es! Wir können zu Fuß in die Stadt gehen, um etwas zu essen, oder den Bauernmarkt besuchen. Oder um das zu tun …" Amy hatte ihren Schal aufbehalten, als sie den Mantel ausgezogen hatte, aber nun wickelte sie ihn vom Kopf und nahm ihn ab. Alle starrten sie an.

„Oh Amy!", sagte Christie und legte die Hand auf den Mund. „Das ist toll!"

„Wirklich?" Amy errötete und tätschelte ihren Kurzhaarschnitt. „Ich habe mir gedacht, dass ein Mann, der mit mir ausgehen will, aufgeschlossen sein sollte, da ist der Haarschnitt ein erster Test. Wenn er damit nicht umgehen kann, wird er automatisch disqualifiziert." Sie lachte, aber es klang nervös.

„Du siehst … wunderschön aus." David legte den Arm um ihre Schulter. „Dein Haar sieht mit diesem Schnitt so dicht und gesund aus."

„Es ist perfekt", meinte Christie.

„Es sieht gut aus, Amy", stimmte Joe zu.

David fühlte sich ein wenig schuldig. Amy und Joe gingen immer noch in die Mennoniten-Kirche, aber Joe war nicht mehr mit Amanda zusammen. Er hatte David keine Details erzählt, aber David vermutete, es hatte etwas damit zu tun, dass Joes Vater schwul war. Und Amy … sie schien in letzter Zeit vieles infrage zu stellen, aber das war vielleicht gar nicht so schlecht.

„Noch einmal vielen Dank, dass ihr gekommen seid", sagte David ernst zu ihnen. *Dass ihr uns eine Chance gebt.*

„Selbstverständlich!", sagte Amy strahlend. „Wir mussten deine neue Wohnung sehen. Und ich will alles über deinen Job hören, Dad". Sie lächelte Christie an. Es war ein wenig vorsichtig, aber dennoch ein Lächeln.

„Möchte jemand etwas zu trinken?", fragte Christie. „Wir haben Milch, Cola, Apfelwein und Wein. Ich hoffe, ihr seid hungrig, denn ich habe viel zu viel gekocht."

„Es riecht gut", sagte Joe zu Christie und schaute ihn direkt an.

Christie schluckte. „Danke, Joe."

„Ich helfe dir mit den Getränken." Amy nahm Christies Arm und sie gingen in die Küche.

Als Joe und David allein waren, streckte Joe die Hand aus. David war überrascht, aber er schüttelte sie.

„Es ist schön, dich zu sehen, Dad."

„Dich auch. Es freut mich sehr. Ich weiß, dass es für dich wegen deines Glaubens nicht leicht ist, die Situation zu akzeptieren."

Joe nickte und wandte den Blick ab. „Nein. Aber du kennst bereits alles, was ich dazu zu sagen habe, also überlasse ich es dir, Christie und Gott. Wir sind immer noch eine Familie."

David spürte einen dumpfen Schmerz in der Brust, aber er nickte. „Okay."

„Eigentlich wollte ich etwas mit dir besprechen. Du weißt, dass ich im letzten Sommer auf einer Missionsreise in Schweden war. Naja, ich habe vielleicht die Möglichkeit, dort ein Jahr lang ein Praktikum zu machen. Ich denke ernsthaft darüber nach."

„Das ist fantastisch, Joe. Ein Jahr im Ausland ist eine tolle Erfahrung."

„Ja. Dort haben sie eine andere Einstellung, so viel ist sicher. Ich habe viel darüber gebetet und ich denke, es wäre gut für mich, einige Zeit dort zu verbringen."

David wusste, welche „andere Einstellung" Joe meinte. Die schwedische Mennoniten-Kirche akzeptierte die gleichgeschlechtliche Ehe, teilweise wegen der dortigen Gesetze. In Schweden war die gleichgeschlechtliche Ehe legal und es war *illegal* für die Kirchen, sie zu diskriminieren. Aber die Mennoniten-Führer dort hatten sie vorbildlich akzeptiert und hatten eine viel tolerantere und liebevollere Sicht der Dinge als ihre Glaubensbrüder in den USA.

„Es freut mich sehr, das zu hören. Ich habe immer geglaubt, dass es nie falsch sein kann, wenn man seinen Horizont erweitert. Gott hat uns aus einem bestimmten Grund ein Gehirn gegeben." *Selbst wenn es eine lange Zeit gedauert hat, bis ich meines benutzt habe.*

Joe blinzelte ihn kurz an, dann wechselte er das Thema. „Das Essen riecht gut. Ich nehme an, du genießt Christies Essen immer noch."

„Oh ja. Magst du indisches Essen?"

„Ich werde es probieren."

David klopfte ihm auf den Rücken. „Danke, Joe. Du wirst es nicht bereuen."

Nach einem köstlichen Abendessen fuhren sie alle mit der U-Bahn in die Stadt. Christie führte sie zu einem Platz am Times Square, wo es etwas ruhiger war und man trotzdem noch die Kugel sehen konnte. Sie hatten Thermoskannen mit heißem Kakao und es war relativ milde vier Grad warm. Als der Countdown zum neuen Jahr begann, nahm David Christie in die Arme und küsste ihn. Er fühlte nichts als Freude.

Es war nicht nur ein neues Jahr für ihn, es war ein neues Leben. Er war unglaublich dankbar.

Cherry Date Cookies

Diese Cookies hat meine Mutter immer gemacht, deshalb hielt ich es für passend, dass sie das Erste sind, was Christie für David macht.

- 3 1/2 Tassen weißes Mehl, gesiebt
- 1 Tasse braunen Zucker
- 1 TL Backpulver
- 1/2 TL Salz
- 2 Eier
- 1 Tasse weiche Butter
- 1/2 Tasse Buttermilch
- 2 Tassen Datteln, gehackt
- 2 Tassen Maraschino-Kirschen, gehackt
- 1 Tasse Walnüsse, gehackt
- 1/4 Tasse Kokosflocken nach Geschmack
- Den Ofen auf 175 °C vorheizen.

Mehl, Salz und Backpulver in einer Schüssel verrühren. Butter, braunen Zucker und Eier in einer separaten Schüssel schaumig schlagen.

Die Mehlmischung und die Buttermischung gleichmäßig verrühren, dann die Buttermilch zufügen. Anschließend die Datteln, Nüsse und Kirschstücke hinzugeben.

Den Teig löffelweise auf ein gefettetes Blech geben, dabei etwa vier Zentimeter Platz dazwischen lassen. 12-15 Minuten backen. Die Cookies sollten leicht gebräunt sein. Außerdem sollte man sie nicht im Ofen vergessen.

DER LÖWE *Eli Easton*
UND DIE KRÄHE

Im mittelalterlichen England steht die Pflicht über allem. Die Ehre eines Mannes ist wichtiger als sein Leben und Homosexualität wird weder von der Kirche noch von der Gesellschaft geduldet.

Sir Christian Brandon wuchs in einer Familie auf, die ihn für seine ungewöhnliche Schönheit und seine Abstammung hasste. Kleiner als seine sechs rücksichtslosen Halbbrüder musste er mithilfe seines Verstandes und seines Talents für Listen überleben, was ihm den Spitznamen Krähe einbrachte.

Sir William Corbet, ein als „der Löwe" bekannter stattlicher Ritter, hat seine unnatürlichen Neigungen ein Leben lang unterdrückt. Er ist fest entschlossen, das Ideal des edlen Ritters zu verkörpern. Als er sich eines Tages auf den Weg macht, um seine Schwester zu retten, nachdem er von ihrer Misshandlung durch ihren adeligen Ehemann gehört hat, zwingen ihn die Umstände, Sir Christians Hilfe anzunehmen. Diese Partnerschaft stellt all seine Moralvorstellungen auf die Probe und letztendlich gar sein Verständnis von Pflicht, Ehre und Liebe.

www.dreamspinner-de.com

eli easton

Tonys
THERAPIE

Buch 1 in der Serie – Sex in Seattle

Privatdetektiv Tony DeMarco soll in Seattle den Mord an einer jungen Frau aufklären. Dazu meldet er sich als Patient in der Sexklinik von Dr. Jack Halloran an, der das Opfer vor ihrem Tod behandelt hat. Tony arbeitet nicht das erste Mal als verdeckter Ermittler, aber dieses Mal möchte er am liebsten mit einem seiner Verdächtigen unter eine Decke kriechen. Er kann es nicht ändern – Jack Halloran ist der Typ von stahlhartem Mann, auf den Tony steht. Aber bevor Tony den Romeo spielen kann, muss er erst Jacks Unschuld beweisen und gleichzeitig verhindern, dass der Arzt sein falsches Spiel herausfindet.

Dr. Halloran hat seine eigenen Probleme. Als Feldchirurg im Irakkrieg wurde er verwundet, ist seitdem am rechten Arm behindert und leidet unter PTSD. Der attraktive neue Patient, ein großer, amüsanter Italiener mit treuherzigem Blick, verwirrt ihn. Tonys Humor bringt Jacks kühle Fassade zum Wanken und weckt Gefühle in ihm, die er lange vergraben und vergessen glaubte. Können der Arzt und der Privatdetektiv trotz der trennenden Geheimnisse, die zwischen ihnen liegen, ihren Weg ins Glück finden?

www.dreamspinner-de.com

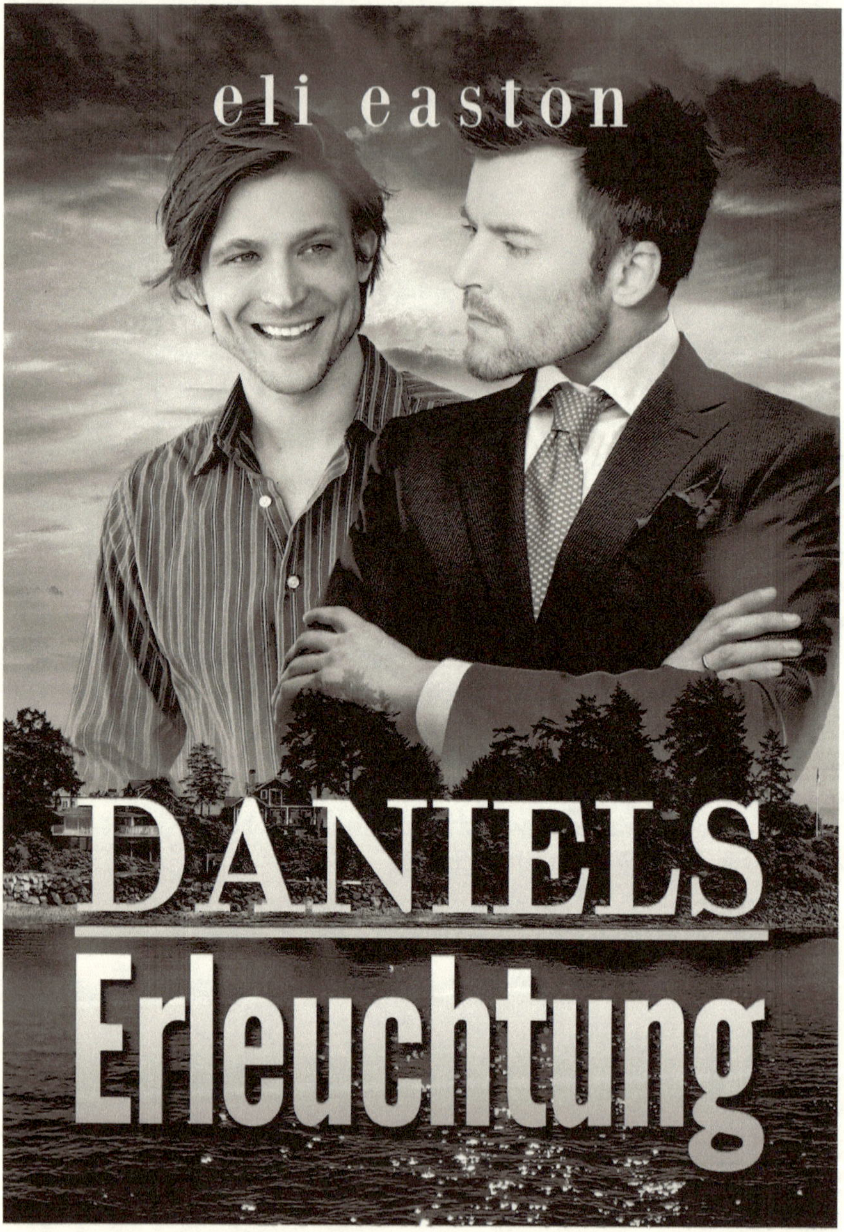
eli easton
DANIELS
Erleuchtung

Buch 2 in der Serie – Sex in Seattle

Der erfolgreiche Geschäftsmann Daniel Derenzo lebt nur für seine Arbeit. Doch dann wird er durch seinen sterbenden Vater daran erinnert, wie kurz das Leben ist. Daniel setzt seine Prioritäten neu und macht eine überraschende Entdeckung – er fühlt sich zu seinem Geschäftspartner und besten Freund Nick hingezogen, obwohl er immer davon ausgegangen war, ein absolut normaler, heterosexueller Mann zu sein. Auf seine typisch perfektionistische Art erkundet Daniel diese neue Entwicklung mit Hilfe der Experten von ,Expanded Horizons', einer Sexklinik. Und anschließend geht er das Problem an, wie er es aus dem Geschäftsleben kennt – mit dem festen Entschluss, sich das Geschäft nicht durch die Finger rutschen zu lassen.

Nick Ross war vor vielen Jahren in Daniel verliebt, als sie sich ein Zimmer im Studentenwohnheim teilten. Aber Nick wusste schon damals, dass Daniel nicht schwul ist. Er reparierte sein gebrochenes Herz durch eine Heirat mit Marcia. Vierzehn Jahre und zwei Kinder später gleicht ihre Ehe zwei Schiffen, die sich nachts begegnen. Da Nick seine Kinder über alles liebt, verzichtet er auf eine Scheidung. Er hat Angst davor, dass Marcia das alleinige Sorgerecht zugesprochen bekommt. Aber wenn er seinem eigenen Herzen und den Gefühlen, die in Daniel erwacht sind, vertrauen kann, gibt es vielleicht doch noch ein glückliches Ende für sie beide.

www.dreamspinner-de.com

ELI EASTON war zu unterschiedlichen Zeiten und unter verschiedenen Namen die Tochter eines Pfarrers, Computerprogrammiererin, Spieledesignerin, Autorin von paranormalen Mystery-Geschichten, Schreiberin von Fan Fiction, Biofarmerin und profunde Schläferin. Jetzt ist sie glücklich mit ihrer aktuellen Inkarnation, einer Autorin von M/M-Romance.

Als begeisterte Leserin solcher Geschichten ist sie glücklich, wenn ein Autor es schafft, Schreibkunst, jede Menge Humor, sengende Hitze und Stoff, der ans Herz geht, in einer Geschichte zu vereinen. Sie verspricht, sich Mühe zu geben, dies so oft wie möglich selbst zu erreichen. Zurzeit lebt sie auf einer Farm in Pennsylvania mit ihrem Ehemann, drei Bulldoggen, drei Kühen und sechs Hühnern. Sie alle (mit Ausnahme des Ehemannes) sind weiblich, daher kommen in ihren aktuellen Geschichten wahrscheinlich so viele nackte Männer vor.

Webseite: www.elieaston.com
Twitter: @EliEaston
E-Mail: eli@elieaston.com

Von ELI EASTON

Die zweite Ernte
Der Löwe und die Krähe

SEX IN SEATTLE
Tonys Therapie
Daniels Erleuchtung

Veröffentlicht von DREAMSPINNER PRESS
www.dreamspinner-de.com

Noch mehr Gay
Romanzen mit Stil
finden Sie unter....

www.dreamspinner-de.com

www.ingramcontent.com/pod-product-compliance
Lightning Source LLC
Chambersburg PA
CBHW022149240626
47153CB00007B/2582